Marie Adams

Glück schmeckt nach Popcorn

Buch

Martha glaubt nicht an Happy Ends, weder im echten Leben noch im Film. Das spiegelt sich auch im Programm des kleinen, aber renommieren Kinos, das die junge Frau betreibt, wider. Dass sich Marthas Leben eigentlich nur noch im Kino oder in ihrer Wohnung abspielt, stört sie selbst nicht. Ihr einziger echter Kontakt ist ihre Freundin und Mitarbeiterin Susanna. Als diese ihr eines Tages mitteilt, dass sie schwanger ist und der Liebe wegen die Stadt verlassen wird, ist Martha sehr getroffen, was sie sich aber nicht anmerken lässt. Sie überlegt, ob sie das Kino auch allein betreiben kann, schminkt sich das aber bald ab. Als sich der junge Filmstudent Erik bei ihr vorstellt, entschließt sie sich, ihm eine Chance zu geben. Was sie allerdings kurz darauf bereut, treibt der optimistische junge Mann sie doch schon nach kurzer Zeit schier in den Wahnsinn. Denn er arbeitet nicht nur hinter den Kulissen an seinem Gute-Laune-Debüt, sondern möchte Martha auch noch davon überzeugen, dass das große Glück auch jenseits der Leinwand möglich ist …

Autorin

Marie Adams veröffentlichte unter anderem Namen bereits Romane – in denen es darum geht, die Liebe nach Jahren durch den Alltag zu retten und das Familienchaos zu meistern. Umso mehr Freude hat sie nun daran, ein Liebespaar auf fast märchenhafte Weise erst einmal zusammenzubringen – schließlich weiß sie aus eigener Erfahrung, wie irrational das Glück manchmal arbeitet.

Von Marie Adams bereits erschienen:

Das Café der guten Wünsche

MARIE ADAMS

Glück schmeckt nach Popcorn

ROMAN

blanvalet

Sollte diese Publikation Links auf Webseiten Dritter enthalten, so übernehmen wir für deren Inhalte keine Haftung, da wir uns diese nicht zu eigen machen, sondern lediglich auf deren Stand zum Zeitpunkt der Erstveröffentlichung verweisen.

Dieses Buch ist auch als E-Book erhältlich.

MIX
Papier aus verantwortungsvollen Quellen
FSC® C014496

Verlagsgruppe Random House FSC® N001967

1. Auflage

Dieses Werk wurde vermittelt von der
Literaturagentur erzähl:perspektive, München
(www.erzaehlperspektive.de).
Redaktion: René Stein
Umschlaggestaltung: www.buerosued.de
Umschlagmotiv: © StockFood/PhotoCuisine/Swalens, Tom
LH · Herstellung: sam
Satz: KompetenzCenter, Mönchengladbach
Druck und Bindung: GGP Media GmbH, Pößneck
Printed in Germany
ISBN: 978-3-7341-0494-7

www.blanvalet.de

Für Michael

Auch nach drei Jahren war es für Martha Mink jedes Mal, als öffne sie den Deckel einer Schatztruhe, wenn sie die Glastür zu ihrem Kino aufschloss. Sie stand vor der Fensterfront des Kinos, das sich wunderbar in das Wirrwarr aus Altbauten, Kiosken, Klamottenläden und Cafés in einem der lebendigsten Viertel Kölns einfügte. Allen Gebäuden, Fahrradständern und Blumenkübeln der Straße war heute gemeinsam, dass sie von einer Schneeschicht geschmückt wurden. Auch den Schriftzug *Das Lichtspielhaus* aus Leuchtröhren zierte das weiße Pulver. Ihr »Lichtspielhaus«, das in den Fünfzigerjahren eröffnet worden war, in einer Zeit also, in der die Leute in die Kinos hineinströmten, als gäbe es keinen besseren Ort für Zerstreuung und Alltagsflucht. Bis heute war der trotzige Stolz dieses Sehnsuchtsortes zu spüren. Sandfarbener Granit im Foyer, der Urzeittieren eine Bühne für die Ewigkeit bot, darauf eine Theke, die an einen lang gezogenen Nierentisch erinnerte, und jede Menge poliertes Messing. Das Kino befand sich in einem Altbau, der zu Kriegszeiten schwer beschädigt und später wieder aufgebaut worden war. Die Sanierung und Umgestaltung des Erdgeschosses zum Kino passte so gut zu der Stimmung des Neuanfangs nach Krieg und Zerstörung. Martha mochte den eleganten, aber schnörkellosen Stil der Fünfzigerjahre, der sich genauso gut in das Gesamtkunstwerk dieses Hauses einfügte wie die Filmplakate im Schaukasten und die Vorführtechnik der Gegenwart.

Gerade als Martha den Schlüssel umdrehen wollte, riss eine Stimme sie aus ihren Gedanken.

»Deine Katze hat sie umgebracht, also musst du dich um ihr Kind kümmern!«

Max, der Junge aus dem Nachbarhaus, streckte ihr vorsichtig seine Faust entgegen. Vor seinen Füßen spielte Marthas Kater Filou mit einer Maus. Die roten Spuren im weißen Schnee hatten nichts Märchenhaftes, im Gegenteil. Sie zeigten nur allzu deutlich, dass eine Partei mehr Spaß an dem Spiel hatte als die andere.

Bevor Martha etwas sagen konnte, öffnete Max die Hand. Ein Mäusejunges. Ein Flaum nur auf der Haut, die Augen geschlossen, der Körper rund. So klein war ihr Baby auch einmal gewesen. Und in einigen Jahren hätte es aussehen können wie Max heute.

»Es ist nicht mal meine Katze.«

»Aber du fütterst sie!«

Er schloss seine Hand wieder, um die Maus vor der Kälte zu schützen.

»Wenn ich das nicht tun würde, würde sie noch mehr Mäuse fressen.«

Als hätte der Kater plötzlich Angst, dass sie ihm gleich morgen Futter und den Sessel im Foyer streichen würde, ließ Filou die Maus aus dem Maul fallen und strich um Marthas Beine. Sie hatte es einfach nicht übers Herz bringen können, Filou zu ignorieren – traurig genug, dass niemand das Tier vermisste. Nun gehörte es zum Inventar des Lichtspielhauses.

Martha schob Filou beiseite und beugte sich zu Max herunter. »Max, so ist das Leben nun einmal. Katzen fressen Mäuse. Am besten, du lässt sie gehen. Vielleicht gibt es einen Mäusehimmel, in dem sie ihre Mama wiedersieht. Wenn du möchtest, können wir sie auch zusammen beerdigen.«

Max streckte sich und funkelte Martha böse an: »Man kann keinen beerdigen, der noch lebt. Und ich darf kein Haustier haben. Ich komme auch jeden Tag vorbei und helfe dir. Bitte!«

Und dann kullerten so viele Tränen über seine Wangen, dass Martha selbst kurz davor war zu heulen. Sie musste Max helfen, auch wenn sie die Mäuserettung für aussichtslos hielt. Aber sie konnte Max glücklich machen – wenigstens für einen Moment.

»Okay, ich kümmere mich um die Maus!«

Mit der freien Hand umarmte Max Martha. »Danke! Du bist echt die beste Frau der Welt!«

Am liebsten hätte Martha Max gewarnt, sich nicht zu früh zu freuen. Wer konnte schließlich wissen, ob die Maus den Nachmittag überleben würde! Max nahm ihre Hand und legte das kleine, warme Tierchen hinein.

Hundertneunzehn Minuten habe ich den Menschen ein anderes Leben geschenkt, habe sie herausgeführt aus der Enge des Alltags, dachte Martha, während sich der petrolblaue, schwere Samtvorhang vor der Leinwand auf ihren Knopfdruck hin schloss. Das Dutzend ernst dreinblickender Menschen, das an ihr vorbei ins Foyer schritt, glich zwar eher dem Trauerzug einer

Beerdigung. Aber Betroffenheit war wenigstens ein aufrichtiges Gefühl. Und wer war nicht betroffen, wenn er in der Schlussszene von *Zeiten des Aufruhrs* Leonardo di Caprio trübsinnig mit seinen Kindern auf dem Spielplatz sitzen sah? Wer zu viel wollte, erntete eben den Tod.

Während Susanna an der Theke Rotwein oder eine der neumodischen Limonadensorten ausschenkte, schritt Martha im leeren Kinosaal die Reihen ab und kontrollierte den Boden. Nirgends Pappbecher oder Reste von Popcorn wie bei der Konkurrenz. Letzteres lag nicht nur an dem zivilisierten Publikum, sondern auch daran, dass ihr Ex die Popcornmaschine mitgenommen hatte. Das gehörte noch zu den geringsten Verlusten in jenem schrecklichen Sommer. Um die inneren Stimmen zu übertönen, schloss Martha die schalldichte Flügeltür, holte den Staubsauger aus der Kammer und begann den Teppich so gründlich zu saugen, dass der letzte Gast gegangen war, als sie das Foyer wieder betrat.

Ein Foyer, das so ganz anders war als in den großen Filmpalästen oder Multiplexkinos. Auf der altmodischen und langsam wieder in Mode kommenden Theke thronte stets eine große Blumenvase, die heute mit weißen Rosen gefüllt war. Kleine Cordsessel in Pastellfarben standen um Nierentische herum. Filou saß auf einem der Sessel und hob kurz den Kopf, als Martha hereinkam. Ob er die Maus in der Tasche ihrer Strickjacke roch?

Marthas Kollegin und mittlerweile auch beste Freundin Susanna spülte Weingläser und räumte sie anschließend in das Regal an der Wand, die mit gerahmten Filmplakaten geschmückt war. Martha selbst passte mit ihrer blassen Haut und den ernsten, dunklen Augen perfekt zu den Filmtiteln *Interview mit einem Vampir* und *Nosferatu – Eine Symphonie des Grauens*, einem Stummfilmklassiker, der mit einfachen dramaturgischen Mitteln für eine Gänsehaut sorgte. Die Plakate hatte sie aufgehängt, als Tom sie sitzengelassen hatte. Sie erinnerten sie ständig daran, dass er letztendlich ein elender Blutsauger war. Und wie es aussah, hatte ihr Ex seine Arbeit gut gemacht, denn Marthas Äußeres glich einer Vampirdame: blass, dunkle Haare, sehr schlank, aber zu groß, um zerbrechlich zu wirken. Oder lag es daran, dass sie die meiste Zeit entweder im Kino oder in ihrer Wohnung verbrachte und die Sonne kaum sah? Neben den Plakaten gab es noch weitere Bilder, die an vergangene Zeiten erinnerten – an Zeiten, in denen Martha noch nicht einmal gelebt hatte. Gerahmte Autogramme von Marlene Dietrich und Romy Schneider sowie das Filmplakat zu *Charlies Karriere* aus dem Jahr 1929.

»Susanna, kannst du mir bitte helfen, die Getränkekisten aus dem Keller zu holen?«

»Martha, wir müssen reden.«

»Das können wir auch bei der Arbeit machen.«

»Bitte. Es geht auch ganz schnell«, behauptete Susanna, füllte aber zwei Gläser mit Limonade und setzte sich auf einen der Sessel. Martha setzte sich ebenfalls. Seit sie das Kino vor drei Jahren übernommen hatte, war Susanna ihre Stütze gewesen und sorgte durch ihre Warmherzigkeit, aber auch durch ihre Kekskreationen dafür, dass das »Lichtspielhaus« für viele Menschen ein wohliger Rückzugsort war, selbst wenn die Filmauswahl immer weniger die Flucht in eine bessere Welt versprach. Martha neigte immer mehr dazu, Filme auszuwählen, die ihre eigene Resignation angesichts einer mehr als unperfekten Welt widerspiegelten. Auch wenn täglich zahlreiche Gäste das Kino betraten und wieder verließen, war Susanna Marthas einziger wirklicher sozialer Kontakt. Susanna war einfach da, Martha musste sie nicht erst anrufen und erklären, warum sie sich so lange nicht gemeldet hatte. Susanna lebte mit in dem Kokon, in den sie sich seit der Trennung von Tom immer mehr zurückgezogen hatte. Filme waren ihre gemeinsame Leidenschaft, und wenn es im Kino nichts zu tun gab, holte Susanna ihr Notizbuch unter der Theke hervor und schrieb an ihrem Drehbuch. Sich selbst an einem Script zu versuchen oder gar einen Film zu drehen, hatte Martha dagegen nie in Erwägung gezogen. Die größte Herausforderung war es, all die guten Filme, die bereits existierten, überhaupt einmal gesehen zu haben, sie in lebendiger Erinnerung zu halten und anderen Menschen zu zeigen. Martha, das Medium, hatte Tom sie früher oft genannt und ihr zum Abschied gesagt, dass es ihn immer gestört habe, wie wenig sie selbst an ihrer Lebensgeschichte schrieb. Filme vorzuführen sei doch kein Job für jemanden, der einen Master in Film- und Fernsehwissenschaften vorweisen konnte, hatte er ihre Aufgabe als Betreiberin eines Programmkinos immer klein gemacht.

»Ich hätte es dir lieber anders gesagt, aber ich darf keine Kisten mehr schleppen.«

Die rosige Haut, das Strahlen, die Tatsache, dass sie seit Wochen keinen Wein mehr zusammen getrunken hatten … Martha hätte es ahnen müssen. Sie zwang sich zu einem Lächeln.

»Kein Problem, ich kann die Kisten auch alleine schleppen. Herzlichen Glückwunsch, wenn es das ist, was ich glaube.«

Susanna legte die Hände auf ihren Bauch. »Ich hoffe, das ist okay für dich.«

»Ja, natürlich. Wie weit bist du denn?«

»Dreizehnte Woche.«

Die Nachricht von der Schwangerschaft hatte ihr einen Stich versetzt, aber die Tatsache, dass Susanna ihr nicht gleich beim positiven Test Bescheid gegeben hatte, war ein Schlag in die Magengrube.

»Okay. Wir bekommen das schon hin. Am Anfang schlafen sie eh nur, dann stellst du einfach den Kinderwagen neben die Theke.«

»Martha, es gibt auch eine Welt außerhalb dieses Kinos.«

»Entschuldige.«

Die Welt außerhalb sah nicht verlockend aus. Schneeregen peitschte gegen die Glasscheibe.

»Da ist noch was.«

Martha sah ihre Freundin an.

»Ich werde zu Alex ziehen.«

»Alex wohnt in Hamburg! Das ist viel zu weit weg!«

»Martha, ich wünschte auch, er würde hier wohnen, aber er kann seine Firma nicht einfach umsiedeln. Und wir bekommen ein Kind!«

Martha verschüttete etwas Limonade bei dem Versuch, sie in das Glas zu gießen. »Du kannst doch nicht alles stehen lassen und dich blind auf deinen Freund verlassen! Was ist, wenn er dich sitzenlässt? In einer Stadt, in der du niemanden kennst? Ohne Job?«

Nur die Tatsache, dass Martha so etwas Ähnliches durchgemacht hatte, ließ Susanna ruhig bleiben. Die Worte, die ihr in den Kopf kamen, behielt sie schön für sich: *Dieser Job hier im Kino macht mich auch nicht mehr glücklich. Vor allem, weil du es nicht mehr bist. Deine Liebe zu diesem Kino ist fast so wie deine Liebe zu Tom. Sie saugt dich aus, nimmt dir den Raum zum Leben. Das hier ist kein Lichtspielhaus mehr, sondern eine Dunkelkammer. Ich bin froh, dass es in meinem Leben einen neuen Plot Point gibt. In meinem Leben und nicht nur auf der Leinwand.* »Ach, Martha, warte nur ab«, antwortete sie stattdessen, »irgendwann gibt es auch für dich ein Happy End.«

»Ich brauche kein Happy End. Ich möchte einfach nur, dass alles so bleibt, wie es ist.«

Das Lichtspielhaus war eines der ältesten Kinos in der Stadt. Martha hatte Bertol Pimont, den letzten Eigentümer, der ihr stolz erzählt hatte, dass er Truffaut noch persönlich kennen gelernt hatte, tagelang gelöchert, um ihre Abschlussarbeit über die Geschichte dieses Kinos zu schreiben. Der alte Pimont hatte ihre Begeisterung gespürt und meinte bei einem Literatenfrühstück auf der Bank vor dem Kino, dass es ja einem Hollywoodmärchen gleichkäme, wenn jemand wie sie das Kino weiterführen würde, wenn er nicht mehr konnte.

»Sind Sie nicht traurig, dass Sie nie selbst Geschichten erzählen, sondern nur die von anderen Leuten zeigen?«, hatte sie ihn gefragt.

»Das war ich vielleicht mal, aber irgendwann habe ich gemerkt, dass ich dann Tausende wunderbare Geschichten verpassen würde,« Herr Pimont, der an den alternden Picasso erinnerte, strich sich durch das graue Haar, »wenn ich mich auch nur ganz in eine einzige eigene vertiefen würde. Lieber zeige ich hundert wunderbare Filme in meinem Kino, als selbst vielleicht einen nur mittelmäßigen zu machen. Im Grunde ist es doch egal, wer eine gute Geschichte inszeniert hat, Hauptsache, sie wird gesehen. Und dazu trage ich bei. Jeder von uns wird irgendwann sterben, aber ein guter Film kann ewig leben.«

»Na ja, wenn die Filmkunst noch ein paar Jahrzehnte älter ist, wird wieder kräftig aussortiert«, hatte Martha erwidert, obwohl sie den Gedanken an die Unsterblichkeit einer guten Story sehr reizvoll fand.

»Dann bleiben nur noch die Besten übrig.«

Bertol Pimont war bald nach dieser Unterhaltung an einem Herzinfarkt gestorben, nicht ohne Martha eine Mappe mit allen wichtigen Unterlagen für das Lichtspielhaus zu hinterlassen – falls sie, wovon Pimont in seinem Brief an Martha ausging, das Kino weiterführen wollte. Dazu vermachte er ihr ein ordentliches Startkapital und das komplette Inventar.

Obwohl keiner von seinen Kollegen und Freunden etwas von Familienangehörigen wusste, war der Friedhof so gut besucht, wie es das kleine Kino nie gewesen war. Martha hatte sich inmitten der Trauergemeinde geschworen, den Menschen weiterhin einen Rückzugsort zu schaffen. Sie polierte die jahrzehntealte Einrichtung auf Hochglanz, ließ die zerschlissenen Sessel neu beziehen und gestaltete den Raum durch neue Lampen und Blumenschmuck noch anheimelnder, sodass jedes Multiplexkino noch herzloser dagegen aussah. Dass mancher Kinogänger das Lichtspielhaus nach Marthas Generalüberholung und der Neuausrichtung der Filmauswahl als »Mädchenkino« abqualifizierte, störte sie nicht im Geringsten, da sie hinter ihrem Konzept stand. Wenn sie mit ihrem Programm eher eine weibliche Sicht auf die Welt bevorzugte, war das in ihren Augen nur gut so.

Nun befand sie sich an dem Ort auf der Welt, an dem sie sich am zweithäufigsten aufhielt, wenn man die Schlafenszeiten mitrechnete: in ihrer winzigen Altbauwohnung. Martha kochte sich einen Tee und setzte sich auf das Sofa, das sie gleich zur Schlafcouch ausklappen würde. Auf dem Tisch daneben stand der Käfig, den sie für die Maus besorgt hatte. Entgegen Marthas Prognose hatte sich der kleine Nager als äußerst zäh erwiesen. Das Tier streckte sein Näschen heraus, als Martha ihre Finger an das Gitter hielt. Dass die Maus überlebt hatte, glich an ein Wunder – oder war ihrer fürsorglichen Pflege geschuldet. Egal ob das Füttern mit Pipette oder die Bauchmassage danach – Martha hatte das alles nur gemacht, um Max nicht zu enttäuschen.

Sie wohnte nur eine Straße vom Lichtspielhaus entfernt in einem schlecht sanierten Jugendstilbau, der gegenüber einer Kirche lag und sich direkt neben einem Supermarkt befand, der bis Mitternacht geöffnet hatte.

Vom Sofa aus beobachtete sie ein Pärchen, das Hand in Hand mit einer Tüte aus dem Geschäft kam und sich vor Ladenschluss wohl noch ein paar leckere Dinge für ein gemeinsames Wochenende gekauft hatte. Das hatte sie mit Tom auch oft gemacht. Und so albern es für jemanden klang, der auf *großes Kino* spezialisiert war, mit Tom Gemüse zu schnippeln oder auf dem Balkon einen Tee zu trinken hatte zu den schönsten Momenten gehört. Und wenn es nach ihr gegangen wäre, würde sie auch diesen Abend mit ihm verbringen.

Plötzlich verstand sie Susanna, sie durfte ihr nicht im Weg stehen. Ihre Freundin hatte sie jahrelang unterstützt, und nun war es einmal an der Zeit, ihr zu helfen. Und wenn es bedeutete, sie gehen zu lassen, dachte Martha, während die Maus neugierig ihre Fingerspitzen beschnupperte.

Als würde Susannas Baby sich seit dem Geständnis ihrer Mutter endlich trauen, die Schwangerschaft sichtbar zu machen, wölbte sich ein paar Tage später schon ein Bäuchlein hervor. Das Wetter konnte sich nicht zwischen Schnee und Regen entscheiden, der Boden war voller Matsch und Susannas extraheißer Milchkaffee begehrter denn je. Heute gab es wieder eine Pressevorführung, in der Journalisten einen Film vorab sehen durften, um im Anschluss eine Rezension zu schreiben. Oder, wie es Stefan – ein Filmkritiker, der George Clooney verblüffend ähnlich sah – meist tat, darüber herzufallen und ihn zu zerreißen. Wenn er einen Film niedermachte, traute sich kein anderer Filmkritiker der Stadt mehr, lobenswerte Worte zu finden. Und weil er

Marthas Filmauswahl stets positiv bedachte, verstummte der Teil der Kritiker, die üblicherweise von Frauen präsentierte Kunst weniger ernst nahmen.

Wie immer betrat Stefan das Kino mit Hut und trug dabei eine Miene zur Schau, als hätten alle anderen Männer eben erst jetzt kapiert, wie vorteilhaft dieses Accessoire aussah.

»Martha, Susanna!« Er umarmte beide. »Dann wollen wir mal sehen, womit uns heute der Tag wieder schwergemacht wird.«

Pressevorführungen sicherten Marthas Miete. Es waren die einzigen Filme, die sie nicht nach qualitativen Maßstäben auswählte. Im Prinzip stellte Martha nur die Räume und die Bewirtung. Kaum jemand erfuhr, dass heute Vormittag, wenn der reguläre Kinobesucher arbeiten musste, ein unsäglich kitschiger Film lief, der über den Filmverleih niemals die Chance hätte, im »Lichtspielhaus« zu laufen. Er war nicht nur mittelmäßig, sondern versprühte auch zu viel Optimismus. Mit der Popcornmaschine waren nach und nach auch die glücklichen Enden in Marthas Filmen verschwunden. Dass der heutige Film den Glauben an die große, glückliche Liebe propagierte, behauptete zumindest das Presseheft. Filme sollten nicht verklären, sondern die Wahrheit offenbaren, dachte Martha. Wenn sie dieses Pärchen auf dem Titelblatt schon sah!

»Du musst ja nicht kommen, wenn dich der Film nicht interessiert«, konterte Martha und ließ sich dennoch links und rechts ein Küsschen von Stefan geben. Stefans Kollegen Jenny und Piet reichten Susanna die Hand und vertieften sich dann wieder in ihr Gespräch.

»Charmant wie eh und je! Vielleicht komme ich ja gar nicht wegen des Films so gerne hierher?«, lächelte er, als habe er gerade die Karte zu einem geheimnisvollen Schatz gefunden. Seit Martha unter Liebeskummer und Alkoholeinfluss einmal mit Stefan herumgeknutscht hatte, versuchte er immer wieder, eine Fortsetzung im nüchternen Zustand zu arrangieren. Vielleicht pries er auch deshalb ihr Kino in allen Feuilletons, für die er schreiben durfte, als Kultstätte an. Das hatte ihr in der letzten Verhandlungsrunde mit dem Kulturamt der Stadt, das mit der Streichung der Fördergelder drohte, den Rücken gestärkt. Mit einem Programmkino ließ sich nun mal keine große Kasse machen. Martha brauchte nicht viel zum Leben, aber allein die Miete in einem der begehrten Viertel der Stadt verschlang eine Menge Geld. Sie hatte Stefan also durchaus etwas zu verdanken.

»Möchtest du einen Kaffee?«, fragte sie, während Susanna schon seine beiden Kollegen vor der Theke bediente.

»Sehr gerne.« Stefan beobachtete ihre Bewegungen. Sie hatte was von Keira Knightley, die er vergötterte, auch wenn er ihre Filme meist belächelte. »Ich würde dich auch sehr gerne mal auf einen Kaffee einladen«, antwortete er, als er die Tasse entgegennahm.

»Keine Ursache, die zahlt der Verleih«, antwortete Martha unsicher mit einem Lachen.

»Oder vielleicht zu einem Essen?«

»Stefan, eigentlich vermische ich Arbeit und Privatleben nicht mehr so gerne. Immer wenn ich das getan habe, wurde es kompliziert. Und im Moment muss ich mich auf die Arbeit konzentrieren, weil einige Umbrüche anstehen. Ich hoffe, du verstehst mich.« Dazu lächelte sie wieder so unsicher, dass er sich ermutigt fühlen musste, später weiter nachzubohren.

»Natürlich verstehe ich das, kein Problem«, dann nahm er seinen Kaffee und suchte sich einen Platz im Kinosaal. Martha sah ihm hinterher und fragte sich, ob sie zu unfreundlich gewesen war.

Ich würde auch Geld sparen«, Martha versuchte, die Glasnudeln mit Messer und Löffel zu bändigen, während Susanna sie geschickt mit den Stäbchen aß.

»Du würdest wahnsinnig werden. Du brauchst doch jemanden.«

Die vietnamesische Familie hinter dem Tresen der Imbissbude hatte alles zurückgelassen, um sich hier etwas Neues aufzubauen. Und Martha traute sich nicht mal, innerhalb ihrer Homezone – so bezeichnete ihr Mobilfunkanbieter einen kleinen Bereich im Umkreis ihrer Wohnung, auf dem sie auch über Festnetz erreichbar war – aus der Komfortzone. Sie gab sich einen Ruck, nicht ohne ihren Blick auf ihr Essen gerichtet zu lassen: »Susanna, du bist nicht so einfach zu ersetzen. Du wirst mir fehlen.«

Gerührt über das, was für Martha schon einem Gefühlsausbruch gleichkam, lächelte Susanna. »Ach komm, du wirst mir auch fehlen, aber mach es mir bitte nicht so schwer!«

Sie holte ihr Notizbuch aus der Tasche und riss eine leere Seite heraus. Als müsste ihre Vertretung noch heute gefunden werden, flog ihr Kuli über das Blatt.

Renommiertes Kino sucht filmbegeisterte Mitarbeiterin …

Darunter schrieb Susanna Marthas Telefonnummer zehn Mal senkrecht zum Abreißen auf, bevor sie Zwischenräume mit dem unbenutzten Messer einschnitt.

»Was macht dich denn so sicher, dass ich eine Frau suche?«

»Ich kenn dich doch«, antwortete Susanna, stand auf und heftete den Zettel an die Pinnwand, die neben der Halterung für die beliebten Gratispostkarten hing. Da hing er nun zwischen Putzangeboten, Nachhilfegesuchen und Fotos von Meerschweinchen, die ein neues Zuhause suchten.

»Meinst du nicht, ich sollte in aller Ruhe eine ganzseitige Stellenanzeige für die *Zeit* oder *FAZ* formulieren?«, fand Martha immerhin zu ihrer Art von Humor zurück.

»Das kannst du ja parallel machen, aber wenn ich nächsten Monat weg bin, dann möchte ich meine Nachfolgerin wenigstens kennen gelernt haben!«

»Dann lass es hängen.« Martha seufzte. »Ich wünschte, ich wäre ein bisschen mehr wie du.«

»Das wäre langweilig. Ich mag dich so, wie du bist.« Sie sah auf die Uhr an der Wand. »Mist, ich muss sofort los, ich habe gleich einen Termin bei der Frauenärztin.« Sie holte fünf Euro aus der Tasche, legte sie auf den Tisch, umarmte Martha und hängte sich ihre Tasche über. »Ist es okay, wenn ich dich hier sitzen lasse?«

Martha nickte und verbrachte den Rest ihrer Mittagspause alleine. Das würde demnächst immer so sein. Vielleicht musste sie doch mal mit Stefan essen gehen? Aus den Augenwinkeln sah sie, wie zwei kichernde

Freundinnen, die aussahen, als kämen sie von der nahegelegenen Uni, gleich zwei von den Streifen mit den Telefonnummern abrissen.

Als Martha den Imbiss verließ, betrat ihn jemand, der es liebte, allein zu essen, so wie es vielen Menschen aus einer großen Familie ergeht, solange diese jederzeit wieder einen großen gedeckten Tisch bereithält. Erik wechselte einen Blick mit der hübschen, aber blassen Frau mit den dunklen Haaren, die ihn an seine große Schwester Dorothea erinnerte. Sie hatte so einen Blick drauf, als glaubte sie genau zu wissen, was gut für ihn ist. So wie am Sonntag, als die ganze Familie, das heißt seine drei Schwestern mitsamt zwei Lebensgefährten und ihren insgesamt vier Kindern bei seinen Eltern zusammensaßen. Mit dem Hund waren sie dreizehn Leute am Tisch gewesen, da brauchte man noch nicht mal abergläubisch zu sein, um zu verstehen, dass diese Anzahl Chaos mit sich brachte. Aber immer noch besser, als wenn einer ausgeladen werden würde wie bei Dornröschen. Obwohl sie nicht in einem Schloss wohnten, war die Wohnküche in dem alten Bauernhaus riesig, auch wenn es rund um den gigantischen Holztisch, den sein Vater selbst gezimmert hatte, nur noch Platz für einen Laufgraben gab. Das Gedränge wurde noch erschwert durch den ausladenden Weihnachtsbaum, der immer noch in einer Ecke des Raumes stand und bei jeder Berührung grünbraune Nadeln herunterrieseln ließ. Eriks Eltern hatten ihre vier Kinder nach dem Motto »Alles ist möglich« erzogen und es dennoch nie geschafft, den Weihnachtsbaum vor Karneval abzuräumen. Dafür war der Wildschweinbraten auf dem Tisch selbst erlegt, wie Eriks Vater Hans auch den Vegetariern in der Familie ausführlich schilderte, auch wenn die Hälfte seiner Erzählung im Hundegebell, Kindergeschrei und Erwachsenengelächter unterging. Sosehr er seine Familie liebte, Erik würde eine Freundin erst hierhin mitbringen, wenn sie ihn so liebte, dass sie diese Art von Reizüberflutung verkraften würde. Wenn er denn mal eine Freundin hätte.

»Was machst du eigentlich, wenn dein Film floppt?«, hatte Dorothea gefragt, während sie einen Semmelknödel durchteilte und die Hälfte auf den Teller ihres Mannes Bert legte, der die Lautstärke der Familie Sonntag noch nicht verdaut hatte. Da konnte ruhig noch ein halber Knödel mit in den Magen, um seiner Gattin den Kohlenhydratschock zu ersparen.

»Das wird er nicht. Der Film wird genial werden!«

»Das wird er, mein Schatz«, sagte seine Mutter Anna zu ihrem Nesthäkchen und wandte sich dann an ihre älteste Tochter, »und selbst wenn er kein kommerzieller Erfolg werden sollte, wird er bestimmt fantastisch!«

»Eben, und die größten Künstler wurden ohnehin erst nach ihrem Tod berühmt«, ergänzte Eriks Vater.

»Das trifft vielleicht auf Maler zu, aber doch nicht auf Regisseure«, widersprach Dorothea und machte ein Anführungszeichen in der Luft.

»Na ja, auf Designerinnen«, jetzt machte auch Erik diese alberne Geste, »trifft es aber noch weniger zu. Vor allem, wenn sie Klobrillen entwerfen.«

»Davon kann ich wenigstens meine Miete bestreiten und muss nicht meinen Eltern auf der Tasche liegen!«

Mietfrei in der umgebauten Scheune zu wohnen, sich im Gegenzug ständig um Garten und Tiere zu kümmern, wenn seine Eltern mal wieder mit ihrem VW-Bus durch die Welt tourten, konnte man ja wohl kaum so bezeichnen, dachte Erik. Obwohl Geld schon ein Thema war. Das Stipendium für seinen Abschlussfilm ging komplett für den Film drauf, und langsam brauchte er dringend einen Nebenjob, damit er sich überhaupt das Benzin leisten konnte, um zu den Drehorten fahren zu können. Seine Eltern anpumpen würde er nur im Notfall.

»Kinder, ich möchte nicht, dass ihr euch streitet. Erfolg hängt doch nicht nur vom Geld ab«, beschwichtigte seine Mutter wieder, die es schon gehasst hatte, wenn sie sich als Kinder um Playmobilfiguren gestritten hatten. »Ihr seid alle wunderbar und talentiert. Freut euch lieber darüber, als euch gegenseitig zu ärgern.«

Dorothea verdrehte die Augen, und Erik schmunzelte.

Lilli, Dorotheas achtjährige Tochter, zerschnitt das Fleisch vornehmer als jeder andere am Tisch und bemerkte altklug, dass sie später etwas Vernünftiges arbeiten würde. »So etwas wie Ärztin oder Steuerberaterin.«

»Wenn dich das erfüllt, dann mach das, mein Schätzchen«, sagte Anna ganz ohne Ironie zu ihrer Enkelin. Es hätte nicht viel gefehlt, und Erik und Dorothea hätten sich unter dem Tisch vors Schienbein getreten. So wie früher, heimlich, während ihre Mutter das Hohelied auf die Geschwisterliebe sang. Mittlerweile war die ganze Familie selten zusammen, Dorothea und ihr

Mann Bert kamen nur einmal im Monat zum Essen. Valentina war drei Jahre älter als Erik und hatte zwar noch ihr altes Zimmer, jettete aber als Model ohne festen Wohnsitz um die Welt und war deshalb nur selten zu Hause. Nur Laetitia, die sich zweimal von verschiedenen Männern schwängern ließ, die sich beide als Nieten entpuppten, und trotzdem optimistisch genug war, noch an die große Liebe zu glauben, bewohnte mit ihren Kindern die komplette obere Etage. Sie arbeitete als Kinderbuchillustratorin und war dankbar, dass ihre Zwillinge Fred und Tilda auf dem umgebauten Bauernhof immer jemanden hatten, mit dem sie sich beschäftigen konnten: egal ob es die Hühner, die Katzen, der Hund, die Großeltern oder Onkel Erik war. Und ihr Baby Antonia lag entweder auf dem Schaffell neben ihrem Schreibtischstuhl oder schlummerte bei den Großeltern oder Erik auf dem Arm, wenn Laetitia an einem Kinderbuch arbeitete.

Und all das ging Dorothea auf den Wecker. Sie hatte das Gefühl, die Vernünftigste in diesem Hühnerstall zu sein. Sie sortierte nicht nur spätestens einen Tag nach Heilige Drei Könige den Weihnachtsschmuck der Farbe nach in dafür vorgesehene Kisten, sondern sorgte auch dafür, dass ihre Tochter von Anfang an verstand, dass ein erfolgreiches Leben planbar war. Lieber mit Klobrillen den Urlaub auf Mallorca finanzieren als mit einem potenziellen *Oscar* höchstens im Garten zelten können, war ihr Motto, das sie Erik gerne unter die Nase rieb. Und all das führte dazu, dass es für Erik nach einem Wochenende mit der ganzen Familie ein Stückchen Himmel war, ganz allein vor einer Schüssel Reis mit Gemüse zu sitzen, niemandem antworten, keiner Schwester Kontra geben zu müssen, all die Stimmen um ihn herum einfach ignorieren zu können. Und das konnte er nur so genießen, weil er sich insgeheim doch auf das nächste Familientreffen freute. Schließlich hatte sich bisher alles in seinem Leben immer zum Besten gewandt und kein Problem länger vorgehalten wie eine Schlechtwetterfront im April. Als er nun den Zettel an der Pinnwand des Imbisses entdeckte, glaubte er an ein Zeichen des Himmels. Dass dort nur Mitarbeiterin stand, war sicher ein Flüchtigkeitsfehler von jemandem, der keine/n vor den Kopf stoßen wollte und nur vergessen hatte, das I groß zu schreiben. Ein Job im Kino wäre doch der passende Nebenjob für einen jungen Nachwuchsregisseur. Und wenn das ein geeignetes Kino war, konnte er vielleicht schon mal die Premierenfeier für seinen Film klarmachen. Und wenn sein Film dann erst mal in allen Kinos lief, dann würde er sich gleich ein Loft in der Stadt kaufen! Dann könnte er sich sogar leisten, das Bad dort mit Badmöbeln auszustatten, die seine Schwester entworfen hatte. Von wegen er wäre ein Taugenichts oder Tagträumer! Schon als er die Imbisstür hinter sich zugezogen hatte, wählte er die Nummer. Fast hätte er sein Handy fallen lassen, als ihm die junge Frau wieder entgegenkam, die vor ihm in dem Restaurant gegessen hatte. Wäre das hier ein Film, wäre diese Begegnung mit Sicherheit kein Zufall. Er versuchte, ihren Blick aufzufangen, doch sie war abgelenkt, weil sie in ihrer Tasche nach ihrem klingelnden Handy wühlte.

Haben Sie etwas vergessen?«

Martha schüttelte den Kopf. Sie hatte das Handy zwischen einem Buch und zwei DVDs gefunden, doch der Anrufer hatte bereits aufgegeben. Sie schritt auf die Pinnwand zu, nahm den Zettel, den Susanna befestigt hatte, und zerknüllte ihn. Das war doch nicht professionell. Sie würde eine Anzeige in einer Studenten-Jobbörse schalten und dann die beste aussuchen. Einen Susanna-Klon: Abschluss in Filmwissenschaften, aber sich nicht zu schade, hinter der Theke Kaffee zu kochen und Snacks zuzubereiten. Irgendwann würde Susannas Durchbruch als Drehbuchautorin kommen, falls ihre neue Rolle als Mutter noch genug Zeit dafür ließ, dachte Martha etwas bitter. Spätestens, wenn sie ihr erstes Script verkauft hätte, hätte sie sowieso gekündigt. Das Handy klingelte erneut, dieses Mal fand Martha es sofort.

»Hallo?« Genervt hörte sie sich an, dass da jemand genau der Richtige für den Job wäre, einer von den Typen mit einem übersteigerten Selbstbewusstsein, die ihr grundsätzlich auf die Nerven gingen.

»Vielen Dank für Ihr Interesse. Wie Sie sich vorstellen können, gibt es einen großen Pool an Bewerbern. Sollte sich wider Erwarten niemand finden, melde ich mich bei Ihnen. Ihre Nummer habe ich ja, die wird auf meinem Handy angezeigt.«

Sie legte auf und verließ den Laden, ohne sich zu verabschieden. Martha brauchte dringend etwas Tröstendes. Sie würde sich ein Eis gönnen und es gleich auf ihrem Bettsofa vor dem DVD-Player verspeisen. Sie hatte den ganzen Nachmittag nichts vor und musste zu allem Überfluss heute Abend allein im Kino arbeiten, da Susanna eine Einladung hatte. Der Kioskbesitzer ein Ladenlokal weiter nickte ihr schon freundlich zu, während er den Mann vor ihr bediente.

»Sonst noch was?«

Der junge Mann legte zwei Stadtmagazine auf den Tresen. So sah er auch aus – wie einer, der jeden Abend Party machte, aber davor noch ins Fitnessstudio ging. Neuerdings liefen die Typen um die zwanzig alle mit breiten Schultern und starken Armen rum. Intellektuell war definitiv nicht das neue Sexy unter den Männern. Leider.

»Nein danke. Ich habe alles, was ich brauche.«

Martha zuckte zusammen. Das war die Stimme des Anrufers.

»Ich wünsche Ihnen noch einen schönen Tag.« Der Mann drehte sich um und zuckte ebenfalls zusammen, als er sie erblickte. Sie zwang sich, den Mund nicht aufzumachen, damit er sie nicht auch an der Stimme erkannte, während sie ein Grinsen unterdrücken musste, was ihr nicht gerade einen vorteilhaften Gesichtsausdruck verlieh. Und dann lächelte er sie auch noch an! Nicht nur Muskeln wie ein Disneyheld, sondern auch noch chronisch gutgelaunt wie einer dieser Disneyprinzen! Der konnte sich gerne im Filmpalast als Kartenabreißer bewerben, aber nicht bei ihr!

»Ihnen auch einen schönen Tag!«, sagte er zu ihr und schaute sie an. Auch noch ein Frauenheld! Wer sie am helllichten Tage ohne direkte Aufforderung ansprach, machte das bestimmt bei jeder Zweiten. Dennoch nickte Martha und zwang sich zu einem Lächeln, flüchtete dann aber schnell zur Eistruhe, um sich ein Himbeer-Minze-Pistazien-Sahne-Eis im Becher herauszufischen.

»Na, der hat Ihnen aber die Sprache verschlagen!« Der Kioskbesitzer grinste seine Stammkundin an.

»Ich muss doch nicht mit jedem reden, oder?«

»Ne, müssen Sie nicht, aber manchmal verpassen Sie vielleicht was.«

Martha überlegte, das nächste Mal zum Kiosk auf der anderen Straßenseite zu gehen. Sie brauchte schließlich nur was zu essen und keine Lebensberatung.

Drei Leute waren im Kino gewesen! Drei Leute, von denen sich zwei eine Limonade mit zwei Strohhalmen geteilt hatten. Hoffentlich lag es an der Straßenglätte und nicht an dem Film, der heute bei ihr angelaufen war. *Der Babadook*, einer der besten Horrorfilme, die Martha kannte. Die alleinerziehende Amelia wird durch das Verhalten ihres Sohnes und durch einen mysteriösen Geist fast zur Mörderin ihres Kindes – bis sie erkennt, dass das Böse nicht von außen kommt. Aber was hieß in diesem Falle schon das Böse? Der Film zeigte vor allem, dass selbst der sanftmütigste Mensch durch Überforderung und Traumata durchdrehen konnte.

Die drei Zuschauer hinterließen immerhin keinen Müll und kaum Dreck, sodass Martha nicht mehr durchsaugen musste. Die Kasse machen war auch eine Sache von drei Minuten gewesen. Einen Moment überlegte sie, ob sie die Barschaft überhaupt mitnehmen sollte, steckte sie aber dann doch in ihre Tasche und nahm sich zum hundertsten Male vor, endlich ein modernes Kassensystem anzuschaffen.

Jetzt brauchte sie nur noch abzuschließen. Nachdem sie Mantel, Schal und Mütze angezogen hatte, griff sie sich ihre Tasche und den Schlüssel. Sie sah, wie jemand von außen vor dem Filmplakat für diese Woche stand. Helle Jeans und Turnschuhe waren durch die Fensterfront zu erkennen. Die Beine in den Jeans trippelten vor Kälte auf der Stelle. Er klopfte an die Tür. Ob der Mann Hilfe brauchte? Sie drückte die Türklinke herunter, während er gleichzeitig von außen gegen die Tür drückte und ins Foyer stolperte. Als er sich wieder gefangen hatte, schaute Martha in ein verzerrtes, gealtertes Gesicht. Rote Augen starrten sie an. Scheiße, dachte Martha, wenn *Trainspotting* nur halbwegs realistisch gezeichnet war, wollte sie mit dieser Situation hier nichts zu tun haben. Was sollte sie machen? Die Polizei rufen? Das würde er nicht zulassen. Kämpfen? Das Messer, das er aus seiner dreckigen Jeansjacke zog, war Antwort genug. Ihr Puls raste, und sie schwitzte unter dem Wintermantel. Abwarten. Abwarten, was er will.

»Hey, Kleine, ich tu dir nichts, ich will nur dein Geld.«

Er kam näher und hielt ihr das Messer vor das Kinn. Warum hatte sie nie eine dieser Kampfarten gelernt? So was, was sie in *Tiger & Dragon* bewundert hatte? Dann könnte sie ihm jetzt das Messer aus der Hand schlagen. So blieb ihr nichts, als Zeit zu gewinnen. Vielleicht gab er sich zufrieden mit den dreißig Euro in der Kasse und würde verschwinden? Vielleicht wäre er dann aber so wütend, dass er erst recht randalieren würde? Gab es nicht einen Typen unter Chrystal-Meth-Einfluss, der einem Mann ein Stück Fleisch aus der Wange gebissen hatte? Sie roch den faulen Atem des Mannes. Irgendwie musste sie ihn loswerden.

»Ich gebe Ihnen Geld. Augenblick.«

Ihre Hände zitterten so sehr, dass sie den Reißverschluss ihrer Tasche kaum aufbekam. Sie griff nach der schweren Geldkassette.

»Und der Schlüssel?«

»Geheimzahl. 5656.«

»Wenn du mich verarschst, bringe ich dich um!«

Sie konnte nur hoffen, dass seine Gier größer war als seine Wut. Oder dass die Wut in dem vernebelten Gehirn etwas später ankam. Sie riss ihren Arm nach hinten und schleuderte die Kasse durch das Fenster. Das Glas splitterte, und die Kasse schlitterte über den vereisten Bürgersteig auf die Straße.

Der Junkie sprang hinterher, drehte sich noch mal um und warf ihr noch einen drohenden Blick zu. Er schnappte sich die Geldkassette, während Martha von innen abschloss. Ihre Finger zitterten so sehr, dass sie alle Zahlen auf ihrem Handydisplay trafen, nur nicht die 110. Beim dritten Versuch hörte sie ein lautes Quietschen. Der Räuber hatte noch auf der Straße versucht, die Schatulle zu öffnen und dabei ein herannahendes Auto nicht bemerkt. Martha beobachtete, wie der Autofahrer ausstieg, während der Junkie versuchte sich aufzurappeln. Bei der Vollbremsung war er halb unter dem Auto gelandet. Anscheinend hatte jemand den Überfall beobachtet und den Notruf gewählt. Ein zweites Mal quietschten Autoreifen, dieses Mal begleitet von Blaulicht. Zwei Polizisten stiegen aus dem Streifenwagen, zogen den brüllenden Junkie unter dem Auto hervor und legten ihm Handschellen an. Der ältere von den beiden führte den Räuber zum Polizeifahrzeug ab, während der jüngere auf Martha zulief, die in der Tür des Kinos stand.

»Schöne Scheiße. Ich hoffe, Sie sind unverletzt«, brummte er, wobei er mit den behandschuhten Fingern an das kaputte Glas tippte, als suche er nach Spuren. In der anderen Hand hielt er die Kasse. »Sie können froh sein, dass nicht mehr passiert ist.« Er überreichte ihr die Schatulle, die nur ein paar Dellen aufwies. Dann folgte er Martha ins Foyer, wo er sich den Tathergang schildern ließ.

»An Ihrer Stelle würde ich um diese Uhrzeit nicht mehr hier allein sitzen«, sagte er am Ende und gab ihr den Personalausweis zurück. »Sie wohnen ja gleich um die Ecke. Soll ich Sie nach Hause bringen?«

Martha nickte. Sie blieb immer einen Schritt hinter dem Polizisten zurück, weil sie keine Lust auf ein Gespräch hatte. Aber als sie seine breiten Schultern vor sich sah, fühlte sie sich nicht nur sicherer, sondern dachte, dass ein Mann als Mitarbeiter doch mehr Vorteile mit sich bringen könnte, als nicht schwanger werden zu können. Vor allem, wenn er so gebaut war wie der Anrufer von heute Mittag.

Auch wenn Martha jetzt immer kontrollierte, ob der Riegel an der Innenseite der Tür geschlossen war, sobald der letzte Gast das Kino verlassen hatte, und bei jedem Junkie, der auf der Straße herumlungerte, Herzrasen bekam, war zwei Tage später nichts mehr von dem Überfall zu sehen. Susanna gegenüber verschwieg sie die Details des Vorfalls. Sie erzählte nur, dass sie einen Räuber in die Flucht geschlagen hätte, damit Susanna sich keine Vorwürfe machte.

Nun saßen die beiden Freundinnen mit Erik im Foyer des Kinos und hielten ihr erstes Vorstellungsgespräch ab. Erik war der festen Überzeugung, dass er sich bei dem Telefonat mit Martha gut verkauft hatte – schließlich hatte er nicht einmal eine Bewerbung schreiben müssen. Im Grunde war sie bestimmt glücklich, mit dem künftigen Stern am Kinohimmel zusammenarbeiten zu dürfen.

»Ich habe in diesem Kino schon immer etwas Besonderes gesehen! Es scheint mir wirklich Schicksal zu sein, dass ich Ihren Zettel entdeckt habe!«

Wie ein kleines Kind im Spielwarenladen schaute Erik sich mit großen Augen um. In diesem Kino hatte schon Romy Schneider eine Premiere gefeiert, und er würde es vielleicht auch eines Tages tun! Zumindest im kleinen Kreise. Für die große Premiere wäre das Kino doch etwas bescheiden.

Martha verkniff sich zu sagen, dass sie dieses Kino auch schon immer geliebt hatte. Bloß nicht zu viel Gemeinsamkeit schaffen!

»Wie viel Zeit steht Ihnen denn zur Verfügung?«, fragte sie kurz angebunden.

»Ich bin flexibel. So, wie Sie mich halt brauchen!«, antwortete er strahlend. Als er hereingekommen war und die junge Frau aus dem Kiosk und dem Imbiss wiedererkannt hatte, wurde ihm einmal mehr bewusst, dass das echte Leben noch viel erstaunlicher war als jedes noch so absurde Drehbuch. Diese Frau sollte eine wichtige Rolle in seinem Leben spielen – am liebsten erst mal als Chefin.

»Ich suche vor allem jemanden für die Abendstunden.«

»Wunderbar! Im Grunde muss ich mir nur im Frühling ein paar Wochen für den Dreh freinehmen, aber das kriegen wir schon hin.«

»Und was genau qualifiziert Sie für diesen Job?«

Einen Moment war er verunsichert. Das hatte er ihr doch am Telefon erklärt. »Ich bin ein großer Filmliebhaber!«

»Das sind meine Gäste in der Regel auch.«

»Umso besser, dann wird unser Kinoprogramm wenigstens gewürdigt.«

»*Mein* Kinoprogramm wird in der Tat gewürdigt. Mitarbeit suche ich in anderen Bereichen.«

Erik wechselte seinen Blick von Martha zu ihrer Kollegin, die die ganze Zeit ein Grinsen unterdrücken musste. Wer mit drei Schwestern aufgewachsen war, dem konnte man nichts vormachen. Erik wusste, wann Mädchen einen verarschten. Obwohl die Chefin ihre Rolle so gut spielte, dass er sie glatt in seinem nächsten Film gebrauchen konnte.

»Und zwar in welchen?«

Martha schaute ihn mit ihrem Große-Schwester-Blick an, bevor sie ihn zurück auf den Teppich holte. Zu seinem Leidwesen nicht auf den roten. »Getränke servieren, Karten abreißen …«

Er würde sich schon hocharbeiten und selbst wenn

nicht, er brauchte einen Nebenjob. So schnell es ging. Wenn sein Film erst mal draußen wäre, sähe alles anders aus, aber bis dahin musste er anders Geld verdienen. Und so umgab er sich wenigstens mit der Aura eines alteingesessenen Kinos, selbst wenn er hier nur Kaffee kochte und Karten verkaufte.

»Kein Problem. Ich habe auch Gastronomieerfahrung«, sagte er schnell, und das war nicht gelogen, schließlich hatte er bei seinen ersten beiden Kurzfilmen das Catering selbst organisiert. Dass es so gut war, hatte bestimmt auch dazu beigetragen, dass ein Teil der Crew jetzt wieder fast unentgeltlich mitarbeitete – neben dem überzeugenden Drehbuch natürlich.

»Gut, wenn Sie möchten, beginnt nächste Woche Ihre Probezeit als Schwangerschaftsvertretung für meine Kollegin Susanna.«

Erik strahlte, als wäre er gerade für den Oscar nominiert worden. Und selbst die Sonne ließ sich von seiner Freude anstecken. Das erste Mal seit Tagen guckte sie hinter den Wolken hervor. Erik hatte heute Morgen sogar das erste Schneeglöckchen inmitten des Schneematsches entdeckt, und diese Martha würde er irgendwann auch zum Schmelzen bringen.

»Danke, ich wusste, dass es kein Zufall war, dass wir uns begegnet sind!«

Dieser Satz ließ Marthas Miene wieder einfrieren. »Natürlich war es kein Zufall. Sie haben einfach auf meine Anzeige geantwortet.«

Erik ersparte sich weitere Ausführungen. Die Frau war eine harte Nuss oder dem Wetter entsprechend eher ein Eisblock, so viel stand fest.

Ein bisschen verstrahlt ist der schon, aber ganz süß. War das etwa der Grund, warum du dir sonst keine mehr angeschaut hast?« Susanna war erleichtert, dass ihr Ersatz gefunden war. Um das zu feiern, hatte sie Martha in ihr gemeinsames Lieblingscafé eingeladen.

»Spinnst du? Er ist absolut nicht mein Typ.« Martha schob ihren Walnusskuchen zur Seite, als würde das irgendwas beweisen.

»Und warum hast du ihn dann eingestellt?«

»Weil ich nach dem Überfall jemanden haben möchte, der mich im Notfall verteidigen kann. Und guck ihn dir an, der nimmt fünf Getränkekisten unter den Arm.«

»Hm, ich dachte, du hättest den Typ selbst in die Flucht geschlagen?«

»Hab ich auch. Trotzdem wäre es mir lieber, wenn ich beim nächsten Mal Unterstützung hätte. Die Polizei hat mich davor gewarnt, abends allein im Kino zu sein.«

Martha verstand nicht, was es daran zu grinsen gab. Sie verstand auch nicht, warum Susanna während des Vorstellungsgesprächs so albern gewesen war. Das konnten nur die Hormone sein.

»Die kitschige Hollywoodmanier, sich vom Prinzen retten zu lassen, ist doch sonst nicht dein Ding. Du hast dich in unserer Retro-Reihe aus den 1990ern sogar geweigert, *Bodyguard* zu zeigen.«

Martha stand auf. Im Gegensatz zu Susanna ließ die Erwähnung der Hollywoodschnulze, in der sich Withney Houston von Kevin Costner beschützen lässt, sie nicht schmunzeln, sondern sauer werden. »Weißt du was? Ich versuche hier gerade ein Problem zu lösen, das ich mir nicht ausgesucht habe, okay? Da brauchst du dich nicht über mich lustig zu machen! Ich will nichts von diesem Typen, außer dass er mir Arbeit abnimmt, die du nicht mehr machen willst!«

Alle anderen Gäste starrten sie an. Susanna konnte sich nicht daran erinnern, dass Martha je so laut in ihrer Gegenwart geworden war.

»Es tut mir leid, ich wollte dich nicht verletzen.« Susanna schämte sich – weniger wegen ihrer Bemerkung als der Tatsache, dass sie gerade dabei war, all das zu bekommen, was Martha bisher versagt geblieben war.

Darf es sonst noch etwas sein?«

Erik blickte von der Zeitung hoch, als ihm die Kellnerin einen Kaffee und ein Croissant auf den Tisch stellte.

»Nein danke«, lächelte er sie an. Eigentlich sprengte schon dieses Frühstück sein Budget, aber er musste sich seelisch stärken, bevor er seinen ersten Arbeitstag antrat. Wenn er erst sein Spielfilmdebüt fertig hatte, würde er jeden Morgen frühstücken gehen. Allein, so wie jetzt. Es inspirierte ihn. Ging es nicht vielen Künstlern so, dass sie die Einsamkeit inmitten des Trubels am meisten genossen? Außerdem bekam er so die Zeitung umsonst. Es gehörte schließlich zum Job, nicht nur die Filmkritiken im Internet, sondern auch in den Feuilletons zu lesen. Er fühlte sich selbst schon wie in einer Filmszene, das malerische Café, der Regen, der gegen die Scheibe prasselte, die hübsche junge Frau, die ohne Schirm davorstand und auf deren Gesicht sich ein Lächeln ausbreitete. Erik sah auf den Eimer mit Schirmen neben der Tür und stand auf. Doch ehe er sich einen Schirm borgen konnte, tauchte ein Mann neben der Frau auf. Mit Schirm. Und küsste sie.

Erik lächelte unverdrossen und notierte sich in Gedanken diese Szene, bevor er sich wieder der Zeitung widmete. Und da er auch sonst nicht an den Zufall glaubte, sah er es als Unterstrich des Himmels, dass sein neuer Arbeitsplatz in einem Artikel mit der Überschrift *Glücklich ohne Popcorn* als Juwel der hiesigen Kinoszene bezeichnet wurde:

Das Lichtspielhaus, ein Tempel für Filmliebhaber … Selbst wenn die Besitzerin unterhalten will, tut sie das auf eine Art und Weise … Völlig zu Unrecht als Frauenkino verschrien …

Selbst wenn sie unterhalten will, wiederholte Erik für sich. Na, den Autor des Artikels, Stefan Feldhausen, sah er schon vor sich. Stefan Feldhausen. Bestimmt ein alter Sack und einer, der mal selbst Filme machen wollte. Einer, der nun so verbittert war wie der Restaurantkritiker Ego aus dem Pixar-Meisterwerk *Ratatouille,* bevor er das von der Ratte Remy zubereitete Gericht probieren darf, das sein Herz und seine Gesichtszüge weich werden lässt. Unterhalten war ja wohl der Mindeststandard. So wie Treue in Beziehungen. Also wenn sich ein Mensch bei seinem Film langweilen würde, hätte er versagt!

Erik biss in das Croissant und ignorierte, dass die Krümel Fettflecken auf der Zeitung hinterließen. Er legte sogar seinen Löffel auf dem Papier ab, nachdem er seinen Kaffee umgerührt hatte. Die Zeitung wanderte heute Abend doch eh in den Müll.

Bei dem Wetter bleibt bestimmt die Hälfte zu Hause.« Martha bereitete einen Kakao mit Sahne zu und reichte ihn Susanna. »Kalzium fürs Baby. Und Seelentrost für die Mutter«, sagte sie, obwohl Susanna kein bisschen so aussah, als bräuchte sie Trost.

»Danke. Du bist echt eine tolle Freundin.«

»Weil ich dir was zu trinken bringe?«

»Nein, wegen allem …«

Alles war wirklich eine Menge. Es bestand vor allem darin, dass Martha versuchte, sich für Susanna mitzufreuen, obwohl ihr eigener Freund sie betrogen hatte, als sie schwanger war. Und sich dann einen Scheißdreck dafür interessiert hatte, als Martha das Kind verlor. War ja schließlich eh nicht geplant. Angesichts dieser Tatsache war der Kakao mit Sahnehaube mehr als eine nette Geste. Und darüber brauchten sie genauso wenig zu sprechen wie über den Streit vom Vortag.

Es wurde nicht nur Zeit, Susanna gehen zu lassen, auch die Maus musste dringend wieder nach draußen. In ihrer Wohnung begann es schon zu müffeln. Auf den Gedanken, dass sie einsam sein könnte, kam Martha nicht.

Die Tür öffnete sich, und die Chefin der Presseagentur kam mit zwei Praktikanten herein, die jeweils einen Karton mit Flyern und Pressemappen unter dem Arm trugen. Interviews mit den Filmemachern, Biografien zu den Schauspielern, Fotos vom Set – wenn der Stapel zusammengehefteter Blätter nicht direkt in der Papiertonne landete, versorgte er Journalisten oder Kinobetreiber mit Hintergrundinfos zu dem Film. Kinobetreiber liehen sich die Filme schließlich auch aus. Die großen Kinos brachten erst mal alles, was aktuell war und Erfolg versprach, aber so ein Programmkino musste sich schon genau überlegen, für welchen Film es die Leinwand reservierte. Vor allem, wenn man nur einen Kinosaal hatte wie das Lichtspielhaus. Martha nickte also auch ein paar Kollegen zu, die den Vormittag nutzten, um geeignete Filme für ihre Programmkinos zu finden. Wer ein kleines Kino betrieb, buchte nicht einfach die Blockbuster, sondern schaute sich vorab auch die Filme von kleinen Verleihen an, um zu entscheiden, ob sie ins eigene Programm passten. Martha versuchte zwar auch über alle Neuerscheinungen im Bilde zu sein, zumindest dem Titel nach, aber am liebsten zeigte sie ihren Besuchern Filme auf der Kinoleinwand, die sonst nur noch auf DVD zu bekommen waren – ganz egal, ob der Film von 1993 oder 2015 stammte. Über die Stadt verstreut gab es ein gutes Dutzend Kinos, früher einmal war für jeden Kölner ein Kino zu Fuß zu erreichen gewesen, über achtzig Kinos gab es einmal in dieser Stadt, aber das war schon Jahrzehnte her.

Und dann kam Erik. Als hätte er seinen persönlichen Wettermacher dabei, hörte der Regen auf, der den Schnee der letzten Wochen abgelöst hatte, und machte sogar ein paar Sonnenstrahlen Platz. Martha musste sich zwingen, nicht genervt wegzuschauen, als Erik sie anstrahlte.

Einen kurzen Moment wollte er sie umarmen, streckte ihr aber nur die Hand entgegen. »Guten Morgen, Martha! Ich freue mich auf unseren ersten gemeinsamen Arbeitstag!«

»Ich mich auch«, kam es aus ihrem Mund, bevor

sie sich eine scharfzüngige Antwort überlegen konnte. Meine Güte, war seine Haut warm! Und sein Händedruck fest, dachte sie. Warum brachte sie dieser Typ dazu, dass sie am liebsten mit ihm in einen Ring steigen würde? Warum provozierte sie seine gutgelaunte Art?

»Du kannst dir von Susanna alles erklären lassen.« Auch wenn es in erster Linie eine geschäftliche Beziehung bleiben sollte, hatte Martha ihm schnell das Du angeboten.

Erik verschwand sofort hinter der Bar, um sich den Kaffeeautomaten erklären zu lassen. Das war auch nötig, schließlich startete in dreißig Minuten der erste Film, und keiner der Kritiker, die nach und nach kamen, wollte sich den Film ohne Koffeinbegleitung anschauen. Und dann kam wieder einer, der den Raum als Bühne nutzte. Stefan. Sobald er den Raum betrat, machten die Leute Platz. Er war groß. Und attraktiv. Aber das war nicht der Grund. Er trat auf wie eine Autorität, als ob er entscheiden würde, ob der Regisseur ein armes Würstchen war oder als Genie gefeiert wurde. Martha war diese Art zwar nicht geheuer, aber sie war mit Stefan meist einer Meinung.

»Martha!« Er breitete die Arme aus, um ihr dann aber nur links und rechts ein Küsschen zu geben. Marthas Körper reagierte unweigerlich, ihre Wangen kribbelten bei der Berührung.

Und Erik reagierte auf Stefan. Er suchte den Blick dieses George Clooneys von Köln, als müsse er auf seine Chefin aufpassen, obwohl er noch nicht mal den ersten Tag der Probezeit überstanden hatte.

Stefan ließ nun Martha stehen, um sich den neuen Mitarbeiter genauer anzusehen. »Einen Kaffee bitte«, wandte er sich an Erik, zog einen Kuli aus der Tasche und trug sich in die Anwesenheitsliste ein, die auf der Theke lag.

Erik, der neugierig einen Blick darauf warf, während er den Kaffee abstellte, musste schlucken. Das war doch derselbe Name, den er heute Morgen unter dem Zeitungsartikel gelesen hatte. Er streckte Stefan die Hand hin.

»Freut mich, Sie kennen zu lernen, Herr Feldhausen.«

Stefan reichte ihm die Hand, als er mit seinem Nachnamen angesprochen wurde.

»Ich habe Ihren Artikel über das Kino gelesen. Es freut mich, dass Sie unser Kino so loben.«

Stefan beäugte den jungen Mann, der von unserem Kino sprach, ohne zu antworten.

»Aber Sie schreiben: *Selbst wenn sie unterhält* … Was sollte ein Film Ihrer Meinung nach denn sonst tun? Die Zuschauer zum Schlafen bringen?«

Stefan musterte Erik von oben bis unten. Er fragte sich, ob der junge Mann sein unangebrachtes Selbstbewusstsein aus seinem guten Aussehen zog.

»Ah, ein Barista, der sich mit Filmen auskennt!«

Susanna konnte sich ein Grinsen nicht verkneifen, während sie die anderen Gäste bediente.

»Ich hoffe, Sie kennen sich als Filmkritiker auch mit Kaffee aus«, konterte Erik.

»Bisher war der Kaffee im Lichtspielhaus immer perfekt. Ich hoffe, das bleibt so.«

Susanna tat so, als höre sie gar nicht, welcher Hahnenkampf sich zwischen den beiden Männern abspielte, während sie schon mal für die Abendvorstellung Erdnüsse in Tütchen verteilte, ein Snack, der immer sehr begehrt war und nicht so viel Sauerei wie Popcorn machte. Sie freute sich, dass Erik den Laden hier aufmischte. Das war genau das, was Martha brauchte. Susanna würde es jedoch eher einer Figur aus einem Stummfilm gleichtun, als Martha noch einmal darauf anzusprechen.

Am Ende des Films schwor sich das Paar die ewige Liebe. Und drei von den fünfzehn Zuschauern hatten Tränen in den Augen: die Praktikantin des Filmverleihs, die den Film »ehrlich voll schön« fand, die Chefin des Filmverleihs, weil sie sich ehrlich fragte, ob sie schon wieder einen Flop eingekauft hatte, und Erik. Bei Erik kitzelte jedes große Happy End ein Tränchen aus dem Auge. Allein, dass ihn ein Happy End an das glückliche Ende in seinem Drehbuch erinnerte, reichte für ein Gefühl der Rührung. Er war auch der Einzige, der sich den Abspann ansah und erst herauskam, als die übrigen Zuschauer um den Stehtisch im Foyer standen und noch einen Kaffee orderten. Susanna hatte stillschweigend Eriks Arbeit übernommen, während Martha mit der Verleiherin diskutierte, und sich vorgenommen, ihm nachher noch mal zu erklären, wie das hier im Kino ablief. Doch jetzt ging es vor allem darum, dass Martha nichts von seinem unprofessionellen Verhalten mitbekam.

Aber natürlich tat sie das! Als Martha sah, wie Erik als Letzter aus dem Saal kam, öffnete sie den Mund, um ihn anzuraunzen, doch als sie seinen Gesichtsausdruck bemerkte, hielt sie inne.

»Alles in Ordnung?«

Ob er gerade eine schlechte Nachricht auf seinem Handy erhalten hatte?

Die anderen Besucher, inklusive Stefan, starrten ebenfalls zu Erik hinüber, der in seiner schmal geschnittenen Jeans, den blonden Locken und dem bunten Shirt weder zu den schwarz gekleideten anderen Gästen, zum Schmuddelwetter noch zu seinem eigenen Gesichtsausdruck passen wollte.

»Alles okay. Ich bin nur noch etwas durcheinander von dem Film.«

Marthas Groschen fiel nicht so schnell wie bei Stefan, über dessen Gesicht ein Grinsen huschte. Er holte eine Packung Taschentücher aus seiner Jackentasche und reichte sie Erik.

»Nein danke«, antwortete er immer noch ganz mitgenommen von dem Film. »Ich mache dann mal meine Arbeit«, sagte Erik und lächelte wieder.

Martha schaute ihm hinterher. So hatte sie sich gefühlt, als Max sie mit großen Augen angeschaut und die Maus in ihre Hand gedrückt hatte. Als müsste sie Erik beschützen. Sie drehte sich wieder um und blickte in das Gesicht von Jack Nicholson aus *Besser geht's nicht,* in der er den neurotischen Schriftsteller Melvin spielt, der seine Verbalattacken doch auch nur austeilt, weil er in seiner Seele tief verletzt ist. Nicht zuletzt durch die Liebe erfährt sein ganzes Wesen am Ende eine Wandlung. Wer weiß, vielleicht steckte in Stefan auch ein total lieber Kerl? Sollte sie ihm doch mal eine Chance geben? Leider war sie damals zu betrunken gewesen, um rückblickend zu sagen, ob seine Küsse Potenzial für mehr verrieten.

»Was gibt es da eigentlich zu grinsen?«, forderte sie ihn heraus.

»Na, dein Coffeeboy scheint mir ja ein Süßer zu sein.«

Als hätte er nur auf das Timing gewartet, kam Erik in diesem Moment mit zwei Kisten Wasser vorbei. Sein Gesichtsausdruck war nicht zu deuten, aber die nackten Arme trotz der Jahreszeit! Martha konnte sich nicht mehr daran erinnern, wann sie das letzte Mal außerhalb der Leinwand solche unaufdringlich perfekten Muskeln gesehen hatte. Muskeln, die durchs Schaufeln und nicht durch Eiweißpillen wuchsen.

»Er ist halt einer vom anderen Ufer!«, schoss sie zurück, ohne darüber nachzudenken, was sie da gerade über Erik sagte.

»Ah, verstehe«, grinste Stefan.

»Nein, so meine ich das nicht! Ehrlich gesagt habe ich keine Ahnung von seinem Privatleben. Ich meine, er macht selbst Filme, statt sie nur zu zerreißen!«

Schweigen. Martha hätte Stefan auch öffentlich als Weichei bezeichnen können. Dabei war sie ihm so ähnlich, selbst eine von der Seite des Ufers, von dem aus sich das Treiben auf der Leinwand beobachten und zerlegen ließ.

»Ich möchte einfach nur um etwas mehr Respekt gegenüber meinem neuen Mitarbeiter bitten.«

»Ich verstehe«, Stefan zog einen Zettel aus seiner Hosentasche. »Ich habe dir noch etwas mitgebracht.«

Martha vermied den Augenkontakt, als er ihr den Zeitungsausschnitt über das Juwel der hiesigen Filmszene reichte. *Glück ohne Popcorn* stand über dem Text. Sägte sie da gerade an dem Ast, auf dem sie saß?

Nachdem die Pressevorführung und die längere Mittagspause vorbei waren, verabschiedete Susanna sich. Erik kümmerte sich um den Einlass und die Bedienung der Gäste der beiden *LaLaLand*-Vorführungen. Da Erik den Film schon kannte (und liebte) und die Erklärung von Susanna in seinem Kopf angekommen war, fragte er noch nicht einmal, ob er sich den Film mit anschauen durfte, sondern kümmerte sich um Getränkenachschub, putzte die Theke und bereitete Zutaten für eine kleine Auswahl an Cocktails vor. Am Ende des Abends war nicht mal eine Limettenscheibe übriggeblieben, so begehrt waren seine Drinks gewesen.

Es war kurz vor Mitternacht, als Martha das Kino endlich abschloss. Nach dem Überfall fühlte es sich einfach gut an, Erik dabeizuhaben. Die Straßenlaterne vor dem Kino strahlte wie ein Spotlight auf sie herab. Der Mond, der in der Häuserschlucht nur zu sehen war, wenn man den Blick zum Himmel richtete, tat sein Übriges, um die Szene romantisch wirken zu lassen. Martha musste an die Szene in *LaLaLand* denken, in der Emma Stone und Ryan Gosling betonen, was für eine Verschwendung der romantische Ausblick auf das nächtliche Los Angeles für sie beide doch sei, da sie ja wirklich nicht die geringsten Gefühle füreinander hegten.

Unschlüssig standen Martha und Erik voreinander.

»Es tut mir leid wegen Stefan«, presste Martha schließlich hervor und zog den Schal enger um ihren Hals.

»Ach, du meinst diesen Wichtigtuer?«

»Er ist tatsächlich einer der einflussreichsten Filmkritiker.«

»Sagt wer?«

Martha seufzte. Darum ging es jetzt doch gar nicht. Warum verteidigte sie auch noch Stefan? »Wie auch immer. Er hat sich dir gegenüber nicht korrekt verhalten.«

»Nicht korrekt? Ich würde sagen, mehr als unverschämt. Aber weißt du was, ich habe drei große Schwestern. Beleidigungen prallen an mir ab, da bin ich aus Teflon. Wahrscheinlich ist er nur eifersüchtig.«

Martha legte ihre Hände auf ihre Wangen, als sie spürte, dass sie rot anliefen. Das war ihr schon lange nicht mehr passiert! Warum sollte Stefan eifersüchtig auf Erik sein? Klar sah der umwerfend gut aus, aber wenn einer wusste, dass Martha nicht auf jüngere Schönlinge stand, dann war das Stefan! Sie fragte sich, ob es vielleicht gar nicht schaden könnte, wenn Stefan eifersüchtig wäre! Schließlich betonte er immer, dass er einen pragmatischen Umgang mit der Liebe bevorzuge – alles andere bringe nur Ärger.

»Warum sollte er eifersüchtig sein?«, hakte sie nach, in der Hoffnung, dass Erik die Männer eher durchschaute als sie.

»Na, weil er nur über Filme schreibt, während ich einen mache!« Selbst im Halbdunkeln strahlte Erik voller Enthusiasmus.

Martha dagegen schluckte ein paar zynische Bemerkungen herunter. Sie wollte Erik schließlich nicht verprellen. »Ich muss ins Bett. Es war ein langer Tag heute. Danke für deine Hilfe«, sie reichte ihm die Hand.

»Gerne. Hat Spaß gemacht.« Er hielt ihre Hand, bis Martha ihren Griff löste.

»Dann bis morgen.«

So schnell sie konnte, lief sie nach Hause, wo ihr in der kleinen Wohnung als Erstes der Geruch in die Nase stach. Die Maus. Martha hatte keine Kraft mehr, ihren Käfig auszumisten. Es wurde Zeit, dass die Maus ein neues Zuhause fand.

Martha verzichtete bei Pressevorführungen zwar auf eine Ausweiskontrolle und tolerierte es, wenn die Kritiker ihren Anhang mitbrachten, aber bei der Frau, die eben die Tür öffnete, wurde sie skeptisch.

Es lief ein Kinderfilm, sodass sich ohnehin weniger Besucher einfanden. Eigentlich hätte sie auf Eriks Hilfe verzichten können, aber jetzt fand sie es ganz angenehm, dass sie sich mit alten Bekannten über die aktuellen Filme austauschen konnte, während Erik sich um den Ausschank kümmerte. Mit Erik hinter der Theke hatte das Foyer wieder an der Leichtigkeit gewonnen, die es damals gehabt haben musste, dachte Martha. Jedes Glas überreichte er mit einem Lächeln, das ansteckend auf die allermeisten Gäste wirkte. Selbst die gelben Tulpen in der Vase auf der Theke hatten ihre Blütenblätter geöffnet, als erwiderten sie sein Dauerlächeln. Vielleicht hatten sie ihr Verfallsdatum auch nur bald überschritten, sagte sich Martha, drehte sich um und sah in die bitteren Züge der Frau, die sich argwöhnisch umschaute. Irgendetwas kam Martha an ihrem Gesicht bekannt vor. Gehörte sie zu den Obdachlosen, die jeden Tag vor der Kirche um die Ecke lungerten? Ihre Klamotten – ein dicker, bunter Strickpulli und ein bunter langer Rock mit derben Stiefeln darunter – würden dazu passen. Martha versteifte sich, als die alte Frau so dicht an ihr vorbeikam, dass sie die Flusen des Pullis an ihrer Hand spüren konnte. Der Geruch, der ein Leben auf der Straße verriet, blieb aus. Martha suchte Eriks Blick. Erik wischte ganz entspannt die Theke ab, während er mit Piet, einem der Filmkritiker, plauderte.

Sollte Martha die alte Frau fragen, in wessen Auftrag sie sich den Film anschauen wollte? Der merkwürdige Gast schaute sich im Kino um, als sei das Foyer das Interessante, nicht der Film, als würde sie die Sofaecke mit den Augen ausziehen oder Marlene Dietrichs eindringlichen Blick verspotten wollen.

»Kann ich Ihnen weiterhelfen?«, fragte Martha.

»Nein danke, ich schaue mich nur etwas um.«

Die Stimme war klar und kräftig. Keine von denen, die abends auf dem Kirchplatz herumpöbelten.

Ich kann ihr kaum verbieten, sich im Foyer umzuschauen, dachte Martha. Die Alte war ihr unheimlich. Vor allem, als sie mit ihrem Finger den Rahmen um die Autogrammkarte von Romy Schneider entlangfuhr und verloren auf das kindliche Gesicht des längst verstorbenen Filmstars starrte.

»Entschuldigen Sie bitte, ich muss den Film starten, wenn Sie ihn sehen möchten, dann gehen Sie bitte in den Saal und nehmen Sie Platz«, bat Martha, worauf die Frau nur nickte und ihren Rundgang mit dem prüfenden Blick fortsetzte. Dann drehte sie sich plötzlich wieder um und kam auf Martha zu.

»Dieser Ort ist ein gefährlicher Ort.«

Also doch eine Verrückte! Martha lächelte angespannt, doch genau für diese Fälle hatte sie doch Erik! Als Erstes galt es jedoch, dass keiner der anderen Gäste verunsichert wurde.

»Glauben Sie mir, dieser Ort schneidet Sie von dem wahren Leben ab«, raunte die Alte und bewegte die Hände, als befände sich eine Glaskugel darunter.

Die ersten Leute schauten schon neugierig. Dann kam auch noch Stefan, wie immer recht spät, durch die Tür und schaute sie nur fragend an, als er die Alte sah. Martha zuckte mit den Schultern und widmete sich wieder der Frau.

»Hören Sie, wenn Sie von irgendeiner Sekte sind und mir erklären wollen, dass das Kino direkt vom Teufel kommt, dann bitte ich Sie zu gehen!«

»Das habe ich nicht gesagt«, antwortete sie mit einem Blick, der Martha einen eisigen Schauer über den Rücken laufen ließ.

»Mein Mitarbeiter wird sich um Sie kümmern«, Martha suchte Eriks Blick und neigte ihren Kopf in Richtung der Frau. Erik nickte und streckte den Daumen nach oben.

»Wirf sie raus!«, formte Martha mit den Lippen.

Erik nickte wieder, sodass Martha erleichtert in den winzigen Filmvorführraum verschwand. Sie waren ohnehin schon ein paar Minuten im Verzug. Martha startete den Film an dem Rechner. Zwischen dem Computer auf einem Brett und der massigen 35-mm-Vorführmaschine, die nur alle paar Monate mal zum Einsatz kam, stand eine Bank, auf der selbst zwei schmale Menschen nur dann nebeneinander Platz fanden, wenn sie eng zusammenrückten. Martha setzte sich kurz, um ein paar Mal durchzuatmen, bevor sie wieder ins Foyer zurückging. Das Gefühl der Enge steigerte sich noch, als die merkwürdige Frau immer noch dort stand. Mit einem Kaffee in der Hand und Erik gegenüber, der ihr zuhörte!

Erik, hilfst du mir bitte mal«, sagte Martha in einem scharfen Ton. Als Erik auf sie zukam, zog sie ihn um die Ecke, damit der ungebetene Gast nicht Zeuge ihrer Worte wurde.

»Ich habe dich gebeten, die Verrückte rauszuschmeißen!«

»Auf mich macht sie gar keinen verrückten Eindruck.«

Sie war die Chefin, und Erik hatte nicht das Recht zu entscheiden, wer ihr Angst einjagte! »Erik, ich sage so etwas nicht leichtfertig. Die Frau ist nicht ganz dicht im Kopf. Schick sie raus.«

»Ich sehe keinen Grund. Sie wird von selbst gehen, wenn sie ihren Kaffee ausgetrunken hat.«

»Sie ist mir unheimlich.« Warum rechtfertigte sie sich überhaupt vor ihrem Angestellten?, dachte Martha im gleichen Augenblick.

Sie standen sich beide mit verschränkten Armen gegenüber. Martha hatte keine andere Wahl.

»Wenn du meinen Anweisungen nicht folgst, weiß

ich nicht, ob dein Beschäftigungsverhältnis hier Sinn macht.«

»Okay«, Erik drehte sich um und ging zur Theke zurück. Marthas Blick hatte klargemacht, dass sie keinen Widerspruch dulden würde.

»Wenn Sie Ihren Kaffee ausgetrunken haben, muss ich Sie leider verabschieden. Wir müssen noch etwas vorbereiten«, lächelte er sie an.

»Kein Problem, es war nett, mit Ihnen zu plaudern«, strahlte die alte Frau zurück, nicht ohne Martha noch einen kalten Blick zuzuwerfen. Provokativ langsam trank sie den letzten Schluck und stellte die Tasse ab.

»Man sieht sich«, drohte sie noch mit zuckersüßer Stimme, bevor sie zum Ausgang schlurfte.

»Na, hoffentlich nicht«, murmelte Martha.

»Martha, weißt du was, die besten Geschichten erfährt man, wenn man den Menschen einfach mal zuhört und nicht nur die Leinwand anstarrt!«

»Ach ja?«

»Ja!«

Martha hörte das dumpfe Klacken, mit dem die schwere Tür des Kinosaals zufiel. Stefan kam auf sie zu und registrierte die Anspannung, die in der Luft lag.

»Was ist denn hier los?«

»Nichts«, sagte Erik schnell.

Im Grunde war es Stefan egal. Er holte eine Packung Zigaretten aus der Tasche.

»Ich brauche eine Pause. Zu viel Bullerbü ertrage ich nicht.« Obwohl Stefan an den meisten Filmen was zu meckern hatte, guckte er sich fast alle Pressevorführungen an, um bloß kein neues Talent zu verpassen.

»Gibst du mir eine ab?«, fragte Martha und wich Eriks Blick aus.

»Rückfall in alte Laster?«, grinste Stefan sie an, während er ihr eine Kippe hinhielt.

»Nur was das Rauchen angeht«, zwinkerte sie ihm zu.

»Schade«, grinste er immer noch.

»Du kommst alleine klar, oder?«, fragte sie Erik, bevor sie Stefan unterhakte und mit ihm in den Innenhof verschwand.

Vielleicht wurde es wirklich Zeit, dass sie sich wieder mehr auf das Leben und seine Männer aus Fleisch und Blut einließ!

Erik, könntest du dir vorstellen, heute Abend das Kino allein zu übernehmen?«

Erik reinigte gerade die Kaffeemaschine und konnte es sich nicht erklären, warum es ihn ärgerte, dass die Zigarettenpause ein Lächeln und rote Wangen in Marthas Gesicht gezaubert hatte. Eine schlaue Frau wie sie verfiel doch hoffentlich nicht so einem zynischen Lackaffen wie Stefan Feldhausen?

»Gerade hast du mir noch mit der Kündigung gedroht und jetzt winkt eine Beförderung?«, erwiderte er betont gelassen, während er Tassen in die Spülmaschine räumte.

»Ich sehe es eher so, dass ich dir die Gelegenheit gebe, dein Fehlverhalten wiedergutzumachen.«

»Klar, kein Problem. Ich schmeiße den Laden heute Abend gerne allein. Aber nicht als Wiedergutmachung, sondern weil ich Lust darauf habe.« Er wunderte sich jedoch sehr, dass Martha ihm heute Abend das Kino überlassen wollte. Sie hatte ihn zwar (für alle Fälle) in die Filmvorführtechnik eingewiesen, aber sie hatte dabei so gewirkt, als wären diese Fälle für Weltuntergänge reserviert. »Du bist heute Abend also verhindert?«

»Könnte man so sagen. Vielleicht höre ich auf meinen Angestellten, der sagt, dass ich lieber echten Menschen zuhören soll, statt nur auf die Leinwand zu starren.«

Martha sah richtig gut aus, wenn sie ihre mürrische Miene ablegte, dachte Erik und fragte sich, obwohl er es sich genau denken konnte, wem sie denn ihr Ohr schenken wollte.

»Ich gehe mit Stefan aus.«

»Der ist kein echter Mensch.«

»Nee? Was denn, ein Alien?«

»Der lebt doch auch nur dafür, den Abklatsch von Leben zu sezieren.«

»Erik«, sie berührte ganz sanft seine Hand, die noch den Lappen umklammerte, mit dem er die Theke abwischte. Hoffentlich merkte sie nicht, wie ihn ein Stromschlag durchfuhr.

»Darf ich dir auch einen Rat geben?«

Er nickte, ohne seine Hand wegzuziehen.

»Wenn du wirklich Regisseur werden willst, dann schaff dir ein verdammt dickes Fell an. Irgendeiner wird immer über dich herfallen und deinen Film blöd finden.«

»Ja und?«, antwortete Erik nur. Es hätte nicht viel gefehlt, und er hätte sich selbst auf das dicke Fell auf seiner Schulter geklopft. Immerhin glaubte Erik noch, über jede Kritik an seinem Film erhaben zu sein.

Was hat dich denn dazu bewegt, all deine Prinzipien über den Haufen zu werfen und nicht nur mit mir auszugehen, sondern auch noch das Kino alleine zu lassen?«

Stefan und Martha saßen in schummerigem Licht bei Stefans Lieblingsitaliener und stießen mit Rotwein an. Die Wahrheit war definitiv die beste Antwort, dachte sich Martha. Als sie Stefans anerkennenden Blick bei der Begrüßung bemerkte, hatte sie sich schon gefragt, ob sie das richtige Outfit gewählt hatte. Ein schlichtes, kurzes Kleid in Dunkelblau und hohe Wildlederstiefel in Dunkelbraun. Für sie nicht nur ungewohnt farbig, sondern sehr sexy. Meine Güte, sie erkannte sich selbst kaum wieder, als sie sich in der Glasfensterscheibe des Restaurants widerspiegelte.

»Erik hat eine Bemerkung gemacht, die mich ziemlich getroffen hat.«

»Ach, der Heath-Ledger-Verschnitt für Arme?«

»Was habt ihr nur gegeneinander, ihr beiden?«

»Hat er etwa auch was gegen mich?«

Martha biss sich auf die Zunge. Warum musste sie auch immer das sagen, was ihr gerade durch den Kopf ging? »Ihr seid halt natürliche Feinde. Wie Katz und Maus. So sieht Erik als Nachwuchsregisseur das jedenfalls.«

»Oh Mann, jetzt sag nicht, er macht auch noch Filme, statt nur Kaffee auszuschenken!«

»Interessiert es dich denn nun, was mich dazu gebracht hat, Erik mein Kino zu überlassen, oder nicht?«

»Und ob! Schließlich warte ich da schon lange drauf, dass du wieder mal mit mir knutschst, ohne dass du einen Filmriss hast!« Er schenkte ihr Rotwein nach.

»Sehr witzig!«, antwortete sie lachend, obwohl sie es tatsächlich weniger witzig fand.

»Also Erik meinte, ich sollte mal lieber echten Menschen zuhören, statt nur auf die Leinwand zu starren.«

»So ein Poesiealbumsprücheklopfer! Jeder gute Film enthält mehr Wahrhaftigkeit als das Leben der meisten echten Menschen.« Er nahm seine Hand von ihrer, um diese unsägliche Anführungszeichengeste in der Luft zu machen.

»Da hast du wahrscheinlich recht. Leider«, seufzte sie.

Der Kellner, der einen Teller mit Vitello Tonnato und einen mit vegetarischen Antipasti auf den Tisch stellte, grüßte seinen Stammgast Stefan überschwänglich und fragte ihn nach der hübschen Begleitung, als könnte Martha nicht für sich selbst sprechen. So, wie der Kellner fragte, verglich er sie mit anderen Frauen, mit denen Stefan dieses Restaurant besuchen musste. Eifersucht darüber verspürte Martha nicht, also verspeiste sie zwei Scheiben Zucchini und nahm das Gespräch wieder auf, als der Kellner zum nächsten Tisch gezogen war.

»Danke für den Zeitungsartikel. Ich hoffe, du tust das nicht nur, um mir einen Gefallen zu tun.« Oder meine Gefühle zu kaufen, dachte sie für sich.

»Überhaupt nicht! Du meinst doch nicht allen Ernstes, ich würde meinen Ruf ruinieren, nur um jemandem nach dem Mund zu reden? Für meine Unbarmherzigkeit werde ich schließlich geschätzt, meine Süße!«

Stefans diabolisches Grinsen beruhigte Martha, auch wenn es andere Frauen eher irritiert hätte. Sie wusste eben gerne, woran sie war. Und wie hatte sie nur an

Stefans Unbestechlichkeit zweifeln können? Er war keiner, der es seinen Gefühlen erlaubte, den Blick auf seine Leidenschaft zu trüben.

»Dann bin ich ja erleichtert!«

»Kannst du auch sein. Du hast einfach ein Händchen für die Filmauswahl. Und das Gesamtpaket. Der alte Pimont wäre stolz auf dich! Die ganze Branche hat sich damals gefragt, wie der Mann sein renommiertes Kino an so eine junge Frau weitergeben kann, aber du machst das auf deine eigene Weise sehr gut! Du überforderst deine Zuschauer zwar nicht, aber du bietest kleines feines Kino für ein kleines, feines Publikum.«

Martha ignorierte die Spitzen zwischen den Zeilen und nahm einen Schluck Wein, während sie ihre Antwort abwog. Doch bevor sie zu einer Antwort ansetzen konnte, fuhr Stefan fort:

»Wenn ich dagegen die Herde an Banausen schon sehe, die sich jedes Wochenende mit stinkenden Tacos, die in Käsesoße ersaufen, in die Kinoreihen der Multiplexkinos quetscht und keine Ahnung von Filmen hat!«, ereiferte sich Stefan und stach in eine der dünnen Rindfleischscheiben in Thunfischsoße. Die Kapern schob er zur Seite.

»Aber die Masse finanziert auch die kleinen Kinos. Die Blockbuster kommen letztendlich allen zugute.«

»Immer dieser schnöde Mammon, lass uns doch lieber über etwas anderes reden.«

Ein kurzes Schweigen folgte, währenddessen jeder verlegen auf seinem Teller rumstocherte. Im Hintergrund lief Eros Ramazotti, und auf jedem Tisch fackelte eine Kerze.

»Wenn wir in einem Film wären, wäre dies wohl von außen betrachtet ein klassisches Date«, brach Stefan das Schweigen.

»Und was ist es in Wirklichkeit?«

»Das musst du mir sagen, liebe Martha. Ich bin für verschiedene Auslegungen offen.«

»Mhm, dann würde ich es als freundschaftliches Essen mit einem liebgewonnenen Kollegen interpretieren.«

Sie hob ihr Glas und stieß mit ihm an. Als Freund würde sie Stefan nicht bezeichnen. Nur Kollege klang abwertend, sodass sie stolz auf ihre Formulierung vom liebgewonnenen Kollegen war.

Stefan schien mit dieser Antwort auch zufrieden zu sein. »Ich freue mich, dass wir beide zur Abwechslung mal alleine sind. Im Kino bist du kaum ansprechbar.«

»Na ja, da arbeite ich, es ist eben meine Aufgabe, mich darum zu kümmern, dass alles läuft.«

»Weißt du eigentlich, dass du verdammt sexy bist?«

»Ich sehe noch weitaus attraktivere Frauen. Täglich«, schwächte Martha das Kompliment ab, obwohl sie sich insgeheim freute.

»Die Frauen auf der Leinwand zählen nur halb. Du brauchst dein Licht nicht immer unter den Scheffel zu stellen.«

»Und du musst nicht immer wieder die kollegiale Ebene verlassen!« Sie lächelte ihn an. Ob Erik das Kino im Griff hatte? Vielleicht sollte sie gleich noch mal dort vorbeischauen.

»Du hast mich zum Essen eingeladen!«, rief Stefan mit gespielter Empörung.

»Na gut. Vielleicht können wir ja auf eine freundschaftliche Ebene wechseln.«

»Geht es dir eigentlich besser?«

»Wie meinst du das?«

»Nach der ganzen Sache mit Tom? Ich weiß ja nicht alles, was da vorgefallen ist, aber seit er weg ist, habe ich dich selten so fröhlich wie jetzt gesehen.«

Obwohl es kaum kürzere Männernamen als Tom gab, reichten die drei Buchstaben aus, um Marthas Hunger in einen Kloß im Bauch zu verwandeln. Sie legte das Besteck beiseite.

»Danke. Es geht mir gut«, antwortete sie knapp. Es ging ihr überhaupt nicht gut, sie dachte nur seltener daran, dass alle ihre zaghaften Träume von der Liebe und dem Glück einer gemeinsamen Zukunft sich als Illusion erwiesen hatten.

Martha war erleichtert, dass Erik den Abend wunderbar ohne sie hinbekommen hatte. Und sie freute sich, dass er ihr nun half, für den Getränke- und Snacknachschub zu sorgen.

»Und wie war dein Date gestern?«, fragte Erik sie, während sie mit dem Einkaufswagen durch die Gänge des Lebensmittelgroßhandels streiften.

»Es war kein Date. Nur ein Essen.«

»Du sahst aber aus, als hättest du ein Date.«

»Wir brauchen noch Erdnüsse. Und Kakao«, lenkte Martha ab. Kaffee und Milch stapelten sich bereits im Wagen.

»*Prestige – Die Meister der Magie* war übrigens genial. Ich kannte den Film noch gar nicht. Und ich hätte gedacht, dass dir ein Film des Batman-Regisseurs zu kommerziell ist«, wechselte nun Erik seinerseits das Thema.

»Es ist auch meine Traumvorstellung, dass ein Film gut und kommerziell erfolgreich ist. Christopher Nolan gehört zu denen, die beides können. Du kannst dich auf meine Auswahl verlassen.«

Erik ging nicht weiter auf den letzten Satz ein, schließlich hatte sie seinen Wunsch, die Filmauswahl mit zu beeinflussen, von Anfang an abgewimmelt.

»Aber er war auch deprimierend. Der Preis, den beide für den perfekten Zaubertrick gezahlt haben, war einfach zu hoch. Borden hätte doch wenigstens seine Frau einweihen können, vielleicht hätte dann wenigstens die Liebe gehalten!«

Wenn Martha an die Auflösung des Films dachte, war das Ende der Liebesbeziehung wohl das geringste Drama in der Geschichte um zwei Zauberer, die im London gegen Ende des 19. Jahrhunderts um die Position kämpften, der berühmteste Magier zu sein.

»Also ich fand Angiers Geschichte tragischer. Er ging nicht nur sprichwörtlich über jede Menge Leichen. Vielleicht ist das auch im echten Leben so: Für den Ruhm muss man seine Seele verkaufen«, grinste sie ihn herausfordernd an.

»Das glaubst du doch nicht wirklich, oder?«

Die echte Sorge, die in seinen großen blauen Augen für einen Moment aufblitzte, amüsierte und irritierte Martha zugleich. Er war vielleicht drei Jahre jünger als sie, aber redete manchmal wie ein idealistischer Teenager. Oder redete sie etwa wie eine alte, verbitterte Frau, obwohl sie noch jung war? Menschen wie Erik würden früher oder später in der Realität ankommen, glaubte sie.

»Nein, mein lieber Erik, du kannst ein guter Mensch sein *und* einen genialen Film machen!«

»Hey, mach dich nicht über mich lustig!«

»Tue ich nicht.«

Nichts konnte unromantischer sein als dieser neonlichtdurchflutete Handelshof, in dem die Ware so lieblos präsentiert war, als wüsste der Betreiber ganz genau, dass die Kunden bei einem Großhändler weniger aus Genuss am Essen als aus Notwendigkeit einkauften. Und doch standen sie einen Moment voreinander als … ja als was eigentlich?, dachte sich Martha.

Was war los mit ihr? Waren es die Krokusse gewesen, die auf dem Parkplatz vor dem Supermarkt davon berichteten, dass selbst der schäbigste Winter irgendwann ein Ende haben würde? Oder dass selbst Asphalt die Natur nicht daran hindern konnte, sich gegen alle Widerstände durchzusetzen? Es war, als wüchsen Gefühle in ihr, Gefühle, von denen sie nicht geglaubt hätte, dass sie ihren ganz persönlichen Winter überlebt hatten.

»Warum verweigerst du dich dem Popcorn eigentlich so sehr?«, fragte Erik in ihre Gedanken hinein, als sie an einem Regal voller Cremewaffeln, Billigcroissants und Popcorn vorbeikamen.

Marthas Miene wurde härter. Popcorn. Der Puffmais erinnerte sie an die kältesten Momente ihres Winters. »Popcorn ist etwas für Banausen. Popcornkino ist nicht umsonst ein Synonym für Leinwandmüll.«

Und als hätte der Gedanke an die kineastische Traditionsknabberei den Teufel an die Wand gemalt, entdeckte Martha plötzlich Tom vor dem nächsten Regal, in dem Gummibärchen in riesigen Plastikeimern angeboten wurden. Ihr Ex war völlig vertieft in die Auswahl der bunten Süßigkeiten. Martha hielt den Atem an. Nicht nur wegen ihrem Exfreund, sondern auch wegen seiner Begleitung, die ihr den Rücken zuwandte. Trotz der Jahreszeit trug sie nur ein T-Shirt über ihren gebräunten durchtrainierten Armen. Und sie stand mit beiden Beinen fest auf dem Boden. Wie ein Elefant, dachte Martha, nur dass diese Blondine Beine wie eine Gazelle hatte. Die blonden Haare schwangen mit, als sie den Kopf in Marthas Richtung drehte. Die Wangen waren rot, als käme sie gerade von einem Waldspaziergang. Die Mundwinkel waren nach oben gerichtet. Diese Frau sah so verdammt lebendig aus, dachte Martha. So lebendig, dass sie auch Erik dazu brachte, sie bewundernd anzustarren. Eriks Blick galt jedoch weniger der Schönheit dieser Frau als Marthas Reaktion.

»Hey, was ist los? Die Popcornauswahl hat dir doch nicht die Sprache verschlagen?«, hörte sie Erik fragen. Nein, die war es nicht, sondern der Anblick dieses properen Pärchens. Martha beobachtete die beiden wie auf einer Leinwand. Für den Hauptfilm reichte die Vorstellung noch nicht, die Szene sah eher aus wie aus dem Werbespot für eine Supermarktkette. Als die Frau sich mit dem Körper zu ihr herumdrehte, wurde aus dem Werbespot ein Drama. Sie war unübersehbar schwanger.

Schnell versteckte sich Martha hinter Erik. Seine Schultern waren zwar breit, aber scheinbar nicht breit genug, um sie ganz zu verdecken, denn sie bemerkte noch, wie ein erkennendes Lächeln über Toms Gesicht huschte. Das war zu viel! Ihn zu sehen war schon Folter, aber er schaute nicht einmal verschämt zu Boden oder ergriff die Flucht! Ihr war, als reiße man ihr das Herz bei lebendigem Leibe heraus, um es zu den Hühnerherzen in die Tiefkühltruhe zu legen. Und dann machte er auch noch einen Schritt auf sie zu, nicht ohne die Hand dieser Frau zu nehmen, höchstwahrscheinlich diejenige, mit der er sie betrogen hatte!

Neben Schmerz machte sich auch Wut in Martha breit. Sie sann auf Rache. Oder wenigstens auf die Demonstration ihrer Erhabenheit über seinen jämmerlichen Abgang damals.

»Kennst du die beiden?«, fragte Erik geistesgegenwärtiger, als sie ihm zugetraut hätte.

»Ja, das ist mein Ex. Deshalb bitte ich dich, so zu tun, als wärst du mein Freund«, flüsterte sie schnell.

»Oh, ich weiß nicht, ob diese Dienstleistung in meinem Arbeitsvertrag enthalten ist. Dazu müsste ich ein Mindestmaß an Kreativität einsetzen.«

Sie kamen näher.

»Mach es einfach, und du hast etwas gut bei mir!«, bat Martha.

Erik sah auf das strahlende Paar und dann in Marthas Augen. Ihm war schnell klar gewesen, dass ihre Überheblichkeit und Arroganz nur eine Schutzschicht waren, aber dieser Schmerz war kaum auszuhalten. Er musste sie trösten, ja er hatte das Bedürfnis, sie in den Arm zu nehmen. Es brauchte keinen Psychologen, um zu begreifen, dass es hier um eine tiefe Kränkung ging. Und zwar um eine einseitige. Alles, was Erik also tun konnte, war dabei zu helfen, wenigstens den Anschein zu erwecken, dass Martha ihrem Ex nicht mehr hinterhertrauerte.

»Schatz, wir machen unser Popcorn lieber selbst, als auf so eine billige Variante aus dem Plastikeimer zurückzugreifen«, sagte er möglichst laut zu Martha und legte ihr kurz die Hand um die Taille.

Warum spielte Martha nicht mit, wenn sie von ihm verlangte, so zu tun, als wäre er ihr Freund? Sie stand einfach nur da und nickte. Wenn der Typ sie so sah, würde er gleich kapieren, dass sie sich noch in der Trauerphase befand. Erik nahm ihr Gesicht in seine Hände. »Wenn er mir die Rolle abnehmen soll, musst du mitspielen. Darf ich?«

Sie nickte wieder, und Erik küsste sie auf den Mund. Seine Hände verbargen, dass seine Lippen nur ganz leicht ihre berührten. Als sich ihre Nasen berührten, schauten sie sich einen Moment irritiert an. Erik wusste nicht, wer von beiden zuerst die Augen schloss, aber jetzt spielte sie mit. Und wie sie mitspielte. Oh Mann, wie musste sich erst ein echter Kuss mit ihr anfühlen, dachte Erik, dem es einen Moment fast schwindelig wurde. Galt diese Sehnsucht, die er in ihren Lippen spürte, immer noch ihrem Ex?

»Hallo, Martha.«

Sie ließen voneinander ab, dennoch kam es Erik so vor, als schmiegte sie sich an ihn, als er seine Arme um ihre Taille legte.

»Hallo, Tom«, antwortete sie frostig.

»Ich freue mich, dass es dir gut geht! Ehrlich.«

Auf Marthas Gesicht spiegelte sich alles andere als freudige Gelassenheit wider. Wie wollte sie auf diese Weise diesem Tom glaubhaft machen, dass sie sich mit Erik getröstet hatte? Also muss ich die Aufgabe übernehmen, dachte Erik und streckte Tom die Hand entgegen.

»Hi, ich bin Erik! Und ihr?«

Immerhin versuchte Martha nun zu lächeln. So begnadet sie als Kinobetreiberin war, als Schauspielerin hätte sie aus goldenen Himbeeren längst einen Smoothie mixen können.

»Tom. Und das ist meine Freundin Anja.«

Anja fiel es nicht schwer zu strahlen.

»Tom, ach klar, kann sein, dass Martha dich mal erwähnt hat …«

Tom war einen Kopf kleiner als Erik, schien durch Eriks Worte aber nun weiter zu schrumpfen. Jetzt huschte fast ein wahrhaftiges Lächeln über Marthas Gesicht.

»Mein Exfreund«, antwortete sie mit so viel Gelassenheit, wie ihr möglich war.

»Ja, das stimmt. Du, wir haben heute noch einiges zu erledigen. Vielleicht können wir das Gespräch ein anderes Mal vertiefen.« Tom legte seine Hand ebenfalls um die Taille seiner neuen Freundin, die langsam auch etwas angespannter guckte.

»Ne, klar! Nachdem du auf keinen meiner Anrufe reagiert hast, als ich noch Lust hatte, das Gespräch zu vertiefen!«, platzte es aus Martha heraus.

Erik nahm den Arm von ihr. Warum musste sie die

Szene in letzter Sekunde noch vermasseln? Sinn der Sache war doch, dem Ex zu zeigen, dass er aus ihrem Herzen gelöscht war.

»Martha, für mich war das auch nicht alles so einfach, aber jetzt können wir doch beide einfach nach vorne schauen!«

Nur der Supermarktmitarbeiter, der mit einem Wagen voller Oreo-Kekse angefahren kam, verhinderte, dass die Situation vor dem Süßigkeitenregal aus dem Ruder lief.

»Stimmt, ich habe wirklich keine Lust darauf, ins Horrorkabinett zurückzukehren«, antwortete Martha, nahm Erik an der Hand und zog ihn weiter, ohne sich noch einmal nach Tom umzudrehen.

Erik war so geistesgegenwärtig und schnappte sich noch schnell den Einkaufswagen mit der freien Hand. »Mensch, Martha, ich weiß ja nicht, was zwischen euch los war«, sagte er, als sie etwas weiter weg waren, »aber der arme Mann ist wohl jetzt echt in Erklärungsnot vor seiner Freundin.«

»Umso besser. Vielleicht schnallt sie ja, dass es bessere Typen gibt!« Sie schüttelte seine Hand fast ab.

»Martha, hast du es nicht gesehen? Sie ist schwanger!«

»Ja, das war …« Martha hielt inne und seufzte einmal laut auf. »Frag einfach nicht nach, du hast jetzt etwas gut bei mir. Was hältst du davon, dass du das nächste Programm für eine Woche aussuchst, Erik?«

»Dafür, dass ich dich auf Befehl geküsst habe?«

Eriks Grinsen sah nicht so aus, als ob ihn der Kuss viel Überwindung gekostet hätte.

»Ja genau, das wäre doch ein guter Ausgleich.«

»War das Ergebnis denn in deinem Sinne?«

»Danke. Es hat die Situation entschärft.«

»Ja, für dich.«

»Ach, auch Tom und seine Neue werden darüber hinwegkommen«, antwortete sie und schob den Wagen weiter.

Kein Wunder, dass Tom es bei ihr nicht ausgehalten hatte, dachte Erik. Was für eine Kratzbürste! Auch wenn es ein halbherziger Kuss auf Bestellung war, hatte er Erik nicht unberührt gelassen. Er hatte noch nie eine Frau geküsst, in die er nicht verliebt gewesen war, und doch hatte sich dieser Kuss genau so angefühlt: als wäre er in sie verliebt. Aber Martha wollte wohl nur den Kampf, also würde er ihn ihr bieten!

Mittlerweile hatten sie sich in der Schlange vor der Kasse eingereiht. »Ach, weißt du, Martha. Die Filmauswahl für eine Woche ist mir zu wenig.«

»Zwei Wochen?«

»Nein, ich überlege mir was Richtiges. Was interessiert mich die Filmauswahl in deinem Kino? Ich mache lieber selbst Filme, die dann in allen Kinos laufen.«

»Meinst du, dass dein Film es so weit bringen wird?«

Wollte sie mit ihm flirten oder ihn provozieren? Oder bekam er jetzt ab, was der Ex verdient hatte?, fragte sich Erik und versuchte die neugierigen Blicke um sie herum zu ignorieren.

»Können wir uns jetzt darauf konzentrieren, die Sachen auf das Band zu packen? Ich habe gleich Feierabend«, gab er möglichst gelassen zurück.

»Natürlich. Tut mir leid, wenn ich so unfreundlich war«, entschuldigte Martha sich.

Erik schaute Martha an. Warum gab sie so schnell auf? Lag es daran, dass Tom und Anja sich gerade an der Schlange nebenan anstellten? Fast hätte er Martha tröstend auf das Haar geküsst, sie am liebsten in den Arm genommen und ihr zugeflüstert, dass er ihre Bemerkungen nicht persönlich nahm. Aber stattdessen legte er den Kaffee auf das Band und wich ihrem Blick aus.

Ich habe einige Filme für das nächste Programm ausgesucht, von denen ich glaube, dass sie nach deinem Geschmack sind«, sagte Martha, während sie mit Erik die Stuhlreihen nach zurückgelassenen Flaschen oder Müll absuchte.

Martha bemühte sich schon den ganzen Tag, Erik wieder versöhnlich zu stimmen. Sie hatte tatsächlich die ganze Nacht vor ihrem Rechner gesessen und das Angebot der Verleiher nach Filmen durchsucht, von denen sie glaubte, dass Erik sie mögen würde – also Streifen, die als Feel-good-Movies durchgingen. Und tatsächlich war es heute das erste Mal, dass Erik lächelte.

»Hey, du kannst dich damit nicht freikaufen!«

»Das wollte ich auch nicht. Ich möchte dir wirklich einfach nur entgegenkommen.«

Warum habe ich mich gestern auch so idiotisch verhalten?, dachte Martha. Wie soll er noch Respekt vor mir haben, wenn ich mich aufführe wie eine Teenagerin mit Liebeskummer? Mittlerweile befanden sich drei Stuhlreihen zwischen ihnen, sodass sie etwas lauter miteinander reden mussten.

»Also gut. Was hast du für Filme ausgewählt?«, fragte

Erik, verschränkte die Arme vor der Brust und setzte sich auf eine samtene Lehne.

»Zum Beispiel *Silver Linings*.«

»Und warum sollte der mir so gut gefallen?«

»Jennifer Lawrence und Bradley Cooper finden die Liebe, obwohl sie beide psychisch ziemlich angeschlagen sind. Der ist ja wohl mehr als romantisch und optimistisch! Und witzig noch dazu!«

»Dann hätten wir also auch noch eine Chance, wenn die es sogar schaffen?«

»Sehr witzig«, rief Martha über die Reihen hinweg.

»Siehst du, ich bringe dich zum Lachen, obwohl das nicht deine Stärke ist.«

»Ich habe nur *gesagt*, dass es witzig ist.«

»Aber ich sehe, dass du dir das Grinsen verkneifst.«

Als Martha in Eriks Gesicht blickte, musste sie wirklich fast lachen. Erik würde nie lange sauer auf sie oder irgendwen sein. Woher hatte er nur dieses Teflongemüt?

»Ja, vielleicht gibt es ja auch im Leben ein Happy End«, und einen Moment sehnte sie sich danach, das glückliche Ende mit Erik auszuprobieren. Aber nur einen winzigen Moment. Sie würde einen Mann wie Erik eh nicht halten können. Solche Typen wollten die Welt erobern, sie wollte ihre Welt nicht verlassen.

»Natürlich ist ein Happy End möglich! Sonst würde die Hoffnung doch keinen Sinn machen.«

Hoffentlich würde Erik nicht zu enttäuscht sein, wenn er einmal von der Hoffnungszone in das Realitätslevel aufgestiegen war. In der Liebe war die Chance auf das große Glück schon klein, aber wie winzig war sie erst, wenn es darum ging, die Kinos zu erobern?

Jedes Jahr überschwemmten Hunderte Spielfilme den Kinomarkt, ohne dass es mehr Kinos geschweige denn mehr Kinobesucher gab. Selbst gute Filme schafften es oft nicht mal länger als eine Woche auf die Leinwand. Klar bildeten die Filmhochschulen eine Masse an potenziellen Filmemachern aus, aber nicht einmal zehn Prozent würden später vom Filmemachen leben können. Es war fast so wie bei der Mäusepopulation: Die kleinen Nager mussten sich noch fleißiger vermehren als die Kaninchen, da neunzig Prozent sowieso als Katzenfutter endeten. Die kleine Maus in ihrer Wohnung hatte es geschafft, weil ein Junge Mitleid mit ihr gehabt hatte. Aber was würde ihr das auf lange Zeit nützen?, fragte sich Martha. Bei ihren Gedanken ließ sie außen vor, dass nicht nur dank Youtube noch nie so viele Nachwuchsfilmer die Chance hatten, ihr Publikum zu finden – und dass es der kleinen Maus ganz egal war, wie viele ihrer Verwandten von Katzen gefressen worden waren, sie war froh, am Leben zu sein.

Als Martha nach der Spätvorstellung in ihre Wohnung kam, erschrak sie. Etwas scharrte gegen Metall. Als sie das Licht in ihrem Wohn- und Schlafzimmer anknipste, atmete sie erleichtert aus. Es war nur die Maus.

»Ja, ja, ich kümmere mich gleich um dich.« Sie zog ihre Jacke aus und hängte sie in ihren Kleiderschrank. Obwohl er nur einen guten Meter breit war, war noch Platz darin. Martha besaß wenig. Geld und Zeit investierte sie lieber in all die Filme und Bücher, die ein Tor zu unendlichen Welten waren. Wie konnte sich jemand nur einbilden, er konnte überhaupt annähernd viel erleben oder besitzen?, fragte sie sich, als sie den Mausekäfig öffnete. Egal, wie viel es war, es war immer nur ein Bruchteil von dem, was existierte. Die Maus, die Martha Geraldine genannt hatte, schnupperte kurz an Marthas Fingern und kletterte aus dem Käfig. Und nichts konnte einem so viel geben wie gut gemachte Geschichten, redete sich Martha weiter ein.

Das Klingeln ihres Handys verhinderte den Gedanken, dass es irgendwo auf der Welt auch noch Menschen geben musste, die solche Geschichten auch wirklich erlebten. Martha suchte mürrisch nach ihrem Handy, da sie keine Lust hatte, mit jemandem zu sprechen, andererseits aber auch keinen Anruf von Susanna verpassen wollte. Sie hatten die letzten Tage komplett aneinander vorbeitelefoniert.

»Ja?« Martha hob ab, obwohl die Nummer unterdrückt war.

»Ach, Martha. Endlich erreiche ich dich mal.« Ihre Mutter, die den ständigen Vorwurf in der Stimme trug. »Wie geht es dir, Kindchen?«

»Gut.«

»Na, dann bin ich froh. Was gibt es Neues?«

»Nichts, na ja, ich habe einen neuen Mitarbeiter. Susanna hat gekündigt.«

»Das habe ich dir doch schon lange gesagt. Die Frau hat Ambitionen. Es war doch klar, dass das nur ein Übergangsjob für sie war.«

Marthas Mutter Ingrid arbeitete als Deutschlehrerin an einem Gymnasium. Dabei hatte sie auch mal Ambitionen gehabt, selbst zu schreiben. Doch sie behauptete immer, dass ihr das Studium gezeigt habe, dass es genug gute Literatur gab. Und dass man manche Schüler davor bewahren musste, selbst schlechte Literatur zu verfassen.

Martha nahm sich fest vor, ihrer Mutter Stefans Zeitungsartikel über ihr Kino zu schicken. Das würde sie beeindrucken. »Susanna hat gekündigt, weil sie schwanger ist.«

»Oh.«

»Das heißt aber nicht, dass sie nicht weiterhin Ambitionen hat«, beendete Martha das betretene Schweigen.

»Na, sie wird schon merken, dass nicht alles gleichzeitig geht. Das habe ich damals auch am eigenen Leibe spüren müssen.«

Wie Martha das hasste! Ihre Mutter hatte vielleicht nicht mehr jede Vorstellung ihres Theaterabos besuchen können, aber hinsichtlich ihrer Karriere hatte sie mit Sicherheit nichts verpasst. Selbst vor knapp dreißig Jahren hielt ihr die Schule den Platz frei, ohne dass sie in der Zwischenzeit befürchten musste, dass ein neuer Goethe oder Schiller auftauchte, den Lehrplan über den Haufen warf und ordentlich Mehrarbeit bedeutete.

»Susanna wird das schon hinbekommen. Als Drehbuchschreiberin ist sie einfach genial.« Und das meinte Martha auch genau so.

»Tja, du wirst das am besten beurteilen können.«

Immerhin. So was wie eine Anerkennung, auf die Martha jedoch nichts erwidern konnte. Martha sah, wie die Maus unter das Sofa kroch. Spätestens wenn sie Hunger bekam, würde sie schon wieder auftauchen.

»Hast du mal mit deinem Vater gesprochen in letzter Zeit?«

»Nein, er ist aber auch ständig unterwegs. Ich habe keine Lust, ihn auf seiner Weltreise zu stören.«

»Also geht es ihm gut?«

»Warum fragst du ihn das nicht selbst?«

»Du weißt ganz genau, dass ich ihn ungern anrufe. Wir sind nicht umsonst getrennte Wege gegangen.«

Martha war zwölf gewesen, als ihre Eltern sich hatten scheiden lassen. Innerlich hatten sich die Wege ihrer Eltern schon viel früher getrennt, nun machten sie es offiziell. Einen Abend hatte sie ihre Mutter mit einer Freundin und einer Flasche Rotwein am Tisch sitzen sehen. Die Flasche war fast leer, auf dem Küchentisch lagen unzählige zerknüllte Taschentücher, obwohl keine von beiden Schnupfen hatte. Die kleine Martha hatte damals unbemerkt im Türrahmen gestanden und gehört, wie die Freundin ihrer Mutter sagte: »Im Grunde kannst du froh sein, dass du jetzt die Gelegenheit bekommst, Martha ein emanzipiertes Rollenvorbild zu sein. Happy Ends in der Liebe gibt es nur im Film.«

Was die Happy Ends anging, würde Martha der Freundin ihrer Mutter heute recht geben, was das emanzipierte Rollenvorbild anging, sah sie keine Verbesserung. Der Anklopfton ihres Handys erinnerte sie daran, dass es immer etwas gab, was man verpasste, während man etwas anderes tat. Wer rief sie ausgerechnet jetzt an, wenn sie mit ihrer Mutter telefonierte?

»Ich habe wirklich keine Ahnung, wie es Papa geht. Ruf ihn an. Ihr seid keine kleinen Kinder mehr.«

»Und du bist nicht meine Mutter, Martha!«, sagte Ingrid betont streng in den Hörer. Es klopfte wieder an. Ein hartnäckiger Anrufer.

Lag Susanna in verfrühten Wehen? Gab es Probleme im Kino? Niemand versuchte Martha in der Regel so dringend zu erreichen. Als es auch noch an der Tür klingelte, wurde es Martha mulmig zumute.

»Du, Mama, es klingelt. Ich muss zur Tür.« Ohne zu schauen, von wem die verpassten Anrufe waren, steckte Martha den Schlüssel ein, schlüpfte in ihre Hausschuhe, die Tom ihr mal geschenkt hatte (und die leider zu schön zum Wegschmeißen waren, auch wenn der Typ ein Idiot war), zog die Tür hinter sich zu und rannte die Altbautreppe herunter. Da die Hausverwaltung nach mehreren Einbrüchen darauf bestand, dass jeder Mieter die Haustür hinter sich verriegelte, musste Martha die Tür selbst aufschließen, statt nur auf den Summer zu drücken.

Hätte dort ein Polizist mit »Wir müssen Ihnen etwas mitteilen«-Miene gestanden, hätte sie das nur ein wenig mehr schockiert.

Es war Stefan. Mit einer Flasche Sekt in der Hand.

»Es gibt was zu feiern!«

Martha hatte Stefan überreden können, die Sektflasche zuzulassen und ihr die freudigen Neuigkeiten im Café gegenüber zu unterbreiten. Grund dafür war weniger die Befürchtung, dass es zu ungeplanten Intimitäten kommen konnte, wenn sie ihn mit in ihre Wohnung nahm, als das Gefühl, dass ihre Wohnung für sie ein viel zu intimer Rückzugsort war, selbst im angezogenen Zustand. Stefan wartete kommentarlos, während sie schnell etwas Wimperntusche auftrug und sich vernünftige Schuhe und einen Mantel überstreifte.

Vor dem Haus ließ sie sich von Stefan unterhaken und betrat gemeinsam mit ihm das Café, in dem sie sich vor Kurzem noch mit Susanna gestritten hatte. War das der Grund, warum die Kellnerin ihr zuzwinkerte? Oder weil sie seit Tom nicht mehr mit männlicher Begleitung hier gewesen war? Sie setzten sich auf das samtbezogene Biedermeiersofa. Stefan schob die Kerze auf dem Tisch zur Seite und legte ein bedrucktes Blatt vor sich hin. Martha zwang sich, die Schrift nicht zu entziffern. Er würde es ihr schon erklären.

»Ich habe versucht, dich anzurufen, aber da besetzt war und ich eh in der Gegend, konnte ich nicht anders, als bei dir zu klingeln.«

Die Kellnerin stellte zwei Gläser Champagner auf den Tisch. Stefan besaß also einen Sinn für eine langsame Steigerung, grinste Martha in sich hinein.

»Spann mich nicht auf die Folter. Wir gucken uns hier nicht einen Thriller an!«, prostete Martha ihm zu.

»Oh, es könnte durchaus spannend werden«, prostete er zurück.

Er tat so, als merke er nicht, wie sich ihre Hände berührten. Solange er für Martha nur der liebgewonnene Kollege war und noch so viele Kerzen auf dem Tisch stehen konnten, ohne dass ein Treffen für sie ein Date war, wollte er auf ein Signal von ihr warten. Er mochte Martha viel zu sehr, um sie durch Ungeduld zu verprellen.

»Sag schon.« Martha hatte noch vor einer Stunde keinen Funken Lust verspürt, die Wohnung zu verlassen. Jetzt machte ihr das überraschende Treffen ganz unverhofft Spaß.

»Die Stadt hat einen neuen Preis eingeführt für das schönste Programmkino der Stadt. In den letzten Jahren hat sich gezeigt, dass sich eigentlich nur noch die Kinos neben den Multiplexkinos halten können, die ihren Gästen eine ganz besondere Atmosphäre bieten, die sie zu Hause auf dem Sofa eben nicht haben können.«

»Kann sein, dass ich darüber gelesen habe«, antwortete Martha vage, da sie sich wunderte, was daran so begeisterungswürdig war. Sie hatte sich die letzten beiden Jahre schon erfolglos für den Kinoprogrammpreis beworben, bei dem das beste Kinoprogramm des letzten Jahres prämiert wurde. Für die Programmpreisjury war ihre Filmauswahl wohl immer noch zu kommerziell und subjektiv, aber Martha konnte sich keinen schöneren Ort als ihr Lichtspielhaus vorstellen. Ob das die Entscheider ähnlich sehen würden?

»Und ich habe einen Platz in der Jury übernommen«, antwortete Stefan mit einem Blick, als erwarte er Beifall.

»Mhm, gibt ja auch nicht so viele Leute, die sich so gut in allen Kinos auskennen wie du.«

»Mensch, Martha, es gibt auch nicht so viele, die so ein tolles Kino betreiben wie du! Der erste Platz ist mit 5000 Euro dotiert, die jedoch an eine Investition in das Kino gebunden sind. Ich kann mich daran erinnern, dass du noch mal in die Ausstattung investieren wolltest.«

Darauf musste Martha einen Schluck Champagner nehmen. Das klang wirklich verlockend. Allein der Dunkelheit im Kinosaal war es zu verdanken, dass niemand die Risse in manchen Polstern oder dem Vorhang sah. Bisher war selten Geld für Schönheitsreparaturen übrig, da sie die Umstellung auf die digitale Vorführtechnik finanziell an ihre Grenzen gebracht hatte.

»Ich gebe tatsächlich mein Bestes. Aber da bin ich nicht die Einzige«, antwortete sie.

»Aber die Einzige, die einen Freund in der Jury hat!«

Sie rückte ein Stück ab. »Stefan, ich brauche keine Gefälligkeitspunkte. Bewerte mein Kino wie alle anderen.«

Jetzt rückte er ein Stück von ihr ab. »Du meinst doch nicht allen Ernstes, dass ich mir den Platz in der Jury durch Gefälligkeitspunkte kaputt machen würde?«

»Nee, das glaube ich tatsächlich nicht.«

Sie lachten beide in dem Wissen, dass sie sich doch recht gut kannten. Vielleicht war es totaler Quatsch, nur weil sie nicht an das Happy End glaubte, es nicht wenigstens zu probieren, dachte Martha. Stefan war eindeutig an mehr als nur einer kollegialen Beziehung interessiert. Sollte sie sich darauf einlassen? Sie erwartete nicht zu viel, also konnte sie auch nicht enttäuscht werden. Andererseits würden sie sich zwangsläufig noch oft begegnen, sodass das Verhältnis nicht unnötig kompliziert werden sollte.

»Und selbst wenn du dich für mich einsetzt, es wird ja noch andere Stimmen geben.«

»Das stimmt, aber meine hat durchaus Gewicht.«

Auch wenn es Martha völlig verfrüht vorkam, sich über den potenziellen Preis zu freuen, hatte der Gedanke in ihr Fuß gefasst. Wäre es nicht toll, noch mehr Anerkennung für ihre Arbeit zu erhalten? Anerkennung, die auch noch damit verbunden wäre, das Kino etwas auf Hochglanz zu bringen?

»So viele Kinos gibt es hier und im Umland ja nicht. Demnächst wird die Shortlist veröffentlicht, dann sind wir dem Ziel schon einen Schritt näher.«

Wir. Martha war so selten Teil eines Wirs, dass sie der Gedanke irritierte.

»Aber ich möchte wirklich, dass du völlig objektiv bist, okay? Sonst habe ich den Preis nicht verdient.«

Statt einer Antwort hob Stefan sein Glas, stieß aber nicht mit ihr an, sondern ließ sich in das Sofa zurücksinken. »Noch hast du ihn doch gar nicht.«

Aber sie wollte ihn. Auf einmal gab es wieder etwas, auf das sie hinarbeiten konnte.

Seine Schwestern hatten im vergangenen Jahr natürlich geargwöhnt, dass er nur auf liebes Kind machen wollte, als er den ganzen Spätherbst im Garten gearbeitet hatte. Es gehörte schließlich zum Deal, dass er die anfallenden Arbeiten rund um das Haus übernahm, wenn er schon mit Ende zwanzig noch hier wohnte. Und da Erik es zwar nie zugeben würde, aber fest davon überzeugt war, dass es im Leben zuging wie im Märchen, hatte er im Frühling des letzten Jahres die erste Belohnung für seine Schufterei bekommen. Er konnte sich noch genau daran erinnern, wie er an einem verregneten, kalten Apriltag nach einem Sturm mit einem Rechen bewaffnet den Teil des Gartens hinter dem Haus betreten hatte, der von einer alten Steinmauer umgeben war. Eiskalt war der Griff des schmiedeeisernen Tores in der Mitte gewesen, das laut quietschte, weil es wohl das letzte Mal vor Jahrzehnten geölt worden war. Einer der Vorbesitzer, den alten Rosenstauden und Buchsbaumhecken nach zu urteilen ein großer Gartenliebhaber, hatte diesen Gartenteil wohl ummauert, um ihn vor Kaninchen und anderen Fressfeinden schöner Pflanzen zu schützen. Eriks Eltern hatten sich in den Kopf gesetzt, in einem Teil des geschützten Gartens wieder Gemüse anzubauen. Das war auch der Teil, den Erik von Zweigen und Blättern befreien sollte, die der Sturm überall verteilt hatte. Der Rest des riesigen Areals war ein Dschungel. Efeu, Rosenhecken und Brombeeren überwucherten alles. Die Wege ließen die Grauwacke nur erahnen, weil sie von Erde und Unkraut verdeckt waren. Die Steinmauer war schief und vermoost, als ächze sie selbst unter ihrem öden Dasein. Missmutig war Erik über den Boden geschlurft, Rechen und einen großen Müllsack unter dem Arm, als ihm ein leuchtend gelber Punkt inmitten all der Grau- und Grüntöne die Erleuchtung brachte.

Eine einzige Narzisse blühte. Und diese einzige Blüte brachte ein ganzes Meer in seinem Kopf zum Erblühen und schenkte ihm, wonach er schon so lange suchte: die Idee für seinen Abschlussfilm. Auf einmal war die Kälte vergessen, so sehr brannte er für die Idee, die ihm gekommen war. Dieser Garten musste als prächtige Kulisse einer Literaturverfilmung herhalten. Erik würde eine moderne Version von *Der geheime Garten* der englischen Autorin Frances Hodgson Burnett drehen. Das Buch war schon mehrfach verfilmt worden, genau wie *Der kleine Lord*, der ebenfalls aus Hodgsons Feder stammte. Da hatte es sich im Nachhinein mal wieder als nützlich erwiesen, dass er als kleiner Junge ohne zu murren zugehört hatte, wenn seine Mutter abends Bücher vorlas, die eher für Mädchen gedacht waren. Er erinnerte sich noch genau daran, wie er sich mit auf das Bett seiner großen Schwester gekuschelt hatte und lauschte, wie die mürrische Mary nach dem Tod ihrer Eltern in ein ländliches, herrschaftliches Anwesen verfrachtet wurde, wo eine Hausangestellte, ihr bettlägeriger Cousin und ein paar Dorfkinder ihre neue Familie wurden. Und er konnte sich auch noch an die Wunder erinnern, die sich an den Figuren vollzogen.

Seit seiner Idee war ein gutes Jahr vergangen, und Erik hatte unzählige Tulpen, Krokusse und Narzissen eingegraben, die Rosen beschnitten und die Wege freigelegt, das Drehbuch geschrieben, Schauspieler gesucht, Fördergelder beantragt (und bewilligt bekommen) und sich von seinem Professor an der Filmhochschule belächeln lassen, warum er sich einen so altmodischen Stoff aussuchte.

Und jetzt wandelte er durch den Garten und freute sich darüber, dass zumindest ein Teil nach Plan verlief. Überall ragten kleine grüne Spitzen aus dem Boden, um bald ein Teil einer wunderbaren Filmkulisse zu werden. Die Schneeglöckchen, die unter dem Schnee hervorgekrochen und schon verblüht waren, hatte er vor einigen Wochen mit seiner eigenen Filmkamera aufgenommen, um ausreichend Schnittmaterial zu haben. Und noch ehe das Drehbuch fertig war und die Büsche beschnitten waren, hatte er mit Lisa, einer befreundeten, jungen Schauspielerin, die Szenen abgedreht, in der das Mädchen den verwilderten Garten entdeckt (Lisa veröffentlichte die Dreharbeiten in ihrem YouTubeVlog, sodass der Film schon eine Menge Interesse weckte). Vieles musste Erik verfremden, da das Equipment der Filmhochschule nur begrenzt zur Verfügung stand und er nicht über ein Jahr lang im Garten filmen konnte. Aber fehlende Mittel ließen sich durch Kreativität ausgleichen. Die Mary aus seinem Film kam auch nicht aus dem Dschungel, in dem ihre ganze, reiche Familie von einer Seuche dahingerafft worden war, sondern aus einem Loft in Berlin, Vater abgehauen, Mutter an einer Überdosis Schlaftabletten verstorben. Und nun musste sie zu ihrem Onkel aufs Land – kein kleines, verwöhntes und wütendes Mädchen, sondern ein Teenager mit Hang zu Depressionen. Marys Zimmer hatte er im Dach der umgebauten Scheune eingerichtet. Die Szene, in der Mary die Tür zu dem Reich öffnet, in dem sie nun unfreiwillig ihr Dasein fristen muss, hatte er genau wie die Szenen in Berlin längst abgedreht. Ihr Blick, den sie dem Mädchenzimmer schenkte – ein Traum im Landhausstil, für das sich jedes coole Mädchen schämen würde –, war perfekt gewesen. Die alten Möbel seiner Großeltern hatte er weiß getüncht und mit ein paar altrosa Kissen und Deckchen geschmückt. Selbst Bücher, von denen er glaubte, dass »seine« Mary sie lesen würde, lagen auf dem Tisch. Er hatte sie gelesen, genauso wie er sich mit ihrer Veilchenhandcreme die Hände eincremte, um sich inspirieren zu lassen. Der Film war fast abgedreht, aber »Marys Zimmer« blieb unangetastet wie ein Zimmer in einem Museum. Martha erinnerte ihn an Mary, genauso wie an ihren Cousin Colin, der gelähmt war und sein Zimmer kaum verließ, bis er Mary kennen lernte. Zwar konnte Martha laufen, aber Erik kam sie auf andere Weise gefangen vor.

Jemand stieß ihm in die Kniekehlen.

»Mensch, Rufus!«

Der Labrador wedelte mit dem Schwanz und stupste Erik an, der seiner Aufforderung zum Streicheln sofort nachkam. »Na, du bekommst sowieso eine Hauptrolle. Hunde kommen immer gut.«

Voller Enthusiasmus streifte er die dreckigen Schuhe vor der Scheunentür ab, klopfte die Erde von den Händen und lief die Holztreppe hoch.

Hatte er die Zimmertüren nicht geschlossen? Rufus rannte an ihm vorbei nach oben.

»Nicht aufs Sofa mit den dreckigen Pfoten!«

Er rannte dem Hund hinterher in das Zimmer, das als Drehort gedient hatte. Aber es war nicht der Hund, der ihn verwirrte, sondern seine Mutter, die dort mit einem Wäschekorb stand. Dabei hatten sie doch abgemacht, dass sie den umgebauten Dachboden der Scheune so behandeln würde, als wäre es wirklich seine eigene Wohnung. War es doch schließlich auch, selbst wenn sie sich im Nachbargebäude befand!

»Mensch, Mama, hast du mich erschrocken! Ist irgendwas nicht in Ordnung?«

Als sie sich noch mit dem Korb in den Armen auf das Sofa setzte, klappten die rosa Kissen um, als kapitulierten sie vor dem mütterlich wachsamen Auge.

»Doch, alles in Ordnung. Und bei dir?«

Erik sah ihr an, dass etwas nicht in Ordnung war, hatte aber keine Lust auf Problemgespräche. Gleich fing seine Schicht im Kino an. Er musste sich noch duschen und umziehen. »Alles gut. Ich muss mich beeilen. Die Arbeit.«

»Ach, ja natürlich.« Sie sah sich um. »Ich war lange nicht mehr hier oben. Ich habe immer mehr das Gefühl, überhaupt nichts über dein Leben zu wissen.«

»Mama, so ist das mit Kindern. Ich wette, deine Eltern wussten noch weniger über dich. Aber ich muss jetzt echt ins Bad.«

»Oh, ja natürlich, ich wollte deine Privatsphäre nicht verletzen.«

Unsicher lächelnd verschwand sie, und Erik verkniff sich die Bemerkung, dass sie diese längst verletzt hatte. Auch wenn sie den Wäschekorb für ihn stehen gelassen hatte, er hatte ihr schon hundertmal gesagt, dass er seine Wäsche alleine machen würde, doch ständig kam sie ihm zuvor. Die Handcreme und die Bodylotion auf dem Schreibtisch waren eindeutig geöffnet worden. Jetzt vergriff sie sich schon an seiner Creme, dachte Erik und verschwand unter der Dusche. Es wurde wirklich Zeit, dass er sich eine neue Wohnung suchte.

Martha musste sich eingestehen, dass sie genau in diesem Moment Erik gerne bei sich gehabt hätte. Heute war Mittwoch. Und Mittwoch war nun mal der Tag vor dem Donnerstag, der Tag, an dem das Filmprogramm in allen Kinos wechselte. Mittwochs erntete sie immer wieder erstaunte Blicke von Passanten, die durch die Fensterfront schauten und sich wunderten, warum sich das Kinofoyer in ein Büro verwandelt hatte. Die Frau mit Laptop auf dem Tisch, Ordnern neben sich und einem Stift in der Hand passte so gar nicht zu der Traumwelt, die das Lichtspielhaus ansonsten verkörperte. Die Leute vergaßen oft, dass ein Kino eben auch ein Betrieb war, der Organisation erforderte. Martha machte sich den dritten Kaffee, während sie die verschiedenen Stadtmagazine und Zeitungen über das neue Programm informierte und die Buchhaltung erledigte. Vielleicht konnte sie diese Aufgaben auch Erik übertragen, wenigstens teilweise? Ein Hupen riss sie aus ihren Überlegungen. Der Kurier hatte es immer sehr eilig, Martha die Festplatten mit den Filmen für die nächste Woche zu überreichen.

Martha schloss die Tür genau in dem Moment auf, in dem der gelockte und hagere Fahrer die Tür erreicht hatte und ihr die eingeschweißten Filme überreichte, die sie beim Filmverleih bestellt hatte.

»Eine Unterschrift bitte, Frau Mink«, er reichte ihr Stift und Lesegerät. »Einen schönen Dank noch«, rief er, während er schon wieder in seinen Wagen sprang. Längst vergangen waren die Zeiten, in denen der Filmspediteur noch die Sackkarre mit schweren, flachen Blechdosen belud und die Filme austauschte.

»Ihnen auch«, murmelte Martha und öffnete die Tüten.

Gone Girl und *Der Gott des Gemetzels*. Ob sie da nicht für eine zu pessimistische Woche im Lichtspielhaus gesorgt hatte? Im Grunde passten beide Filme in das Genre *domestic war*. Wer brauchte schon große Schlachtszenen mit Hunderten Komparsen, wenn der Krieg in den eigenen vier Wänden schon grausam genug inszeniert werden konnte? Während Roman Polanskis

Kammerspiel die Psychospiele konkurrierender Elternpaare vorführte, stellte der Thriller *Gone Girl* infrage, ob dem eigenen Partner überhaupt zu vertrauen sei. Konnte man nicht, dachte Martha, als sie an Tom dachte und dann doch über die Unverhältnismäßigkeit ihres Vergleichs ein bitteres Lachen herunterschluckte. Genau aus diesem Grund hätte sie jetzt gerne Erik hier gehabt. Für ihn waren solche Filme nur Unterhaltung, fiktive Unterhaltung, weil die Menschen um ihn herum natürlich nicht so waren.

Martha würde stundenlang Zeit haben, weiterzugrübeln, während sie die Filme in den Computer im Vorführraum lud. Waren die Filme einmal auf den Rechner gespielt, reichten ein paar Tastenkombinationen auf dem Laptop, um sie gleichzeitig mit dem Dämmen des Lichts im Kinosaal zu starten.

Der Vorbesitzer des Lichtspielhauses hatte sich der Digitalisierung des Kinos bis zum Schluss verweigert. Die Vorführmaschine für 35-mm-Filme stand immer noch in dem Vorführraum. Jede einzelne Spielfilmminute ergäbe ausgerollt auf dem Boden eine Länge von knapp siebenundzwanzig Metern! Und so ein alter Film war etwas ganz anderes. Man konnte die Bilder des Films durch die Finger gleiten lassen, er alterte, sodass der Tausendste Zuschauer kleine Spuren der Zerstörung auf der Leinwand sah. Die Filmrollen konnten reißen, aber man konnte sie auch wieder zusammenkleben. Und es gab Leute, die steif und fest behaupteten, dass sich Schwarz-Weiß-Filme beim Abspulen anders anhörten als Buntfilme. Das ganze Prozedere war so speziell, dass es tatsächlich noch den Beruf Filmvorführer gab, auch wenn heute Computer- und BWL-Kenntnisse und natürlich die Liebe zum Film wichtiger waren. Und so gerne Martha hin und wieder einen alten Film zeigte, der in diesen nostalgischen Blechdosen geliefert wurde, so wichtig war es ihr, die Technik auf dem neuesten Stand zu halten. Bei Büchern hatte man noch die Wahl, ob man Papier in den Händen halten oder das Buch nur virtuell auf dem Reader lesen wollte. Die neuen Filme gab es nur noch digital, selbst wenn die teuren Produktionen noch auf herkömmlichem Film gedreht und erst nachträglich digitalisiert wurden.

Leider hatte Martha die Aufrüstung viel Geld gekostet. Und die Abzahlungsrate des Kredits schob sie auch immer vor, wenn es darum ging, möglichst viel im Kino alleine zu machen – sich selbst brauchte sie schließlich nicht nach Stunden zu bezahlen.

Bei dem Gedanken daran, vielleicht den Preis für das schönste Kino der Stadt zu gewinnen, musste sie wiederum an Stefan denken. Sie trank einen Schluck von dem mittlerweile kalt gewordenen Kaffee und starrte aus dem Fenster.

Es gab Filme, da fühlte man sich wie ein Voyeur, so echt wirkten die Freuden oder Qualen der Schauspieler. Dennoch plagte einen kein schlechtes Gewissen, wenn man den Worten der Mimen lauschte. Anders verhielt es sich, wenn man nicht nur das Klappern der Küchenarbeit hörte, an der man sich nicht beteiligte, sondern durch die halboffene Küchentür auch noch mitbekam, was Mutter und Schwester über einen tratschten. Spätestens bei der Frage »Glaubst du, er ist schwul?« hätte Erik in die Küche platzen und die Beantwortung der Frage übernehmen müssen, doch stattdessen platzierte er sich näher an den Türspalt und spitzte die Ohren.

»Ach, Mama, woher soll ich das wissen?«, seufzte Laetitia in einem Ton, der deutlich machte, dass sie genug Sorgen mit ihren eigenen Kindern hatte.

»Manchmal reden Geschwister untereinander ja mehr über solche Dinge als mit ihren Eltern.«

»Hey, und du meinst allen Ernstes, wenn er mir so etwas erzählen würde, würde ich das ausplaudern?«

Laetitia hatte als Kind gerade ihrer großen Schwester Dorothea jede Menge Geheimnisse verraten, was ein Grund dafür war, dass sie den Glauben an die Diskretion unter Geschwistern hochhielt.

»Also hat er?«

»Nein! Und wenn, würde ich es nicht verraten.«

Erik schluckte. Seine Schwester hatte es echt drauf, es spannend zu machen. Eine Weile räumten die beiden Frauen schweigend die Spülmaschine aus.

»Hättest du denn ein Problem damit, wenn es so wäre?«

»Nein, aber ich habe ein Problem damit, wenn eins meiner Kinder ein Problem hat, über das es offensichtlich nicht sprechen möchte.«

»Und warum denkst du, dass es etwas mit seiner sexuellen Orientierung zu tun haben könnte?«

Erik hasste es, wenn ausgerechnet Laetitia einen auf mütterlich machte. Ausgerechnet sie, die sich noch von der Mutter bemuttern ließ und den Kindern keinen vernünftigen Vater präsentieren konnte.

»Na ja, ich kann mich kaum noch erinnern, wann er das letzte Mal ein Mädchen mit nach Hause gebracht hat. Dabei ist er doch ein durchaus attraktiver Junge.«

Das Wörtchen »durchaus« versetzte Erik einen feinen Stich. Das wäre wieder so ein Moment gewesen, in dem er gerne die Tür zu- oder aufgeschlagen hätte.

»Und dann dieses Mädchenzimmer! Ich meine, so richtet sich doch kein normaler Junge ein.«

»Mama, unsere ganze Familie ist nicht normal. Und außerdem ist das Zimmer nur ein Drehort.«

»Ja, aber muss der wochenlang so bleiben?«

Natürlich musste er das! So konnte er sich in seine wichtigste Figur einfühlen. Der Zitrusgeruch von Spülmittel drang in Eriks Nase. Er musste ein Niesen unterdrücken, um nicht entdeckt zu werden.

»Frag ihn doch selbst!«

»Habe ich gerade versucht, aber er ist mir ausgewichen. Wenn Kinder beteuern, dass alles in Ordnung ist, ist nichts in Ordnung.«

»Irgendwann müssen wir eben selbst mit unseren Problemen klarkommen.«

Das sagte die Richtige, dachte Erik. Laetitia lebte doch selbst noch wie ein Kind zu Hause und ließ ihre Mutter jede Menge Mutterpflichten für sie erledigen.

»Ich wünsche mir halt, dass er endlich erwachsen wird. Ich glaube, wir haben ihm viel zu viel durchgehen lassen, weil er der Jüngste ist. Eigentlich waren wir schon durch mit der Familienplanung, aber wir haben uns natürlich total gefreut.«

Immerhin hatte sie nicht durchaus gesagt, dachte

Erik und versuchte den Schmerz zu verdrängen, den der Kommentar seiner Mutter bei ihm hinterließ.

»Mama, das sind echt Sachen, über die ich nichts hören möchte!«

Ich auch nicht, dachte Erik und schlich sich davon.

Auch wenn ein Film für die Ewigkeit war, führte er die Vergänglichkeit nur allzu deutlich vor Augen. Selbst Martha hatte Winona Ryder als Idol erlebt, bevor sie mehr darüber lesen konnte, in welcher Entzugsklinik sie war oder was sie in einem Laden geklaut hatte, als über ihr Schauspieltalent.

Und auch wenn Winona es nie erfahren würde, empfand Martha es als Geschenk an die Schauspielerin, Martin Scorseses *Zeit der Unschuld* gute zwei Jahrzehnte später einem Publikum zu präsentieren, das diesen Film sonst nie im Kino zu Gesicht bekommen hätte. Kino war für Martha im doppelten Sinne eine Zeitmaschine. Da waren zum einen die historischen Streifen, aber auch einfach die Filme, die schon ein paar Jahre alt waren. In ihnen spiegelte sich auch die Zeit der Entstehung wider, ganz egal, in welcher Epoche der Film spielte.

Martha hatte selbst im vollen Kino Platz genommen. Kein Rascheln war zu hören, als Winona auf dem Sterbebett ihrem Mann gestand, dass sie immer gewusst hatte, dass er eine andere begehrte. Hatten sich die Zuschauer bis gerade noch gewünscht, dass er endlich mit seiner Geliebten, gespielt von Michelle Pfeiffer, durchbrennen und das Dummchen zu Hause verlassen würde, so fühlte er sich jetzt selbst als der

Dumme. Zumindest ging es Martha so. Glaubte der männliche Hauptdarsteller etwa daran, dass mit erfüllter Sehnsucht jede Leidenschaft erlosch? Wäre es anders gewesen, wenn das Liebespaar von Anfang an zusammengekommen wäre? Und warum scheiterten immer noch fast alle Liebesbeziehungen, obwohl die vielen gesellschaftlichen Zwänge überwunden waren? Oder waren es nur andere, die uns nicht bewusst sind?, fragte sich Martha, während sich der Vorhang schloss. Bevor jemand die Tränen in ihren Augenwinkeln entdecken konnte, schlich sie aus dem Kinosaal und verschwand auf der Toilette. Zum Glück gehörten die meisten ihrer Gäste zu denen, die sich den ganzen Abspann anschauten. Für Martha fühlte es sich auch nach drei Jahren immer noch an wie bei einer Theateraufführung. Jedes Publikum war anders, reagierte anders auf den Film. Auch wenn die Zuschauer sich im Regelfall nicht kannten und nur zufällig gemeinsam einen Film anschauten, entstand bei jeder einzelnen Vorstellung immer so etwas wie eine eigene Gruppendynamik.

Als sie sich das Gesicht mit kaltem Wasser gewaschen hatte, ging sie zurück ins Foyer, um Erik bei der Getränkeausgabe zu unterstützen. Warum konnte sie nicht so sein wie Erik? Immer gut gelaunt? Immer unbeschwert, ja fast unbedarft? Er stand hinter der Theke, als befände er sich in Hawaii an einer Strandbar. Die Haut trotz des Winters leicht gebräunt, die blonden Locken wie vom Wind zerzaust, obwohl es nicht windstiller sein konnte als in diesem Kino.

»Darf ich dir auch einen Cocktail anbieten?«, lächelte

er sie an. Hier konnte er sein kreatives Potenzial ausschöpfen. Und es gab schon Gäste, die das Lichtspielhaus wegen der Cocktailkarte anderen Kinos vorzogen, seit Erik eine kleine, aber feine Auswahl eingeführt hatte.

»Keinen Alkohol während der Arbeit.«

»Ich kann dir auch einen machen, wenn wir schließen.«

»Dann nehme ich lieber jetzt einen. Eine Virgin Colada bitte.«

»Mhm, bei dem Thema Cocktails bist du wohl nicht so anspruchsvoll wie bei deiner Filmauswahl.«

»Ja, diesen Luxus gönne ich mir. Es muss auch unkomplizierte Dinge in meinem Leben geben.«

Warum brachte er sie nur immer wieder zum Lachen?

Aber das galt nicht nur für sie. Martha hatte beobachtet, dass der Getränkeverkauf besser lief, seit Erik da war. Sie wurden auch viel öfter an der Bar statt im Kino konsumiert, vor allem von der weiblichen Kundschaft. Martha sollte es recht sein, schließlich musste sie von der Kunst auch leben. Da alle Stühle und Sessel belegt waren, als ihr Cocktail fertig war, ging sie zu Erik hinter die Theke.

»Danke, schmeckt wirklich gut.« Dieser sahnige Kokos-Ananas-Geschmack umschmeichelte ihre Mundhöhle. Kokosaroma ließ für Martha stets die Sonne aufgehen – es erinnerte sie an die Sommer im Freibad und den Duft von Sonnencreme.

Erik verteilte jedes Getränk mit einem Lächeln, als wünsche er nicht nur guten Durst, sondern auch sonst alles Gute im Leben. Es war warm im Vorraum. Kein Wunder, bei all den Menschen, die nach dem traurigen Film nach Trost lechzten.

»Ich weiß jetzt übrigens, was ich mir als Gegenleistung wünsche«, raunte er ihr zu, als erst einmal alle versorgt waren.

»Ah, da bin ich gespannt.«

»Es ist dem Gefallen, den ich dir getan habe, sehr ähnlich.«

Hoffentlich möchte er jetzt keinen Kuss! Ich habe ihn nur gebeten, so zu tun, als wäre er mein Freund, der Kuss war allein seine Idee, dachte Martha. Sie verbat sich den weiteren Gedanken daran, dass sie bei Eriks sanftem Kuss viel mehr gespürt hatte als bei der Rumknutscherei mit Stefan. Konnte aber auch am Alkohol gelegen haben, der die Sinne betäubte.

»Und zwar?«

»Ich möchte, dass du auch einmal so tust, als wärst du meine Freundin.«

»Ich kann mir vorstellen, dass es bessere Schauspielerinnen gibt als mich. Zumal du als Filmhochschüler doch an der Quelle sitzt.«

»Die gibt es mit Sicherheit, aber keine von denen schuldet mir einen Gefallen«, grinste er frech.

»Und was beinhaltet das?«

»Jedenfalls keine körperlichen Liebesbeweise, solange du einfach glaubwürdig guckst, wenn ich dich als meine Freundin vorstelle.«

Warum hatte sie damals im Handelshof bei Toms Anblick nur so überzogen reagiert? Der »Triumph« gegenüber Tom war äußerst schal gewesen. Das Gefühl, sich gegenüber Erik ziemlich unreif verhalten zu haben, hielt bis jetzt an.

»Und bei welcher Gelegenheit?«

»Bei der Taufe meiner jüngsten Nichte.«

»Und warum?«

»Weil ich keine Lust habe, dass meine Familie über die Gründe spekuliert, warum ich keine Freundin habe.«

»Kann dir das nicht egal sein?«

»Aus gegebenem Anlass nicht.«

»Kann ich den Anlass wissen?«

Erik wischte die Theke von den Feuchtigkeitsrückständen ab, die die Gläserränder hinterlassen hatten.

»Nein. Ich bitte dich einfach, deinen Teil der Abmachung einzulösen. Ich habe dir schließlich auch einen Gefallen getan.«

»Finden Familienfeiern nicht immer dann statt, wenn auch das Kino geöffnet hat?«

»In diesem Falle nicht. Wir können nach dem Mittagessen gerne wieder fahren.«

Auch wenn Martha alles andere als abergläubisch war, sagten ihr nicht nur Geschichten wie die des Froschkönigs, dass ein gebrochenes Versprechen jede Menge Ärger nach sich ziehen könnte.

»Okay, ich bin dabei.«

Darüber, dass er jetzt fast ungläubig schaute, musste sie wiederum grinsen. Er dachte wohl, sie wäre die härteste Nuss von allen. Und da wollte er ausgerechnet sie mit zu seiner Familie nehmen? Wahrscheinlich war es ihm peinlich, junge, talentierte Filmstudentinnen oder Schauspielerinnen um so einen Gefallen zu bitten. Ist es ja auch, dachte Martha bei sich. Warum konnte er nicht einfach zu seinem Beziehungsstatus stehen, statt seiner Familie etwas vorzuspielen?

Erik hatte es einfach satt, sich selbst immer wieder rechtfertigen zu müssen: »Warum machst du keinen vernünftigen Job?« (Er hatte nach dem Abi sogar erst einmal eine Schreinerlehre gemacht, aber das reichte wohl nicht.) »Warum hat ein hübscher Mann wie du seit Jahren keine feste Freundin?« »Meinst du, die Welt hat auf deinen Film gewartet?«

Und sein Regiedozent hatte in die gleiche Kerbe gehauen, als er ihm seine Adaption von »Der geheime Garten« gezeigt hatte. Erik konnte sich noch genau an das Gespräch erinnern:

»Warum bleiben Sie nicht einfach bei dem, was Sie perfekt können?«

Erik hatte ungläubig in das Gesicht seines Regiedozenten geschaut, der seinen Abschlussfilm betreute. War dieser Mann, der in den 1970ern selbst tolle Filme gemacht hatte, nicht dafür da, aus den Studenten das Beste herauszuholen? »Und was kann ich Ihrer Meinung nach perfekt?«

Musste das Büro eines Regiedozenten nicht weniger nüchtern aussehen? Weiße Wände, graue Möbel. Ein paar Filmplakate mit Autogrammen an der Wand, die weniger den Filmgeschmack zeigten als die Tatsache, mit wem Bodo Kunstmann schon gearbeitet hatte.

»Mainstream. Unterhaltung. Viele Filmemacher kranken daran, dass sie etwas Besonderes machen wollen.«

Erik ließ sich nicht anmerken, dass ihn diese Bemerkung traf. Warum eigentlich?, fragte er sich. Was war so schlimm daran, vielen zu gefallen?

»Ich habe vor, die Menschen zu unterhalten. Und zwar in Massen.«

»Da wären Sie nicht der Erste, der daran scheitert, weil er nicht nur unterhalten, sondern auch noch künstlerisch wertvoll sein will.« Bodo Kunstmann schob Eriks Drehbuch zu ihm zurück.

Eriks Herzensprojekt war schon auf der ersten Seite mit unzähligen Kommentaren verziert gewesen. Immerhin hatte er auf den Rotstift verzichtet und zum Bleistift gegriffen. Auch wenn Erik wusste, dass Kritik zum Prozess des Drehbuchschreibens dazugehörte, hätte er am liebsten alles wegradiert, ohne es zu lesen. Es war ein bisschen so, als wäre man frisch verliebt und würde diesen tollsten, zauberhaften und einzigartigen Menschen seinen Freunden vorstellen. Und hieß das Urteil: »ganz nett«, und bemerkt man selbst auf einmal all die kleinen Macken und fragt sich, ob man nicht zu viel in den anderen hereininterpretiert hatte. Da Erik jedoch langsam in der Phase war, in der er dem Liebesobjekt trotz hämischer Blicke von außen treu blieb und sich seine verklärte Sicht darauf bewahrte, atmete er nur tief durch, während er versuchte, dem Blick des Professors standzuhalten. Was regte er sich über ein paar Anmerkungen auf dem Papier auf? Es gab auch Dozenten, die ihre Schüler im wahrsten Sinne des Wortes bluten ließen, um zur Perfektion zu gelangen. So wie in dem Drama *Whiplash*, bei dem der Musikstudent Andrew mit sadistischen Methoden zu Höchstleistungen angetrieben wird, dachte Erik. Obwohl

Bodo Kunstmann gegen Terence Fletcher wirklich sanftmütig war.

»Einen Klassiker neu zu interpretieren, gehört zu den Königsdisziplinen.«

»Ich kann mich noch ganz genau an die Erstsemesterrede erinnern: Wir sollten nach der Krone greifen.«

»Ach, diese Rede. Die hat einer der wenigen Regisseure gehalten, die auf einem Thron sitzen. Ich vertrete eher einen realistischen Standpunkt und möchte meine Schüler vor Enttäuschungen bewahren. Jedes halbwegs gut gemachte Popcornkino wird milder bewertet als ein ambitionierter Film. *Der geheime Garten* ist ein literarisches Meisterwerk. Und Sie machen ein billiges Drehbuch draus? Depressionen statt Cholera? Als wenn das dasselbe wäre.«

»Ehrlich gesagt finde ich Depressionen viel schlimmer. Und vor allem zeitgemäßer.«

»Aber der Schmerz in dem Buch ist nicht Ihrer. Sie bleiben immer auf der sicheren Seite.«

»Ach, J.K. Rowling kann zaubern, oder was?«

»Nein, das kann sie genauso wenig wie Sie. Aber den Kummer darüber, in einer Gemeinschaft nicht anerkannt zu werden, den kennt sie. Sie hat selbst einmal unter der Treppe gehaust. Im übertragenen Sinne«, ergänzte Bodo Kunstmann, als wäre Erik schwer von Begriff.

Der Klumpen in Eriks Magen wanderte hoch. Er fühlte sich, als müsse er auf dem Schreibtisch erbrechen, doch sein Magen war leer. Wieder hatte er es nicht geschafft zu frühstücken und sich deshalb Milch und Zucker in den Kaffee geschüttet, als Kunstmann ihm eine Tasse angeboten hatte. Hatte sein Prof recht? Ließ er seine Figuren gar nicht an sich heran? Oder nahm ihn einfach nur keiner ernst, weil er kein Intellektueller war?

»Tja, und jetzt lebt J.K. Rowling in einem Schloss, weil sie sich von kleingeistigen Kritikern nicht hat aufhalten lassen.«

Statt beleidigt zu sein, huschte ein Lächeln über das faltige Gesicht des Professors. »Sehen Sie, das meine ich. Jetzt erlebe ich Sie endlich mal emotional. Lassen Sie diese Wut zu, und stellen Sie sich meinetwegen in Ihrem nächsten Film vor, ich wäre der Bösewicht.«

»In meinem Leben sind Sie das gerade«, rutschte es Erik heraus. Und dann schämte er sich. Damit hatte er genau die Unreife gezeigt, die ihm dauernd von allen Seiten unterstellt wurde. Aber was war Kunstmann eigentlich für ein Typ? Er erinnerte Erik an Stefan Feldhausen, der Spaß daran hatte, die Schwächen von Leuten, die sich trauten, Wahrhaftiges auf die Leinwand zu bringen, öffentlich anzuprangern. Da wurde mal eben ein guter Film abgekanzelt, weil er die Bildsprache nicht neu erfunden hat. Erik erwartete den nächsten Stich nach seiner unangebrachten Antwort. Stattdessen lachte Bodo Kunstmann, was Erik noch mehr irritierte. Hastig schluckte er den restlichen Kaffee herunter, da er davon ausging, dass die Veranstaltung gleich vorbei sei.

»Also, wenn ich der Bösewicht in Ihrem Leben bin, dann haben Sie aber noch nichts Spannendes erlebt!«

Der Kaffee war noch nicht im Magen angekommen, sodass Erik sich verschluckte. Das Husten schüttelte ihn so sehr, dass er nicht einmal hätte antworten können, wenn ihm die passende Antwort eingefallen wäre. Das Lachen verflüchtigte sich aus dem Gesicht Kunstmanns. Er stand auf, lief um den Tisch und klopfte seinem rotgesichtigen Schüler auf den Rücken.

Als Erik wieder normal atmete, sich ein paar Tränen aus den Augenwinkeln wischte und hoffte, dass seine Gesichtsfarbe sich wieder normalisierte, sah Kunstmann ihn an. »Außerhalb des geschützten Rahmens der Filmhochschule zerrissen zu werden, fühlt sich so ähnlich an. Ich möchte Ihnen doch nur helfen.«

Tja, und jetzt ist das Gespräch schon über ein Jahr her, und der Film wird bald fertig sein, dachte Erik und war froh, dass er sich die Bleistiftnotizen von Bodo Kunstmann doch noch einmal genauer angesehen hatte.

Der Preis war für Martha zur fixen Idee geworden. Sie wollte gewinnen. Nicht nur der Ehre wegen, sondern auch um das wackelige Fundament, auf dem das Lichtspielhaus stand, zu festigen. Die kleine Maus in ihrer Hand, die es genoss, gestreichelt zu werden, dachte immer nur bis zur nächsten Futterration, aber Marthas Rationen blieben nur groß genug, solange das Kino genug Geld abwarf. Die Menschen sahen zwar immer mehr Filme, aber immer weniger davon im Kino. Das große Kinosterben, das nicht zuletzt der Fernseher und später die Videokassette ausgelöst hatten, war zwar zu Ende, aber immer wieder lief in einem der Kölner Traditionskinos der letzte Film. Wehmütig dachte sie an das *Broadway*, in dem nun eine von vielen Filialen einer Modekette saß, die mehr Miete zahlen konnte als ein

Kinobetreiber. Früher einmal gingen die Leute abends ins Kino wie in die Kneipe oder in das Café. Zu Fuß. Es war kaum zu glauben, dass in den 1950ern des letzten Jahrhunderts der Kölner im Schnitt fünfundzwanzig Mal im Jahr ins Kino ging. Auf diese Zahl kamen heutzutage die meisten Leute nicht mehr in ihrem ganzen Leben! Gut, man konnte sich damals nicht in Jogginghose vor den Film fläzen, aber im Grunde war es doch viel schöner, als allein vor der Glotze zu hängen.

Bei dem letzten Gedanken erschrak sie. Sie saß nur nicht allein vor der Glotze, weil sie die Abende immer im Kino verbrachte. Und weil sie abends immer im Kino war und ihre Freunde tagsüber arbeiteten, traf sie sich kaum noch mit jemandem. Als sie noch mit Tom zusammen war und Susanna mit ihr im Kino arbeitete, war das anders gewesen. Da war sie, wie man so schön sagt, sozial so gesättigt gewesen, dass sie gar nicht das Bedürfnis hatte, weitere Kontakte zu pflegen. Jetzt klaffte an dieser Stelle ein großes Loch, wobei sie Susanna mehr vermisste als Tom. Ja, sie fühlte sich einsam. Und schämte sich dafür. Bis gerade hatte sie sich selbst noch vormachen können, dass sie nach einem Tag in der Gesellschaft von Dutzenden Menschen am Feierabend einfach froh war, ihre Ruhe zu haben. Die Wahrheit war jedoch, dass sie nichts Besseres als das Alleinsein hatte.

Vielleicht konnte sie Susanna anrufen. In der Erwartung eines längeren Gesprächs kochte Martha eine Kanne Tee und öffnete eine Packung Kekse. Beides stellte sie auf das Tischchen neben das Bettsofa und wählte Susannas Nummer.

»Hallo, Susanna, ich wollte mal hören, wie es dir so geht«, sagte sie fast unsicher, als sie die Stimme ihrer Freundin hörte. Wie viel einfacher war es doch gewesen, als sie sich fast täglich gesehen hatten.

»Ganz gut, ich liege gerade im Bett, und mein Kleiner boxt mich die ganze Zeit.«

»Und mich auch«, hörte sie eine männliche Stimme im Hintergrund. Susannas Freund hatte gerade also seine Hände an Susannas Bauch.

»Du, wir können auch einfach ein anderes Mal in Ruhe telefonieren.«

»Ach was, ich freue mich doch, dass du anrufst! Wie geht's dir? Wie läuft das Lichtspielhaus ohne mich?«

Du fehlst mir, dachte Martha, antwortete aber: »Gut, Erik macht sich wirklich.«

»Ich merke schon, ich muss mir überhaupt keine Sorgen um dich machen!«

»So ist es, ich rufe dich die Tage an. Grüße Alex von mir!«

Was hatte sie eigentlich mit Susanna besprechen wollen, bei dem ihr Freund auf keinen Fall zuhören durfte? Hätte sie sich wirklich über ihre Einsamkeit ausgeheult? Darüber, dass Toms Affäre ein Baby von ihm bekam, während sie ihres verloren hatte? Das war doch mal wieder so ein tragischer Plot, wie er nur in deprimierenden Filmen vorkommen konnte. Martha mochte sich Tom und seine Freundin gar nicht als glückliche Eltern vorstellen. Bei diesem Gedanken hasste Martha sich selbst. Fast genauso wie sie Tom hasste. Sie musste sich ablenken. Alte Freundinnen, die sie nur selten traf, konnte sie unmöglich um diese Uhrzeit anrufen. Sich ein Jahr nicht melden und dann gleich das Herz ausschütten ging gar nicht. Warum hatten ihr ihre Eltern vor der Trennung nicht wenigstens noch ein paar Geschwister gemacht? Erik hatte es gut. Auch wenn er immer genervt tat, wenn er von seinen Schwestern erzählte, klang es wunderbar. Ob sie Erik anrufen sollte? Ach nein, dann lieber Stefan!

»Hi, Stefan, hier ist Martha.«

»Martha, wie schön!« Er klang so überrascht, dass sie fast ein schlechtes Gewissen hatte. Vielleicht dachte er, sie wolle sich nur anbiedern, um seine Gunst als Juror zu gewinnen. Aber die hatte sie doch schon längst. Es war doch eher so, dass er ihre Gunst zu gewinnen suchte. An Gesellschaft mangelte es Stefan jedoch nicht. Im Hintergrund hörte sie Stimmen, Musik lief, Besteck fiel herunter. Jemand fluchte und brachte jemand anderen damit zum Lachen.

»Alles klar?«

»Ja natürlich, ich hatte nur so eine Idee, aber es klingt so, als passt es gerade nicht.«

»Doch. Natürlich, komm doch vorbei. Wir feiern hier gerade den Geburtstag einer Freundin in einer Kneipe.«

»Das schaffe ich nicht mehr.« Aber warum eigentlich nicht? Was war so schwer daran, das Haus zu verlassen und Party zu machen?

»Schade. Aber weißt du was? Dann wiederholen wir unseren Restaurantbesuch einfach wieder, und du erzählst mir von deiner Idee!«

Immerhin hatte er nicht Date gesagt.

»Gute Idee!«

Das Problem war nur, dass Martha überhaupt keinen Einfall vorzuweisen hatte, von dem sie ihm berichten konnte.

Hast du nicht eine Idee für eine besondere Aktion, die wir im Kino veranstalten könnten?«, fragte Martha Erik am nächsten Tag. Der konnte natürlich nicht wissen, woher diese Frage rührte, und strahlte fast so breit wie gestern, als er seinen Garten betreten hatte und sich ihm die ersten Narzissen ihre gelbe Mitte wie einen Kussmund entgegenstreckten. Es sah aus, als spielten sie bei seinem Zeitplan mit. Die Kulisse für die schönsten und auch letzten Szenen seines Films, die Szenen, in denen alles in dem Garten blühte, war bereit.

»Wie wäre es mit einer Premierenreihe? Ich würde mein Debüt gerne zur Verfügung stellen!«

Erik registrierte, dass Martha sich abwand, während sie antwortete: »Ich müsste natürlich schauen, ob dein Film ins Programm passt.«

»Wenn du gute Filme suchst, dann passt er ins Programm.«

Ein guter Schauspieler war Erik in dem Moment nicht. Die Stimme folgte wie immer dem Gefühl, und sein Gefühl glich einen Moment lang dem eines kleinen Schuljungen.

»Du weißt, wie ich es meine. Nicht wertend. Ich möchte die Erwartungen, die mein Stammpublikum hegt, nicht enttäuschen.«

»Nein, ganz und gar nicht. Wenn sich die ganze Kritikerszene so verhält wie du, dann kann mein Film ja nur floppen.« Gib mir doch wenigstens eine Chance, dir mein Talent zu beweisen, dachte Erik, während er die Lieferung Limonadenflaschen in den Kühlschrank einräumte.

»Magst du mir das Drehbuch mal zeigen?«

Man musste eben nur hartnäckig sein. »Klar, ich bringe es dir morgen mit.«

»Gut. Ich bin gespannt.«

Erik sah Martha hinterher, die die Flyer neu anordnete, ohne damit eine Verbesserung zu schaffen.

»Ich habe übrigens eine Idee. Was hältst du von Stummfilmen mit musikalischer Begleitung?«

Zuerst entgegnete Martha, dass sie ja nicht mal Platz für ein Klavier hätten, geschweige für einen Flügel. Aber dann erschien ihr die Zeitreise in eine Epoche doch verlockend, in der auf der Leinwand alles noch so neu und spannend war.

»Tonfilm ist Kitsch«, hieß es zu einer Zeit, in der Angst, Freude, Aufregung oder Trauer im Film nicht ausgesprochen werden konnten, sondern sich nur in der Mimik der Schauspieler und der Fingerakrobatik eines Pianisten ausdrückten. Natürlich gab es Untertitel, aber nur dort, wo sie zum Verständnis nötig waren.

Tausende Künstler und Musiker hatten befürchtet, dass der Ton der Tod des Films sei. Wie sollten schlechte Stimmen vom Band lebende Künstler ersetzen? Der Tonfilm bedeutete zwar nicht den Tod des Films, wohl aber vieler Kinomusiker.

Aber so war es nun einmal. In allen Bereichen wurden Menschen ersetzt. Nicht immer durch Maschinen, aber immer öfter, und manchmal auch nur erneut durch Menschen. Bei diesem Gedanken musste Martha wieder an das Lachen der Frau an Toms Seite denken. Und an ihren runden Bauch.

»Erik, vergiss alle Einwände, deine Idee ist genial! Wir werden ein paar alte Klassiker zum Leben erwecken und wenigstens für ein paar Stunden die Zeit zurückdrehen.«

»Wir müssen sie ja gar nicht komplett zurückdrehen. Es kann ja durchaus ein moderner Geräuschemacher sein.«

Erik klopfte mit seinem Zeigefinger auf die Theke, langsam und beharrlich.

»Was ist das?«, fragte er. Tock. Tock. Tock. Tock.

»Der Ton zu einem Psychothriller? Wenn du weitermachst, macht mich das so irre, dass ich zur Axt greife!«

»Oh nein, dann hau ich lieber ab.«

Erik ließ seine Hand schnell wie eine Spinne über die Theke krabbeln, was sich anhörte, als würden Minipferde darüber galoppieren. Martha griff zwar nicht zur Axt, aber nach Eriks Hand, um ihn zu stoppen.

»Wir suchen nach einem professionellen Geräuschemacher.«

Er zog seine Hand weg. »Ich hatte auch nicht vor, mich anzubieten. Ich muss meine Kreativität gerade aufsparen.«

Statt zu antworten, schaute Martha sich Erik an. Heute hatten sich zwar noch ein paar dunkle Schatten aus der Vergangenheit auf sie gelegt, aber dank Erik hatten sie sie nicht allzu lange beschäftigt. Und sie hatte gelacht. Mehrmals. Sie musste sich eingestehen, dass seine Gesellschaft ihr guttat. Es wurde ihr leichter ums Herz in seiner Nähe. Als wäre seine Naivität ansteckend. Ein Leben mit Eriks Gemüt musste leicht sein. Verlockend leicht. Aber das war nun mal nichts, was man sich aussuchen konnte, genauso wenig wie die Augenfarbe. »Du schaust mich an, als hältst du mich für verrückt«, sagte er und grinste sie mit der Überlegenheit eines Menschen an, dem das komplett egal wäre.

Hoffentlich kann er nicht noch mehr meiner Gedanken lesen, dachte Martha und antwortete: »Nein, ich finde dich nur erfrischend aufgeschlossen.«

»Im Gegensatz zu dir ist das auch keine große Kunst«, schoss er zurück.

»Ich würde das nicht als Happy End bezeichnen«, antwortete Stefan so spitz, wie es seine vollen Lippen erlaubten. So schlecht geküsst hatte er doch nicht, dachte sich Martha, als sie mit Erik, Stefan, Piet und noch ein paar Bekannten bei einem Kaffee rund um den Stehtisch im Foyer stand.

»Ganz im Gegenteil, ich hätte niemals erwartet, dass es so positiv endet. Die Liebe hat gesiegt«, verteidigte Erik seine Auffassung vom Ende der Brontë-Verfilmung *Jane Eyre.* Martha ließ den Blick zwischen den beiden Männern hin- und herwandern. Neben Erik wirkte Stefan alt, obwohl er gerade erst vierzig war. Martha hatte fast das Gefühl, ihn beschützen zu müssen.

»Die Liebe hat gesiegt! Jane hat 'ne Menge Spaß dafür geopfert, um an ihrer Prüderie und ihren Prinzipien festzuhalten. Sie hätte ihn haben können, bevor das Schloss abfackelt und seine Augen kaputt sind.«

»Aber da wären sie nicht glücklich geworden! Er hat ihr vorher noch nicht vollends vertraut.«

»Klar, und jetzt lieben die beiden sich in den Ruinen, bis dass der Tod sie scheidet«, bemerkte Stefan sarkastisch.

»Vielleicht bauen sie die Ruinen doch wieder auf und lieben sich darin.«

»Du bist echt vom anderen Stern«, sagte er, während er sich eine Zigarette rollte. »Was macht eigentlich dein Filmchen?«

Nun hätte sich Martha am liebsten schützend vor Erik gestellt.

»Wird mit Sicherheit ein glückliches Ende finden. Wenn du möchtest, kannst du gerne zur Premiere kommen, die hier …«

»Stefan, es gibt übrigens eine neue Idee für das Kino«, unterbrach Martha Erik.

»Ach ja? Ich muss jetzt gleich los, aber vielleicht hast du Lust, mir heute alles in Ruhe bei einer Tasse Kaffee zu erzählen. Wäre ja sowieso mal wieder dran.«

»Guter Vorschlag. Heute Nachmittag?«

Martha konnte Eriks Blick nicht lange ertragen, doch er zwang sie, ihn anzusehen, als er das Wort ergriff. »Unsere Idee ist in zwei Minuten erzählt, nicht dass du bis heute Abend vor Neugier platzt.«

»*Eure* Idee?«, fragte Stefan betont langsam.

Am Nachmittag saßen Martha und Stefan in einem behaglichen Café, in dem die runden Tische so klein waren, dass sich ihre Knie zwangsläufig immer wieder berührten. Martha umklammerte die heiße Teetasse.

»Also deine Idee ist toll. Mir fällt auch schon jemand ein, der perfekt Geräusche simulieren kann.«

»Also eigentlich ist es Eriks Idee gewesen.«

»Vielleicht unterschätze ich ihn ja doch.«

Das war das Netteste, was Stefan je über Erik gesagt hatte. Martha war fast gerührt. Schließlich fühlte sie sich für Erik verantwortlich, obwohl sie ihm selbst jede Initiative verwehrte.

»Läuft da eigentlich was zwischen euch?«

»Wie kommst du denn darauf?«

»Na, so wie er dich immer anschaut.«

»Er guckt immer begeistert. Ist seine zweite Natur.«

Sie schwiegen einen Moment einträchtig.

»Er sieht verdammt gut aus. Kann mir vorstellen, dass eine Affäre mit ihm Spaß machen würde.«

Stefan wartete darauf, dass sie widersprach.

»Und würde dich das stören?«, wich Martha aus.

»Vielleicht«, lächelte er und legte seine Hand auf ihr Knie, »ich fand diesen einen Abend damals ziemlich gut. Ich finde dich ziemlich gut.«

Martha griff nach seiner Hand. Um sie von sich zu schieben. Und dann griff sie auf eine feige Ausrede zurück. Auf ein Klischee. »Stefan, ich mag dich, aber ich bin noch nicht bereit für irgendeine Art von Beziehung. Es hat nichts mit dir zu tun, aber nach der schmerzhaften Trennung brauche ich immer noch Abstand.«

»Kann ich verstehen. Mich hat meine Scheidung auch verändert.«

Martha sah das erste Mal etwas Verletzliches in Stefans Augen. Vielleicht war seine Arroganz ja auch nur ein Schutz vor erneutem Schmerz?

»Falls du jemanden zum Reden brauchst oder auch für was anderes, ich bin da«, sprach er weiter.

Weil ihn die Zeit plötzlich drängte, suchte Stefan in seinem Portemonnaie nach Kleingeld, um seinen Tee zu bezahlen.

Und, hast du das Drehbuch schon gelesen?«

Erik saß am Steuer der Ente, die so alt war wie er selbst. Allerdings wirkte das Gefährt schon wie eine alte Tante, während er mit seinem T-Shirt sehr jugendlich wirkte. Martha musste schmunzeln, als sie bemerkte, dass nicht nur die Muskulatur an seinen Armen, sondern auch sein Gesicht angespannt wirkte. War es die Angst vor der Familienfeier oder die Angst vor ihrem Urteil über sein Drehbuch?

»Möchtest du eine ehrliche Antwort?«

»Immer. Ich hasse Lügen.«

»Oh, das aus dem Mund eines Mannes, der seiner Familie gleich vorspielen möchte, dass er eine Freundin hat.«

»Jetzt spann mich nicht auf die Folter.«

»Macht aber gerade Spaß.«

Martha klappte ihren Handspiegel auf und kontrollierte ihre Wimperntusche. Sie befeuchtete ihren Finger und wischte sich einen kleinen schwarzen Fleck auf ihrem Jochbein weg. Es machte ihr tatsächlich Spaß. Weniger Erik zu ärgern, als einfach mit ihm zusammen zu sein. Den Gedanken, dass es vielleicht sogar schön wäre, mit jemandem wie Erik zusammen zu sein, schob sie beiseite. Erik Sonntag war nur einer für den Sonntag. Sobald Wochenalltag anstand, wäre er weg. Wahrscheinlich war er nur immer so gut drauf, weil er allen Problemen aus dem Weg ging.

»Ich habe noch nicht reingeschaut.«

»Oh.«

»Nicht, weil es mich nicht interessiert, sondern weil ich heute nicht noch mehr lügen wollte. Stell dir vor, ich hätte es gelesen und fände es grauenhaft. Dann kämen wir bei deiner Familie an, und jeder würde sehen, dass wir auf der Fahrt einen großen Krach hatten.«

»Vielleicht würde ich dir einfach nicht glauben, wenn du sagst, es sei schlecht.«

Martha seufzte. Vielleicht brauchte man diese Art, mit Kritik umzugehen, um nicht daran kaputtzugehen. Andererseits gab es genug Filme, die davon profitiert hätten, wenn einer das Drehbuch noch mal verbessert hätte.

Sie bogen auf eine einspurige Straße ab, die von Feldern umsäumt war. Am Straßenrand erinnerte ein Holzkreuz daran, dass auf dem Land auch nicht alles sicherer war. Martha hatte sich im Moloch der Stadt immer geschützter gefühlt als in einsamen Gegenden.

»Und, Martha?«

»Ja?«

»Wir brauchen auch nichts erzählen, was nicht stimmt. Wir sagen einfach gar nichts.«

»Wie lange sind wir denn angeblich schon zusammen?«

»Mhm, ich arbeite ja erst vier Monate bei dir.«

»Dann muss es schon Liebe auf den ersten Blick gewesen sein.«

»Aber gib uns ein paar Wochen, okay?«

»Okay, sagen wir doch einfach, an dem Tag im Supermarkt haben wir uns das erste Mal geküsst. Muss ja keiner wissen, dass es das letzte Mal war. Und dass es ein Fake war.«

»Perfekt!«

Er hielt ihr die Hand zum High-five hin und geriet kurz ins Schleudern. Martha schlug ein, und die Berührung brachte ihr Herz einen Moment ebenfalls ins Schleudern. Das war wahrscheinlich die Angst, gleich vor dem nächsten Baum zu landen, sagte sie sich und starrte geradeaus.

»Wann sind wir endlich da?«

»In fünf Minuten. Du hast es gleich geschafft.«

Im Gegenteil, die Herausforderung würde gleich erst beginnen.

Als sie mit der Ente auf den Hof einbogen, wurden sie vom Kopfsteinpflaster ordentlich durchgeschüttelt. Martha schaute auf das Sandsteinhaus, in dessen Mitte sich eine Treppe befand, auf der sich ein Haufen Leute tummelte. Als posierten sie für ein Foto. Da jedoch kein Fotograf zu sehen war, nahm sie an, dass sie auf Erik und sie warteten. Erik parkte das Auto vor dem Haus. Zwei Kinder rannten auf sie zu.

»Das ist meine Familie«, seufzte Erik, als sei damit alles klar.

»Die alle?«

»Ja, die alle! Das sind nur meine Eltern mit meinen Schwestern und deren Kindern. Ach ja, und der Mann von Dorothea.«

»Der echte? Oder auch ein Fake?«

»Sehr witzig.«

»Sie starren uns alle an. Selbst der Hund!«

Der Labrador passte perfekt in die ländliche Idylle, die jeden Stadtbewohner ins Wanken bringen konnte. Ja, dieser Hund blieb sogar stoisch stehen, als ein paar Hühner mit wackelndem Hinterteil in Erwartung einer Handvoll Körner auf die Treppe zuliefen.

»Natürlich starren die uns an.« Erik lief um das Auto und hielt Martha die Tür auf.

Vorsichtig setzte sie einen Fuß mit hohen Absätzen auf das Pflaster, um nicht in den Ritzen stecken zu bleiben. Sie hielt ihm ihre Hand hin. »Du musst mich festhalten, sonst stehe ich das nicht durch. Die fressen mich sonst noch auf!«

Also liefen sie Hand in Hand auf Eriks Familie zu. Meine Güte, waren die Schwestern hübsch, da konnte sie ja kaum mithalten, dachte Martha. Nur die eine hatte einen verbitterten Zug um den Mund und musterte Martha kritisch. Bevor jemand Erik in den Arm nahm, streckte sich Martha eine Hand nach der anderen entgegen, und eine allgemeine Vorstellungsrunde begann.

»Du musst Martha sein. Herzlich willkommen! Schön, dass wir uns endlich kennen lernen«, begrüßte sie Eriks Mutter. Wenn die Sonne nicht jede Falte beschienen hätte, hätte sie selbst als ältere Schwester durchgehen können. Sie sah der jüngsten, die sich mit Valentina vorstellte, sehr ähnlich.

»Mama, was heißt hier endlich? So lange kennen wir uns doch noch gar nicht«, bemerkte Erik. *Er ist echt der bessere Schauspieler von uns beiden,* dachte Martha.

»Und du bist Eriks Freundin?«, fragte ein Mädchen

mit strengem Knoten und perfekt gebügeltem Kleidchen, während es die Hand von seiner Mutter Dorothea abschüttelte, die immer noch verkniffen dreinschaute.

Bevor sie antwortete, sog Martha den Duft nach frisch umgegrabener Erde, Frühlingsblumen und soeben gebackenem Kuchen ein. In der Stadt lag über jedem Duft noch ein Schleier von Abgasen, an den sie sich schon längst gewöhnt zu haben glaubte.

»Ja, das bin ich«, antwortete Martha. Das war ja noch nicht mal gelogen. Sie hatten tatsächlich so etwas wie ein freundschaftliches Verhältnis aufgebaut. Immerhin plauderten sie doch fast jeden Tag miteinander, und manchmal vergaß Martha dabei sogar, dass Susanna weg war. Susanna, von deren Leben sie gerade kaum etwas mitbekam.

Martha registrierte die Blicke, die die Familienmitglieder untereinander austauschten. Sie brauchten kein Wort zu sagen, damit sie den stummen Dialog übersetzen konnte. Er besagte, dass sie noch vor fünf Minuten alle miteinander über Eriks Freundin gequatscht hatten und jetzt jeder seine Meinung bestätigt sah oder eben auch nicht.

»Seht ihr, ich wusste immer, dass Erik irgendwann ein tolles Mädchen hat.«

»Also mir kommt das komisch vor.«

»Die ist doch mindestens fünf Jahre älter! Aber Erik braucht ja auch jemanden, der ihm sagt, wo es langgeht.«

»Warten wir doch erst mal ab, ob das überhaupt hält. Und so ganz sicher bin ich mir auch nicht, ob er uns nicht etwas vorspielt.«

Und wie so oft waren es die negativen Gedanken, die sich in Marthas Hirn bohrten. *Seine älteste Schwester mag mich nicht,* dachte sie, als sie Dorothea in die Augen schaute und gleichzeitig all die wohlwollenden, amüsierten, ja sogar liebevollen Blicke ignorierte. Auf einmal fühlte sie sich unscheinbar, fast hässlich. Auf einmal kam sie sich vor wie bei einem Wettbewerb, den sie gern gewinnen würde, aber bei dem sie es nicht mal ins Ziel schaffen würde. Meine Güte, schalt sie sich, was sollte das? Sie erfüllte hier nur ihren Teil des Deals mit Erik.

»Sie haben ein wunderschönes Haus. Und einen tollen Garten«, sagte sie höflich zu Eriks Eltern.

»Danke. Wir fühlen uns hier auch sehr wohl. Aber sagen Sie doch Du. Ich meine, wenn das für dich okay ist, also ich bin Anna«, bot Eriks Mutter an.

»Und ich bin Hans«, tat es der Mann an Annas Seite ihr gleich.

Am liebsten hätte Martha das Du abgelehnt. Sie würden sich eh nie wiedersehen, welchen Unterschied machte es also?

Laetitias Baby rettete sie vorläufig vor einer Antwort, es fing an zu schreien. Martha widerstand dem Impuls, die Augen abzuwenden. Es war ein hübsches Baby. Es sah der Mutter kein bisschen ähnlich, was sie wohl jeden Tag daran erinnerte, dass der Erzeuger weg war. Erik hatte ihr erzählt, dass seine Schwester drei Kinder von zwei Männern hatte und immer noch an die große Liebe glaubte. Und sie sah das Ganze wohl sehr mystisch. Diese Kinder hatten sie – von wo auch immer – als Mutter ausgesucht –, das sollte so sein, auch wenn die Väter schnell Geschichte waren. Martha hatte Erik nichts davon erzählt, dass sie ihr Kind verloren hatte. Außer Susanna und ihrem Ex wusste kaum jemand davon.

Laetitia schaukelte das Kind, worauf es ein hellgelbes Rinnsal auf das weiße Taufkleid spuckte.

»Hat einer mal ein Tuch?«

»Also ich hatte Lilli immer ein Spucktuch umgelegt.«

Martha erwartete einen bissigen Spruch von Laetitia, aber die lachte nur. »Klar, weil du meine große Schwester bist. Dann gehe ich mit Toni gerade mal ins Bad.«

»Aber beeil dich«, rief Anna hinterher, »wir müssen los. Die Kirche fängt gleich an.«

»Ich will mit Erik fahren!«

»Ich auch.«

Das Mädchen und der Junge, die Martha als die Zwillinge Fred und Matilda vorgestellt worden waren, zogen an Eriks Armen.

»Eriks Auto hat nicht mal Sicherheitsgurte auf der Rückbank«, meckerte Dorothea wieder.

»Na, die paar Meter«, entgegnete Laetitia, deren Sorglosigkeit sich scheinbar auf alle Lebensbereiche ausdehnte.

»Musst du ja wissen. Sind ja deine Kinder«, mahnte Dorothea.

»Jetzt hört auf zu streiten, Kinder«, wand Anna sich an die erwachsenen Frauen.

Martha setzte ihre Sonnenbrille auf, als sie mit den Zwillingen ins Auto stiegen. Die Sonne blendete sie, und wäre es nicht unhöflich gewesen, dann hätte sie sogar Kopfhörer in die Ohren gesteckt. Der Hund bellte ihnen hinterher, die Kinder alberten auf der Rückbank, und der Motor ratterte, als wären irgendwelche Metallteile lose.

Die kleine Dorfkirche hätte eine passende Kulisse für die Hochzeitsszene in einem Liebesfilm abgegeben, dachte Martha. Auf jeder Seite standen fünf Holzbänke, die durch die Familie Sonntag und ihre Gäste bis auf den letzten Platz besetzt waren. Der barocke, aufwendig geschnitzte Altar war mit Narzissen und Tulpen geschmückt, in einer Vase, obwohl sie sich angeblich gegenseitig vergifteten. Genauso einträchtig saßen alle nebeneinander, obwohl Martha sich sicher war, dass jede Menge ungelöster Konflikte nur angetippt werden brauchten, damit ein Zirkus losging. Schließlich war ihre Familie, die nur aus drei Mitgliedern bestand, schon völlig verkorkst, hier gab es noch unendlich viele weitere Möglichkeiten, sich gegenseitig das Leben schwer zu machen.

Erik und Valentina waren die Taufpaten ihrer kleinen Nichte. Valentina hielt die kleine Antonia so, dass sie sich die Gäste anschauen konnte, die zu ihrer Ehre gekommen waren. Und Antonia lächelte herzzerreißend, als sei es für sie selbstverständlich, von allen geliebt zu werden.

Als der Pfarrer erzählte, dass er schon die Großeltern des Täuflings mütterlicherseits getraut hätte, beobachtete Martha, wie Eriks Vater die Hand seiner Frau ergriff. Das war ja kaum auszuhalten, dachte sie. Wo ist der Haken? Wann kommt der Wendepunkt? Liebten sich Eriks Eltern etwa tatsächlich noch, auch nach so langer Zeit? Das wäre vielleicht eine Erklärung für seine Haltung zu Happy Ends. Die Großeltern väterlicherseits blieben hingegen unerwähnt, vielleicht wussten sie nicht einmal von ihrem Enkelkind. Als jetzt auch noch das Licht so malerisch durch die Fenster auf die kleine Gruppe am Altar schien und ein Raunen durch die Gäste ging, seufzte Martha tief.

Sie spürte die Blicke der anderen auf sich. Das hier war doch keine Szene aus dem echten Leben, sagte eine Stimme in Martha. Die andere fragte sie, warum sie sich nicht einfach darauf einließ. Aber zuzulassen, dass es so eine unbeschwerte familiäre Zuneigung gab, machte nur deutlich, was sie nie erlebt hatte. Aber sie musste sich konzentrieren, sonst würde sie hier noch gleich losheulen, deshalb widmete sie sich wieder den Worten des Pfarrers.

»Und du, liebe Antonia, bist schon vollkommen, schon immer geliebt, einfach nur, weil du existierst. Von deinen«, er zögerte, »von deiner Familie. Und von Gott. Du musst nichts beweisen, nichts schaffen, du bist wertvoll, einfach, weil du bist.«

Antonia hörte mit großen Augen zu, während Valentina die Nase hochzog. Die Tante traute sich nicht, eine Hand vom Baby zu nehmen, um sich ein Tränchen aus den Augenwinkeln zu wischen.

Tja, und dann wurde man erwachsen und musste ständig etwas beweisen, dachte Martha, während das Baby mit Taufwasser besprenkelt wurde. Bei dem Gedanken daran, dass sie schon als Kind nicht das Gefühl gehabt hatte, um ihrer selbst willen geliebt zu werden, kamen ihr die Tränen. Bei dem Gedanken daran, dass ihr Kind nicht mal die Chance gehabt hatte, für irgendwelche Talente und Leistungen geliebt zu werden, flossen noch mehr Tränen. Und sie hatte nicht einmal ein Taschentuch dabei. Eine Berührung an der Schulter ließ sie zusammenzucken. Sie griff blind nach dem Tempo, putzte sich die Nase und wischte sich die Tränen aus den Augen. Bei dem Gedanken daran, dass sie jetzt auch noch furchtbar aussehen musste, hätte sie beinahe laut geschluchzt. Doch ausgerechnet ein Blick auf Erik rettete sie. Er fügte sich wunderbar in den Altarraum ein, wenn jemand einen Erzengel casten würde, wäre Erik der perfekte Kandidat. Erik schaute sie mit seinen großen blauen Augen an, als wolle er ihr sagen, dass sie es bei ihrem Auftritt mit den Gefühlen nun auch wieder nicht übertreiben müsse, um glaubwürdig zu wirken. Sie konnte nicht anders, als zu lächeln.

Und dann fing Antonia an zu schreien. Ob das »Großer Gott, wir loben Dich«, zu dem sich die Festgemeinde erhob, das Baby übertönen sollte? Martha kannte keine Kirchenlieder auswendig, was anscheinend nicht unbemerkt blieb. Anna schob ihr das aufgeschlagene Gesangbuch herüber. Um nicht unhöflich zu sein, nahm Martha es und versuchte mitzusingen. Wann hatte sie das letzte Mal gesungen? In der Grundschule auf dem St. Martinszug? Zählten die *Happy Birthdays* unter Alkoholeinfluss? Nach der ersten Strophe war es, als würde sie in einem warmen Strom mitgerissen. Sie musste nicht gut sein. Sie musste nur mitsingen. Und es machte ihr Spaß. Wie konnte so ein Lied nur so stark ihre Stimmung beeinflussen? Gefühle auf Knopfdruck? Sie sangen von Erhabenheit und Dankbarkeit, einen

Moment spürte Martha beides. Doch als sich ihr Kopf wieder einschaltete, fragte sie sich – für was?

Erik und seine Schwester schritten vom Altar fast wie ein Brautpaar durch die Kirche. Martha rutschte in die Bank, damit Erik sich nicht an ihr vorbeiquetschen musste. Sie betrachtete sein Gesicht und erschrak einen Moment über die Ergriffenheit, die darin lag. Er wäre bestimmt ein guter Vater, schoss es ihr durch den Kopf. Nicht so wie Tom. Gegen den Gedanken an Tom konnte in diesem Augenblick weder die Sonne, die die Szenerie beschien, noch die mild lächelnde Madonna am Altar noch das Baby, das über die Schulter seiner Mutter hinweg Martha anlächelte, noch die letzten Zeilen des Liedes etwas ausrichten.

Ob Toms neue Freundin genauso glücklich mit ihrem Kind wäre wie Laetitia, sollte Tom irgendwann einmal abhauen? Dass er es tun würde, war für Martha klar. Dass sie das insgeheim fast freuen würde, schob sie beiseite; sie erkannte selbst als jemand, der weitestgehend ohne Religion aufgewachsen war, dass das ein ziemlich unheiliger Gedanke an einem heiligen Ort wäre.

Möchtest du sie mal halten?« Laetitia hielt das Baby wie eine Trophäe, wie ein Glücksbringer, um den sich jeder reißen müsste. Und tatsächlich scharten sich alle auf dem Hof um die Kleine.

»Lieber nicht. Ich hatte noch nie ein Baby auf dem Arm.« Martha verschränkte die Arme vor ihrem Körper. Eriks Schwestern wechselten einen Blick mit ihrem Bruder, der sie nur warnend ansah.

»Gib sie ruhig mir! Ich bin schließlich der Patenonkel«, rettete er die Situation, und schon waren alle wieder ins Plaudern vertieft. Nur Martha fühlte sich außen vor. Sie gehörte nicht dazu. Und dennoch lief sie hinterher, als alle in die Wohnküche trabten und sich mit ihren Jacken oder Taschen einen Platz an dem gedeckten Tisch reservierten. Auf der weißen Tischdecke standen kleine Vasen mit Vergissmeinnicht, zwischen den Tellern schmückten Efeublätter den Tisch. Martha suchte den Tisch nach Namenskärtchen ab. Da sie keins entdeckte, wollte sie warten, welcher Platz übrigblieb. Bei ihr zu Hause hatte jeder seinen angestammten Platz. Gut, da waren es auch nicht viele Plätze gewesen, die festgelegt werden mussten.

Erik reichte Antonia weiter, zog seine Jacke aus und legte sie über zwei Stühle, bevor er Martha an die Hand nahm.

»Kommst du mit?«

»Jetzt?«

»Es dauert noch, bis wir essen. Und heute kümmern sich Freunde meiner Eltern um alles. Du brauchst es also nicht zu übertreiben, indem du heute einen auf Superschwiegertochter machst und fragst, ob du in der Küche helfen kannst.«

»Na gut.«

»In solchen Momenten wünschte ich immer, ich würde rauchen«, fügte Erik noch hinzu.

»Wieso das?«

»Na, dann hat man immer einen Grund, sich mal zurückzuziehen.«

Sie folgte ihm hinter das Haus auf eine Wiese, auf

der ein Gerüst mit zwei Schaukeln stand, die sich bei dem leichten Wind von allein bewegten, als säße ein Geist auf ihr.

»Deine Familie macht nicht den Eindruck, als würde sie dich festketten.«

»Stimmt, fällt gar nicht auf, wenn ich weg bin.«

Er lachte zwar, aber irgendwie hatte Martha das Gefühl, er wisse nicht, über was er sich mehr ärgern sollte: Gleichgültigkeit oder Bevormundung. Und das machte Martha sauer. Er hatte doch von beidem keine Ahnung. Was sie bei Eriks Familie beobachten konnte, schwankte zwischen Neugier, Sorge und Gewährenlassen. Erik hatte einfach keine Ahnung von wirklichen Problemen, fühlte sie sich mal wieder bestätigt.

»Kommst du mit auf die Schaukel?«

»Hält die uns aus?«

»Na klar! Meine Mutter ist doppelt so schwer wie du und schaukelt hier oft mit den Kindern!«

»Kein Wunder, dass du so tun musst, als hättest du eine Freundin«, antwortete Martha und setzte sich auf das Holzbrett.

»Hey, was soll das denn?«

»Na, bei deinem Charme!«

»Das war nur eine sachliche Feststellung. Wer schaukelt höher?«

Geschaukelt hatte Martha das letzte Mal ebenfalls als Kind. Es sollte wohl heute ein Tag ihrer ganz persönlichen Grenzüberschreitungen werden.

Es klappte einfach nicht, mies drauf zu sein und sich auf einer Schaukel durch die Luft zu schwingen. Mit jedem Aufwärtsschwung sprang auch ihr Herz ein

Stück höher. Immer wenn sie am höchsten Punkt angelangt war, hatte sie einen Blick über die Mauer, die so etwas wie einen zweiten Garten umschloss. Wer mauerte auf einem ländlichen Grundstück einen Garten innerhalb eines Gartens ein?, fragte sie sich.

»Hey, Martha, ich komme höher als du!«

»Ja und? Wir veranstalten hier keinen Wettbewerb!«

»Ach nein? Macht mir aber Spaß, mal besser zu sein als du!«

Warum musste er immer an ihrer Kompetenz hinsichtlich der Filmauswahl herummäkeln? Sie war nun mal die Chefin.

»Dann gönne ich dir den Spaß«, grinste sie ihn an, während sie an ihm vorbeischaukelte.

»Traust du dich zu springen?«, fragte er zurück.

»Nein. Ganz bestimmt nicht.«

Das hatte sie sich schon als Kind nicht getraut. Und ihre Mutter hatte auf den wenigen Spielplatzbesuchen immer darum gebeten, dass weder Klamotten noch Knochen kaputtgehen sollten. Wobei Martha manchmal das Gefühl hatte, dass die zerrissene Hose ihre Mutter mehr schmerzte als ein aufgeschlagenes Knie.

Erik sprang und landete sicher auf den Füßen. »Komm schon.«

»Nein.«

»Ich fange dich auch auf.«

»Dann erst recht nicht«, sie bremste ab. Als sie sich zum Haus drehte, sah sie, wie Eriks Mutter sie beobachtete. Vielleicht hatte Erik das ganze Schaukeltheater bewusst veranstaltet, um die restlichen Zweifel an der Authentizität ihrer Beziehung auszuräumen. Solche Sachen machten doch nur Verliebte oder chronische Kindsköpfe. Marthas Hochgefühl war verschwunden.

»Erik, du glaubst doch an das alles gar nicht!«

»An was?«

»Na, an das, was der Pfarrer in der Kirche gesagt hat. Dass jeder Mensch quasi durch seine Existenz schon etwas Besonderes ist.«

»Warum sollte ich das nicht glauben?«

Klar, bloß immer vage bleiben, dachte Martha. »Weil du dich sonst nicht so darum bemühen würdest, etwas Besonderes zu sein! Wie die meisten Menschen! Fast jeder möchte besonders und unsterblich sein! Immer in der ersten Reihe stehen! Perfekt sein! Erfolg haben, einen Partner finden, und weißt du was? Trotzdem liebt einen keiner auch nur ein Quäntchen mehr!«

Martha hatte nicht wirklich damit gerechnet, Erik außer Fassung zu bringen. Aber als sie in seine Augen sah, wusste sie, dass sie ihn verletzt hatte.

»Martha, vielleicht vergraulen manche Menschen diejenigen, die sie um ihrer selbst willen lieben würden, auch einfach.«

Dann drehte er sich um und ging auf das Haus zu. Mist! Wie blöd bin ich eigentlich? Ich habe es fast geschafft, mich auf die gute Stimmung einzulassen, nein, ich hatte tatsächlich Spaß. Und dann zerstöre ich alles wieder?

Wie kann ich mich außerdem mitten auf dem Land, ohne Möglichkeit abzuhauen, in eine Situation bringen, in der ich am liebsten wegrennen würde?, dachte Martha, während sie ihm durch den paradiesischen Garten folgte. Ein Rotkehlchen, das sich von Erik nicht aus der Ruhe hatte bringen lassen, flog davon, als sie an ihm vorbeikam.

Einen Vorteil hatte die Situation, dachte Erik, als er mit der ganzen Familie am Tisch saß und sich Braten, Kartoffelpüree, Rotkohl und Soße auf den Teller schaufelte. Wenn er beim nächsten Mal erzählte, dass Schluss ist, würde das keiner traurig finden.

»Oh, gab es Stress?«, hatte ihn Valentina im Flur flüsternd gefragt. Er hatte nur genickt. Und seine sonst so laute Familie saß nun fast genauso schweigsam am Tisch wie Martha.

»Bitte bleib doch noch länger, Onkel Erik!«, beendete Fred die Stille.

»Genau, von den Frauen und den Alten kann keiner so richtig Fußball spielen«, meinte nun Tilda mit der entwaffnenden Ehrlichkeit eines Kleinkinds, womit sie alle zum Lachen brachte. Selbst Martha, die vorher nur genickt hatte, wenn ihr jemand das Essen anbot, musste grinsen.

»Ich komme ganz bald wieder. Nächste Woche schon, und dann bleibe ich die ganze Woche«, versprach Erik. Er hatte sich ohnehin frei genommen, um an seinem Film zu drehen. Vielleicht war etwas Abstand zu Martha genau das Richtige.

»Kommt die dann auch mit?«, fragte Fred und zeigte auf Martha.

»Nein, Martha muss arbeiten. Als Chefin kann man nicht einfach so freimachen«, verteidigte Erik Martha, obwohl sie es seiner Meinung nach nicht verdient hätte.

»Aber vielleicht ein anderes Mal«, brachte sie kleinlaut hervor.

»Oder wir kommen alle in dein Kino! Erik hat erzählt, dass du jeden Tag kostenlos alle Filme angucken kannst! Hast du es gut, wir dürfen nur am Wochenende eine lange DVD gucken«, meckerte Fred und wischte sich die Rotkohlfinger am Hemd ab. Seine Cousine Lilli, die trotz ihrer acht Jahre die Serviette in den Hemdkragen gesteckt hatte, zog missbilligend die Nase hoch.

»Wenn ihr Lust habt, dann kommt doch mal in unser Sonntagnachmittagskino. Nächste Woche läuft *Oben*.«

»Aber der ist doch schon alt«, bemerkte Lilli.

»Genau, denn in unserem Kino zeigen wir eben nur gute Filme, egal, wie alt sie sind. Guck mal, sonst könntet ihr ihn alle nie im Kino sehen. Als er herauskam, wart ihr noch nicht mal geboren. Also, wenn ihr mögt, kommt alle.«

Die Szene, in der der alte Mann auf sein ganzes Leben zurückblickt, hatte Martha schon verdrängt. Eine Liebesgeschichte in wenigen Minuten erzählt, die so viel berührender war als manches Zweistundendrama. Vor allem an den einen Moment in diesem Film wollte sie nicht denken.

»Wenn wir alle kommen, ist das Kino voll«, bemerkte Erik.

»Echt, ist es so klein?«, fragte Dorothea spitz.

»Nein, es hat siebzig Plätze«, antwortete Martha knapp.

Und dann redeten wieder alle durcheinander, nur Martha schwieg. Erik beobachtete sie von der Seite.

Vielleicht war seine Bitte doch zu viel gewesen. Seine Familie war anstrengend. Darin seine Rolle zu finden, war schon schwer genug, eine darin spielen zu müssen, musste noch schwieriger sein, auch wenn es nur für einen Tag war. Martha war wie ein Dampfkessel. Sie war immer so diszipliniert, aber von Zeit zu Zeit kochte der Kessel über, und sie reagierte völlig über. Erik verstrich sein Kartoffelpüree zu einem Kreis. Dann ritzte er mit der Gabel *Vertragen?* hinein und schob den Teller ein paar Millimeter zu Martha. Eigentlich war zwar sie diejenige, die um Entschuldigung bitten sollte, aber wenn Erik eins in der Großfamilie gelernt hatte, dann über Gemeinheiten hinwegzusehen. Wenn er wirklich jedes böse Wort seiner Schwestern bierernst genommen hätte, dann hätte er schon jeden Kontakt zu ihnen abgebrochen.

Er sah, wie Martha mit einem Zinken der Gabel ein Häkchen in die Soßenlache ritzte, das sofort wieder verlief.

Bevor wir fahren, möchte ich dir noch etwas zeigen.«

»Aber wir müssen wirklich gleich los. Die erste Vorstellung beginnt in drei Stunden.«

»Es dauert nicht lange.«

Als sie wieder an der Schaukel vorbeiliefen, schämte sich Martha für ihre Worte von vorhin.

»Keine Angst. Diesmal machen wir keine Challenge. Ich möchte dir nur meinen wichtigsten Drehort zeigen.«

Erik lief auf die Mauer zu und blieb vor dem schmiedeeisernen Tor in der Mitte stehen. Das Rotkehlchen war zurückgekehrt, saß auf dem Torbogen und blieb sogar sitzen, als Erik das Tor öffnete.

»Mein geheimer Garten! Hier habe ich die letzten Monate jede Menge gearbeitet!«

»Wow!«

Es fühlte sich an, als wäre sie mitten in England auf einem alten Gut. Buchsbäumchen rahmten den Kiesweg ein, der an einen Baum erinnerte, weil sich nach mehreren Metern Wege wie ein Geäst abzweigten. Die Rosenstämme ließen schon jetzt ein duftendes Blütenmeer im Spätsommer erahnen. Doch auch Frühlingsblumen wie Narzissen, Tulpen und letzte Krokusse verwandelten den Garten in einen bunten Blütentraum, der den grauen Winter endgültig vergessen ließ.

»Wahnsinn! Ich wusste gar nichts von deinem Talent!«

»Ich auch nicht. Eigentlich wollte ich mir nur einen perfekten Drehort für meinen Film schaffen, und dabei habe ich gemerkt, dass es Spaß macht, in der Erde zu wühlen. Und jeden Tag zu schauen, ob die Pflanzen schon aus dem Boden sprießen.« Erik bückte sich in der Mitte des Gartens, um ein paar verblühte Blumen abzuzwicken. »Nächste Woche wird hier gedreht. Ich hoffe, das Wetter hält sich.«

Und dann begann er, einen Stängel nach dem anderen abzuknipsen. Doch auch als er den Arm voller Blumen hatte, fiel es kaum auf, dass er aus dem Überfluss an Blüten zwei Dutzend Blumen gepflückt hatte.

»Was hältst du davon, wenn wir die ins Kinofoyer stellen? Für unsere Gäste.«

Erik erhob sich wieder und hielt den duftenden

Strauß hoch. Martha schluckte gerade noch herunter, dass es sich ja fast um künstlerische Einmischung handeln würde, und sagte stattdessen nur »Danke«.

Es würde das erste Mal sein, dass selbstgepflückte Blumen das Kino schmückten.

Die Blumen hielten sich erstaunlich lange frisch. Das mussten sie auch, schließlich vertraten sie Erik, der tagsüber mit den Dreharbeiten der restlichen Filmszenen beschäftigt war. Und obwohl der Strauß den Duft nur im Foyer verbreitete, schien er die Gäste magisch anzuziehen. Oder war es der Film, der diese Woche lief? Der Titel lautete *We Want Sex*. Die Frauen in dem Film wollten zwar etwas ganz anderes, nämlich Gerechtigkeit, aber der deutsche Verleih meinte wohl, mit dem Originaltitel *Made in Dagenham* ließen sich keine Zuschauer ins Kino locken.

Martha erwischte sich dabei, wie sie »Großer Gott, wir loben Dich« vor sich hin summte, als sie den Raum ein letztes Mal inspizierte, bevor sie die Tür nach draußen für die Besucher der Nachmittagsvorstellung öffnete. Die letzten zwei Tage war es so voll gewesen wie lange nicht mehr, und dennoch besaß sie genug Energie, um den Betrieb des Kinos allein zu stemmen. Und in diesen Momenten schien es ihr sogar ein Segen zu sein, dass die moderne Technik von der Filmvorführerin nur noch die Eingabe von Codes forderte, obwohl diese wuchtigen Vorführgeräte, in denen Filmrollen ratterten, viel schöner waren.

Ob diese Blumen einfach nur das Ende ihrer persönlichen Trauerzeit symbolisierten? Sie beneidete Erik um seine Unbefangenheit. Ob die einfach nur dem Fehlen wirklich schlechter Erfahrungen geschuldet war?

Martha dachte an Susanna, als zwei junge Frauen hereinkamen und nicht einmal aufhörten zu quatschen, als sie sich einen Platz im Foyer suchten. Die Dunkelhaarige warf ihre Jacke über den Stuhl, stellte ihre Tasche daneben und legte ihre Mütze auf den Tisch.

Als sie Martha bemerkte, nickte sie ihr freundlich zu. »Zwei Milchkaffee, bitte«, bestellte sie, um sich dann wieder ihrer Freundin zuzuwenden. »Du willst doch auch einen, oder?«

»Und ob, du kannst dir gar nicht vorstellen, wie froh ich bin, jetzt mal eine Auszeit zu haben. Ich habe mich den ganzen Tag darauf gefreut, mit dir hierhin zu kommen. Das hat mir Leos Geschrei und Marks Gemecker echt erträglich gemacht.«

Normalerweise bestellten Marthas Gäste ihre Getränke an der Theke, wo sie auch die Kinokarten kaufen konnten, aber da noch nichts los war, nickte Martha einfach nur und lief zur Kaffeemaschine. Sie hätte sich in diesem Moment darüber aufregen können, dass sie für die meisten Gäste nur die Bedienung war, aber heute tat sie das nicht. Im Gegenteil, als sie die beiden Milchkaffees vorbereitete, fühlte sie sich glücklich darüber, dass ihr Kino ein Grund zur Vorfreude bot. Dennoch beneidete sie die beiden Frauen. Ihr fehlte Susanna. Sie servierte den Kaffee, ohne dass die Freundinnen ihr Gespräch unterbrachen. Martha schnappte sich kurz entschlossen ihr Handy, zog sich in den hinteren Teil des Raumes zurück und wählte Susannas Nummer.

»Hi, Martha, schön, dass du dich meldest!«

Ob die räumliche auch eine innere Distanz mit sich brachte? Seit Susanna in Hamburg war, war sie auf jeder Ebene weit weg. Martha hörte sich an, dass Susanna und Alex die Kisten in der neuen Wohnung endlich ausgepackt hatten und Susanna mit ihrem Drehbuch weiterkäme, jetzt, wo sie sonst keinen Job mehr hätte.

»Aber der Job fehlt mir manchmal. Ganz ehrlich.«

»Es war auch schöner hier, als du noch da warst.« Einen Moment schwieg sie. »Wie geht es eigentlich deinem Baby?«

»Gut. Alles in Ordnung bei der letzten Untersuchung. Aber sag mal, wie läuft es mit Erik?«

Martha ging auf den offensichtlichen Themenwechsel nicht näher ein. Sie wusste, dass Susanna sie nur schonen wollte.

»Ganz gut. Unser Kino hat übrigens vielleicht die Chance, den Preis für das schönste Programmkino der Stadt zu gewinnen. Stefan sitzt auch in der Jury.«

»Na, dann hast du mit Sicherheit gute Chancen.«

Die Tür öffnete sich, und ein kalter Zug strich um Marthas Beine.

»Neue Gäste, ich muss gleich aufhören. Sehen wir uns bald?«

Martha würde das Kino keine zwei Tage allein lassen können, aber vielleicht würde Susanna sich ja mal in den Zug setzen.

»Auf jeden Fall. Ich komme zu deinem Geburtstag! Das heißt, falls du an dem Tag nichts anderes vorhast.«

Ehrlicherweise hatte Martha noch nicht mal einen

Gedanken daran verschwendet, ob sie zu ihrem Geburtstag etwas vorhaben könnte. »Nein, ich freue mich!«

Und sie freute sich wirklich. Weniger Freude bereitete der nächste Gast. Die Verrückte! Der stechende Blick der Frau, die die graue Mähne diesmal zu einem Dutt aufgetürmt hatte, ließ die behagliche Stimmung bei Martha in sich zusammenfallen wie ein Soufflé, das jemand zu früh aus dem Backofen geholt hatte.

Obwohl Erik jahrelang auf diesen Film hingearbeitet hatte, kam er sich wie ein Hochstapler vor. Er hatte die Crew absichtlich so klein gehalten, wie es irgendwie ging, dennoch fühlte er sich selbst zum Abschluss der Dreharbeiten noch nicht wie der Marionettenspieler, als ihm die Beleuchter, der Kameramann mit Assistent, die Leute von Kostüm und Maske, seine Regieassistentin und die Schauspieler gegenübersaßen. Immerhin schien die Sonne auf den großen Tisch auf der Terrasse. Alle waren seinetwegen gekommen, und jetzt musste er die Sache auch durchziehen.

»Lisa, ich möchte heute die Verwandlung festhalten. Beim ersten Mal schaust du dich im Garten um und siehst nicht wirklich, was du dort siehst. Die Schönheit kommt nicht an. Du nimmst sie nicht wahr.«

Die Schauspielerin, die die Mary verkörpern sollte, nickte, als ob sie das genau verstand. Als sie heute Morgen auf dem Hof ankam, war sie von Laetitia auf den ersten Blick mit Martha verwechselt worden.

»Erst bei den nächsten Takes erkennst du sie, okay?«

»Was ist mit der Kleidung? Was trägt sie in der jeweiligen Szene? Und liegt zwischen Marys Veränderung nicht einige Zeit? Müssten die Blumen da nicht in einem anderen Zustand sein?«, fragte die Regieassistentin Nina nach.

»Wir müssen nicht zu realistisch sein. Wer kann sich schon daran erinnern, wie weit die Blüten in der Szene davor geöffnet waren?« Erik füllte sich seine Kaffeetasse aus der großen Thermoskanne auf.

»Eine Menge Leute werden das bemerken. Es gibt genug, die nichts lieber tun, als deinen Film nachher zu zerfleischen«, entgegnete Nina.

»Ach, denkt mal an *Ratatouille*«, beruhigte Erik sich mehr selbst als Nina. Er hatte mal von einem Kritiker über den Film gelesen, dass die Macher des Animationsfilms über die Gourmetratte sehr von ihrer Story überzeugt gewesen sein müssten, wenn sie sich trauten, einen Kritiker derart vorzuführen.

»Nicht jeder Kritiker ist missgünstig! Viele sind Schatzsucher, die den Leuten Filme nahebringen, die sie sonst nie entdeckt hätten«, sagte die Regieassistentin.

Wie Martha, dachte Erik und schob den Gedanken an sie beiseite. Er musste sich auf den Film konzentrieren. »Okay, aber ich möchte diese Woche alle Gartenszenen in den Kasten bekommen. Wer weiß, ob das Wetter länger mitspielt. Und ich kann nicht auf die Sommerblumen warten, um die späteren Szenen zu drehen.«

Lisa schlug die Beine übereinander, die von ihrem weißen Leinenkleid überdeckt wurden, und nahm einen Schluck Kaffee. Rufus rannte auf die Terrasse zu und begrüßte die Truppe schwanzwedelnd. Bevor der Hund Lisa die Kaffeetasse aus der Hand schlagen konnte, hielt Erik ihn fest. »Rufus! Du solltest doch im Haus bleiben!«

Nun kamen Tilda und Fred ebenfalls angerannt.

»Hey, ihr beiden, bitte nehmt Rufus mit, er hätte beinahe Marys Kostüm ruiniert«, sagte Erik so streng, wie es ihm möglich war – nämlich gar nicht.

»Das ist doch gar kein Kostüm, sondern nur ein normales Kleid«, entgegnete Tilda.

»Nehmt einfach den Hund mit und bleibt drinnen. Bitte.«

»Aber du hast uns versprochen, dass wir mitspielen dürfen«, bettelte Fred.

»Dürft ihr gleich auch. Wenn eure Szene dran ist, sage ich euch Bescheid, in Ordnung?«

Die Zwillinge nickten, blieben aber stehen, weshalb Erik seinen Ton verschärfte. »Hört mal zu, ihr beiden, ihr geht jetzt rein und wartet, bis ihr dran seid. Und wenn ihr stört, wird eure Szene gestrichen. Kapiert?« Die Kinder starrten Erik verwundert an. »Kapiert?«, wiederholte Erik nur, und die Kinder trollten sich mit dem Hund davon.

Nina drehte sich zu Erik: »Danke. Wir haben nämlich nicht ewig Zeit.«

Erik nickte und fragte sich, warum der Film in seinem Kopf total klar zutage trat, es aber so mühselig war, die Bilder aus seinem Kopf auch umzusetzen. Wann wurde endlich etwas erfunden, mit dem man die Bilder vom Kopf direkt auf die Leinwand projizieren konnte? Natürlich nur mit der Möglichkeit, das Ganze auch zu schneiden. Oder hatte Erik einfach nur Angst, sich dem fertigen Ergebnis zu stellen? Solange sein

Film nur in seinem Kopf existierte, war er perfekt. Aber schon die ersten Drehtage hatten ihm gezeigt, dass das Endergebnis alles andere als perfekt sein würde.

Und wieder verfolgte die seltsame Frau Martha mit ihren Blicken. Warum war jetzt nicht Erik da? Alle Tische im Foyer waren besetzt, und dass die Alte sich einfach zu den beiden jungen, quatschenden Frauen setzte, war doch ein Zeichen dafür, dass sie verrückt war! Selbst wenn es sich um den letzten freien Platz handeln würde, hätte Martha niemals so etwas gewagt.

Die beiden Freundinnen rückten zwar etwas näher zueinander, redeten aber ansonsten scheinbar ungestört weiter, auch als die Frau mit dem langen bunten Rock Martha mit einem Nicken heranzitierte. Durchdringend sah sie Martha an und sprach so leise, dass Martha sich konzentrieren musste, um sie zu verstehen.

»Welche Teesorten bieten Sie an?«

»Roibusch, schwarzen Tee und Früchte- und Kräutertee.« Martha hatte wenig Lust, noch die jeweiligen Aromarichtungen aufzuzählen.

»Sieh an. So viel Auswahl an so einem eintönigen Ort?«

Martha atmete tief durch. Nur nicht provozieren lassen. Die Frage an sich ist in Ordnung. Rein sachlich ist es mein subjektives Empfinden, dass diese Frau auch so eine von dem Schlag einer Annie Wilkes aus *Misery* sein könnte. Ob die beiden Freundinnen auch ein Unbehagen spürten? Oder warum hörten sie auf einmal auf zu reden?

»Was darf ich Ihnen bringen?«

»Das überlege ich mir noch. Wo ist denn Ihr netter Mitarbeiter?«

Tja, den könnte ich jetzt wirklich gebrauchen, dachte Martha. »Er hat frei«, antwortete sie, obwohl es niemanden etwas anging.

»Dann bringen Sie mir bitte einen schwarzen Tee mit Milch und Zucker.«

Martha war fast irritiert, als die Alte daraufhin nur den Flyer mit dem Programm durchblätterte, statt noch eine Spitze loszuwerden. Gegen die bunten Klamotten der Frau wirkte die pastellfarbene Einrichtung auf einmal blass, ja sogar grau. Die ersten Blüten in der Vase begannen zu welken. Marthas dreißigster Geburtstag stand kurz vor der Tür. Ein paar Jahrzehnte noch und sie käme selbst in das Alter dieser Verrückten. War ihr Leben wirklich so eintönig?, fragte Martha sich, während sie den Tee zubereitete und den Beginn der Vorstellung herbeisehnte. Nein, sie lebte zumindest beruflich ihren Traum. Und um zu sehen, was aus den meisten privaten Träumen wurde, musste sie nicht mal viele Leinwanddramen anschauen – die meisten Liebesbeziehungen endeten in Enttäuschung oder Ernüchterung. Sie war zumindest unabhängig. So wie Filou, der durch die Katzenklappe ins Kino huschte. Allerdings nicht allein, denn in seinem Maul baumelte eine Maus. Einen Moment verspürte Martha Erleichterung, dass sich Geraldine noch oben in ihrem Käfig in Sicherheit befand, obwohl sie sich jeden Tag vornahm, sie endlich frei zu lassen. Dann ergriff Martha Panik, dass gleich einer der Gäste schreiend aufspringen könnte.

Martha schnappte sich Filou, lief mit ihm hinter die

Theke und hockte sich auf den Boden, sodass niemand sehen konnte, wie sie ihm die Maus aus dem Maul nahm und in den Mülleimer warf. Dann wusch sie sich die Hände mit Seife. Als sie sich umdrehte, erschrak sie. Die Verrückte war an die Theke geschlichen. Wie ein Geist starrte sie sie an. Oder wollte sie nur nett sein? Die Tasse stand auf der Theke. Daneben abgezähltes Kleingeld.

»Vielen Dank für den heißen Tee. Der hat gutgetan. In meiner Wohnung ist es immer noch so kalt. Aber bei den Heizkosten und Mietpreisen hier in dem Viertel muss ich mich wohl damit abfinden.«

Mitleid und Abscheu stritten in Martha um die Vorherrschaft. Mitleid, weil diese Frau anscheinend Geldprobleme hatte und wohl auch unter Einsamkeit litt; Abscheu, weil sie Martha in irgendwas reinziehen wollte. Martha spürte ganz genau, wenn sie jetzt nachfragte, würde die Frau sie nicht mehr loslassen.

»Ich bin übrigens Agathe.«

Martha nickte nur, während der alte Kater hinter der Theke hervorkroch und besagter Agathe schnurrend um die Beine strich.

»Ach, wir beide kennen uns doch schon so lange!« Sie nahm Filou auf den Arm, worauf ein paar Katzenhaare auf der Theke landeten. Martha schüttelte sich, als sie sah, dass unter den kurzen gelben Katzenhaaren auch ein langes graues lag.

»Na, mein Kleiner! Bist du auch gerne mal hier, obwohl du dir gar nichts aus Filmen machst? Solange wir beide noch durch die Welt tigern, ist es hier doch gar nicht so schlecht, oder?«

Martha hätte am liebsten gefragt, woher sie Filou kannte. Vielleicht wusste sie etwas über den wirklichen Besitzer? Aber nein, sie wollte mit dieser Frau nicht ins Gespräch kommen. Jedenfalls nicht in ein vertrauliches.

»Wenn Sie das Kino hier so verabscheuen, warum kommen Sie dann überhaupt? Cafés gibt es in diesem Viertel mehr als genug!«

»Das mag schon sein, aber ich habe hier noch eine Mission zu erfüllen.« Sie warf den Kopf zurück und tippte auf die Münzen. »Stimmt so.«

Daraufhin stolzierte sie aus dem Foyer, und Filou trabte ihr hinterher, als wäre sie eine Königin und er Teil ihres Gefolges. Als Martha die Münzen einsammelte, bemerkte sie, dass Agathe sie um fünfzig Cent geprellt hatte.

Ein gemeinsames Glas Wein?

Martha las die Nachricht von Stefan auf ihrem Handy. Nach der Begegnung mit Agathe hatte sie keine Lust darauf, dem Film im Kinosaal beizuwohnen. Sie brauchte Ruhe, bevor im Anschluss der Ansturm für die Abendveranstaltung kam. Was wollte diese Frau von ihr? Vielleicht war es einfach eine Verrückte, die an allen möglichen Vergnügungsstätten ihre Botschaft loswerden wollte? Aber sie hatte ja gar keine Botschaft verkündet. Vielleicht wollte sie sich nur wichtigmachen. Die Art, mit der sie sich bewegte, und das faltige, aber hübsch geschnittene Gesicht erinnerten an eine alte Theaterdiva, die jetzt eben ein anderes Schauspiel veranstalten musste, um Aufmerksamkeit zu erregen. Vielleicht kam sie ihr deshalb so bekannt vor.

Was sollte Martha Stefan antworten? Wieder blinkte ein Licht auf. Wenn Martha eins hasste, dann Penetranz. Wenn er jetzt nachfragte, wie ihre Antwort aussähe, lautete sie Nein. Sie seufzte tief, und zwei Blütenblätter fielen aus dem Strauß auf die Theke. Mit der einen Hand wischte sie den gelben Blütenstaub und die weißen Blütenblätter herunter, mit der anderen öffnete sie die Nachricht.

Hi, Martha, meinst du, du schaffst es noch ein paar Tage länger ohne mich? Es läuft super, aber wir haben so viel zu tun, dass wir noch Zeit dranhängen müssen. Glückliche, aber erschöpfte Grüße, Erik

Martha schloss ihre Faust und drückte so fest zu, dass die Daumengelenke knackten. Dann dehnte sie ihre Finger, um zu antworten.

Gar kein Problem. Ich komme super alleine klar!

Warum drängte sich das Bild in ihrem Kopfkino auf, wie Erik mit seiner Familie, aber auch netten und vor allem unkomplizierten Schauspielerinnen an dem großen Küchentisch saß? An dem sie ihre Rolle als Eriks Freundin ziemlich miserabel gespielt hatte. Ob seine Eltern ihn auf ihre Existenz hinweisen würden, falls er mit einer der Mimen flirten sollte? Vielleicht hatte Erik aber auch schon längst gestanden, dass die Beziehung vorbei sei. Und gleichzeitig verschwiegen, dass sie nie angefangen hatte.

Auf einmal drangen ein paar Wortfetzen aus dem

Film ins Foyer. Eine Besucherin huschte an Martha vorbei zur Toilette – Martha erkannte sofort ihre Lieblingsszene aus *We Want Sex*: Sally Hawkins alias Rita macht ihrem Mann klar, dass all das, was er schon als große Unterstützung in der Beziehung ansieht, eigentlich eine Selbstverständlichkeit ist. Als die Tür wieder zufiel, drang kein Ton mehr aus dem Kinosaal. Dafür hörte Martha ein Maunzen. Filou strich um ihre Beine.

»Du Verräter. Erst halst du mir die Maus auf, dann schleimst du dich bei dieser Verrückten ein. Warum kannst du nicht sprechen? Dann könntest du mir sagen, woher du sie kennst!« Sie nahm den Kater auf den Arm. »Könnte es sein, dass sie hier schon früher ins Kino kam? Als der alte Pimont noch der Betreiber war?«

Der Kater bog den Rücken durch und sprang von ihrem Arm, um sich den schönsten der freien Sessel auszusuchen. Zufrieden rollte er sich dort zusammen und schloss die Augen.

»Dann eben nicht«, seufzte Martha und ignorierte den fragenden Blick der Frau, die wieder aus der Toilette kam.

Ja, ein gemeinsames Glas Wein wäre wunderbar. Kommst du nach der Abendvorstellung ins Kino?, tippte sie an Stefan. So brauchte sie nicht weiter darüber nachzudenken, dass sie Erik vermisste.

Du bist in Gedanken ganz woanders«, bemerkte Stefan, während er den Wein in seinem Glas hin und her schwenkte, »anscheinend kann ich dich nicht so fesseln, dass du alles andere um dich herum vergisst.«

»Entschuldigung. Es hat nichts mit dir zu tun.«

»Schade.«

Stefan hatte auf dem Italiener bestanden, der sich ein paar Straßen weiter befand. Er glaubte, dass Martha im Umkreis des Kinos und ihrer Wohnung doch nur um ihren Kosmos kreiste.

»Hat es was mit Erik zu tun?«

»Ja.«

Stefans Blick verhärtete sich. »Du wirst doch nicht etwa …«

»Nein, nichts Privates. Er hat sich diese und nächste Woche frei genommen, um an seinem Film zu arbeiten. Das war von Anfang an geplant, aber ehrlich gesagt fühle ich mich seit dem Überfall sicherer, wenn er da ist. Er macht seine Arbeit gut. Und ich habe Angst, dass er bald ganz kündigt.«

Stefan lachte so laut, dass das Paar am Nebentisch zu ihnen schaute. Vielleicht würde das dem bisher stummen Paar wenigstens wieder Gesprächsstoff liefern.

»Ich habe recherchiert und mir Eriks Kurzfilme angeschaut. Ein Möchtegern-Nicholas-Sparks. Fürchterlich. Kitschig. Was für Mädchen.«

»Was hast du gegen Mädchen?«

»Nichts, aber wer auf so etwas steht, wenn er über sechzehn ist, den kann ich nicht ernst nehmen. Schon gar nicht als Filmemacher.«

»Vielleicht hat er sich ja weiterentwickelt?« In Martha machte sich Zorn breit, auch auf sich selbst. War sie doch auch eine von denen, die die Werke der anderen immer mit einem Sicherheitsabstand begutachteten. Allerdings galt das nicht nur für die Werke der anderen, sondern für das Leben an sich. Aber so weit, sich das einzugestehen, war sie noch nicht.

»Ja, bestimmt, sein nächster Film wird mit Sicherheit preisverdächtig«, ätzte Stefan.

»Vielleicht feiert er seine Premiere bei uns«, sagte Martha, nicht nur um Stefan zu provozieren.

»Tja, das lässt das Lichtspielhaus ja gewaltig in der Liste des besten Programmkinos nach vorn rutschen«, schoss Stefan mit einem charmanten Lächeln zurück.

»Was hast du eigentlich gegen ihn?«

»Vielleicht bin ich eifersüchtig? Ich beneide ihn ehrlich gesagt darum, so oft in deiner Nähe sein zu dürfen.« Einen Moment blitzte eine Zärtlichkeit in seinen Augen auf, die gar nicht zu seinem Spott passte.

Martha genoss Stefans Aufmerksamkeit, sie fühlte sich begehrt und sicher, solange sie diese Begierde nicht zu erwidern brauchte. Aber was hielt sie davon ab? War es Stefans Misstrauen allen großen Gefühlen gegenüber? Sehnte sie sich insgeheim doch nach der einen große Liebe, an deren Gelingen sie nicht mal im Geheimen glaubte?

»Und ich dachte, du beneidest ihn darum, dass er selber Filme macht …«, schob sie Stefans Kompliment von sich.

»Langsam glaube ich, du bist doch so naiv wie er. Vielleicht habt ihr ja mehr gemeinsam als gedacht?«

Martha schluckte. Sie durfte nicht zulassen, dass Stefan Eriks Film schon allein deshalb zerriss, weil er eifersüchtig war. »Gib ihm eine Chance. Schau dir den Film bitte an, als hätte die ganze Geschichte nichts mit uns persönlich zu tun.«

Stefan drückte ihre Hand ganz sachte. »Ehrlich gesagt habe ich gar keine Lust, ständig über Erik zu reden. Ich würde lieber über uns reden. Ich mag dich. Sehr sogar.«

Das hatte lange kein Mann mehr zu ihr gesagt. Mit dieser Stimme, mit der ein »Ich mag dich« auch ein »Ich bin in dich verliebt« bedeuten konnte. Warum ließ sie sich nicht darauf ein? Sie teilten die gleiche Leidenschaft für Filme. Den gleichen desillusionierten Blick auf die Welt, der sie vor weiteren Enttäuschungen bewahrte. Und dann brachte der Kellner zum Nachtisch das Tiramisu auf einem Teller mit zwei Löffeln und Schokoherzen darauf. Auch das wollten sie sich teilen. Dabei zwinkerte die Bedienung ihnen zu, als wäre ihr völlig klar, worüber die beiden sich im Unklaren waren.

»Warum können wir nicht auch einfach mehr wie in einem Nicholas-Sparks-Film sein?«, fragte Martha.

»Weil wir dafür zu schlau sind. Nicholas Sparks hat sich übrigens nach fünfundzwanzig Ehejahren von seiner Frau getrennt.«

»Aber er hat es vorher wenigstens versucht, glücklich mit ihr zu sein.«

Fast gleichzeitig führten sie einen Löffel voll von dem köstlichen Nachtisch zum Mund.

»Und versucht, den Leuten mit seinen Geschichten den Kopf zu verdrehen«, sagte Stefan, während er den Löffel ablegte. »Weißt du, Martha, dass es eine Studie gibt, nach der romantische Filme besonders Frauen unglücklich mit ihrer Beziehung zurücklassen? Sie sind nichts anderes als Pornos fürs Herz. Sie erwecken Erwartungen, die kein Mann erfüllen kann.«

»Deshalb zeige ich solche Filme schon lange nicht

mehr«, gab Martha ihm recht. »Sie gehören für mich auf den Index. Ich habe selbst schon oft erlebt, wie Pärchen angespannt aus dem Kino kamen, nachdem sie Filme wie *Titanic* gesehen haben. Vielen Frauen wird dann erst klar, dass ihr Mann sich den letzten Platz im Rettungsboot geschnappt hätte.«

»Und keiner vergisst nach Jahren die Welt um sich herum, sehnt sich mit jeder Faser seines Herzens nach dem Partner, wenn er mehr als die Version nach Maske und Schnitt zu sehen bekommt«, ergänzte Stefan.

»Aber warum versuchen es dann so viele?«, seufzte Martha.

»Ich weiß es nicht. Vielleicht, weil sie sich sonst direkt die Kugel geben müssten.« Stefan schob den leeren Teller beiseite, von dem beide wirklich den letzten Rest des Tiramisus abgekratzt hatten.

»Und warum machen Leute wie wir weiter, ohne sich die Kugel zu geben?«

Martha nahm noch einen Schluck Wein und musste daran denken, dass sie in Stefans Gegenwart immer besonders viel Lust auf Alkohol hatte. Als müsste sie sich ihn schön trinken, obwohl er doch auch nüchtern betrachtet äußerst attraktiv war.

»Weil wir das Leben genießen, ohne uns Illusionen hinzugeben«, antwortete er auf Marthas Frage und umfasste ihre Hand.

»Ich nicht!« Marthas Stimme strauchelte einen kurzen Moment.

»Nein? Du machst dir noch Illusionen?«

»Nein, ich genieße das Leben gerade nicht wirklich.«

Sie sahen sich in die Augen. Man konnte diesen

Moment nicht anders als intim bezeichnen. Daher war es auch nicht verwunderlich, dass er die brennende Kerze beiseitestellte und sich über den kleinen Tisch zu Martha vorbeugte.

»Zeit, das zu ändern.« Dann küsste er sie. Sie ließ es geschehen. Aber richtig genießen konnte sie auch das nicht.

Ich will es aber genießen, dachte sich Martha. Als ob das Gefühl mal eben dem Entschluss folgen könnte, erwiderte sie den Kuss.

Was? Du hast Stefan geküsst? In nüchternem Zustand?«

Martha hatte am nächsten Morgen getan, was sie früher getan hatte, wenn es Neuigkeiten gab – sie mit Susanna besprochen. Diesmal hatte sie ihre Freundin einfach angerufen, ohne sich zu fragen, ob sie gerade störte. Ein Fortschritt, fand Martha.

»Na ja, ganz so nüchtern war ich nicht«, sie zog den Vorhang in ihrem Zimmer beiseite und sah, dass auf der Straße das alltägliche Leben in vollem Gange war. Die Menschen machten sich auf den Weg zur Arbeit. Die Straßenbahn spuckte Massen aus, die Straßen waren verstopft. So gesehen hatte es Vorteile, antizyklisch zu arbeiten und nur ein paar Minuten Fußweg zum Kino zu haben.

»Was heißt das? Läuft da was zwischen euch?«

»Ich weiß es nicht. Ich mag ihn. Ich finde ihn attraktiv. Aber der große Funke möchte einfach nicht überspringen. Nicht so wie bei Tom damals. Der erste Kuss hat mich ins Weltall gebeamt.«

»Und trotzdem war er nicht der Richtige. Vielleicht hast du einfach nur Angst, dich auf eine neue Beziehung einzulassen. Wäre ja auch nicht ungewöhnlich nach der großen Enttäuschung.«

»Vielleicht ist es nur das. Was rätst du mir?«

»Einfach machen. Der Rest ergibt sich von allein.«

»Ich bin noch nicht so weit.«

»Dann warte eben noch. Was hast du Stefan gesagt?«

»Dass wir nichts überstürzen sollen. Und dann haben wir den Rest der Flasche Rotwein geleert und uns über harmlosere Themen unterhalten.«

Martha beobachtete, wie Geraldine in ihrem Mausekäfig eine Klopapierrolle in kleine Fetzen knabberte.

»Und der Abschied?«

»Da haben wir uns nur umarmt.«

»Hat es gekribbelt?«

»Ein bisschen.«

»Gut.«

»Susanna?«

»Ja?«

»Wie geht's dem Baby?«

»Gut.«

Martha schaute aus dem Fenster und beobachtete eine Frau, die einen Kinderwagen vor sich herschob und ein wütendes Kleinkind hinter sich herzog.

»Du könntest mir ruhig mehr erzählen. Ehrlich. Ich verkrafte das. Es interessiert mich wirklich, wie es deinem Baby geht. Schließlich bist du meine Freundin!«

Sie schaffte es tatsächlich, sich alle Einzelheiten anzuhören. Zum Beispiel, wie der Fötus sich beim Ultraschall zu Susanna und Alex gedreht und gewunken hatte. So hatte zumindest Susanna die Szene auf dem Bildschirm interpretiert. Sich das anzuhören war viel angenehmer, als dieses rücksichtsvolle Schweigen zu ertragen, das über kurz oder lang dazu führte, dass die beiden sich nichts mehr zu sagen hatten.

Als Martha wenig später selbst das Haus verließ, fühlte sie sich so gut wie lange nicht mehr. Die Luft roch frisch, sie konnte die Jacke zu Hause lassen. Die Straßencafés waren voll, aber jeder war so mit seinem Kaffee beschäftigt, dass keiner beachtete, dass sie einen Mausekäfig unter dem Arm trug. Martha lief am Lichtspielhaus vorbei und klingelte am Nachbarhaus. Auf das Summen hin trat sie in den Flur und quetschte sich an Fahrrädern und Kinderwagen vorbei zur Treppe. Zwei Stockwerke höher stand eine Frau in der Tür, die dieselben dunklen Haare und Augen wie Max hatte.

»Ist Max zu Hause?«

»Wie kann ich Ihnen weiterhelfen?«, kam als Gegenfrage zur Antwort. Sie musterte Martha argwöhnisch.

Martha musste lächeln. Als Mutter wäre sie genauso misstrauisch gewesen. Obwohl Max oft ins Kino kam, hatte Martha die Mutter nur einmal gesehen. Wahrscheinlich wusste die Mutter noch nicht einmal etwas über die Maus.

»Sagt Ihnen der Name Geraldine etwas?«

Jetzt schaute Max' Mutter erst recht skeptisch. Sie fuhr sich durch die schönen, aber unfrisierten Haare. »Nein.«

Martha hielt ihr den Käfig entgegen. »Das ist diese Maus hier.«

Immerhin huschte jetzt ein Lächeln über das Gesicht der Frau. »Ah, doch, ich erinnere mich. Möchten Sie auf einen Kaffee mit reinkommen?«

»Wenn ich die Maus mitbringen darf?«

Eine halbe Stunde später saß Martha immer noch mit einem heißen Kaffee am Tisch der gemütlichen, aber chaotischen Wohnküche. Max und seine kleine Schwester Lena saßen vor dem Käfig und steckten durch die Gitterstäbe Salzstangen, die Geraldine abknabberte. Eva, so hieß Max' Mutter, hatte Martha längst das Du angeboten.

»Die Maus kann hier in der Wohnung bleiben. So ruhig an einem Stück waren die beiden schon lange nicht mehr!«

Martha schaute sich um. Am Boden lag Spielzeug, an der Wand hingen To-do-Listen, auf denen kaum ein Eintrag durchgestrichen war. Ein Bild von Eva mit einem Mann Arm in Arm und im Hochzeitskleid faszinierte Martha besonders. Eva wirkte zurzeit nicht unglücklich und auch nicht unattraktiv, aber auf diesem Bild war sie eine Schönheit. Und strahlte. Als Martha den letzten Schluck Kaffee getrunken hatte, wollte sie aufstehen. »Ich möchte dich nicht länger stören.«

»Tust du nicht. Ganz und gar nicht. Ich freue mich, mich auch mal mit einem Erwachsenen zu unterhalten. Weißt du, dass ich dich echt bewundere? Dein eigenes Kino! Du bist deine eigene Chefin, kannst machen, was du willst! Ach, Mist, wenn ich ehrlich bin, beneide ich dich ein bisschen. Die letzten Jahre bin ich kaum weiter weggekommen als bis zum Supermarkt oder der Schule.«

Obwohl Evas Worte viel zu vertraulich und offen waren dafür, dass sie sich kaum kannten, fühlte es sich für Martha kein bisschen übergriffig an. Ganz im Gegenteil. Sie fühlte sich wohl in ihrer Gegenwart.

»Weißt du was? So viel besser geht es mir gar nicht, ich bewege mich auch nur zwischen Kino, Wohnung und Supermarkt hin und her! Vielleicht sollten wir uns mal in einem anderen Stadtteil zum Kaffee verabreden?«

Sie lachten beide, und es fühlte sich ein klein wenig so an wie mit Susanna.

»Mama, darf Geraldine bei uns wohnen?«

»Nein, das ist Quälerei, hier die ganze Zeit in der Wohnung eingesperrt zu sein.«

Max verstand nicht, was daran so lustig war, aber er lachte mit, als er sah, dass seine Mutter und Martha darüber lachten.

»Wir setzen sie einfach im Supermarkt aus!«, sagte Martha.

»Aber bitte nicht in den hier um die Ecke. Ich würde sagen, wir bringen die arme Maus nach New York!«

»Oh ja, tolle Idee!«, machte Martha mit, obwohl sie noch gar keinen Drang verspürte, ihre Homezone wirklich zu verlassen.

Lena, deren dick eingepackter Popo in Windeln steckte, fing plötzlich an zu schreien. Die Maus hatte ihren Finger wohl mit der Salzstange verwechselt.

Eva nahm sie auf den Arm, begutachtete den Finger und pustete kurz darauf. Er hätte wohl bluten müssen, damit sie sich aufregte.

»Leute, zieht euch an, wir gehen in den Park und lassen Geraldine frei!«

»Kommst du mit?«, fragte Max Martha.

»Na klar!«

Und selbst wenn der Mäusegeruch und das nächtliche Getrappel Martha auf den Wecker gegangen war, würde sie Geraldine vermissen.

Als sie kurze Zeit später alle zusammen im Park um den Käfig standen, fragte sie sich, ob das einfach das echte Leben war. Abschied. Beisammensein. Tobende Kinder, die nach fünf Minuten ihren Wunsch vergessen hatten, dass die Maus in ihrer Wohnung leben sollte. Als Martha das Oberteil vom Käfig abhob, schnupperte die Maus erst hektisch in jeder Ecke und kletterte dann über den Rand. Von dort aus flitzte sie, so schnell sie konnte, über den Rasen. Max und Lena rannten ihr hinterher, doch nach zehn Metern verschwand Geraldine im Gebüsch.

Martha war nun schon fast zwei Wochen ohne Erik ausgekommen und freute sich jetzt sehr, ihn heute wiederzusehen. Mit einem Blumenstrauß im Arm suchte sie vor dem Kino nach ihrem Schlüssel, als ihr unter dem Türschlitz ein Briefumschlag auffiel. Sie bückte sich und steckte ihn in ihre Jackentasche. Martha öffnete die Tür und ließ sie weit offen stehen, damit der typische Altbaugeruch durch frische Luft ersetzt wurde. So konnte Erik hereinkommen, als würden ihn offene Arme empfangen, als hätte auch das Lichtspielhaus ihn schmerzlich vermisst.

Sein Gesicht sah aus, als hätte er drei Wochen Bergurlaub hinter sich, und Martha kam es fast so vor, als rieche er auch nach Bergluft, als er sie an sich drückte. Sie umarmten sich wie alte Freunde.

»Schön, dass du wieder hier bist!«

»Finde ich auch, obwohl es eine tolle Zeit war.«

»Erik, ich habe übrigens dein Drehbuch gelesen«, sagte sie, als ihr der Brief wieder einfiel. Sie holte ihn aus der Tasche und öffnete ihn.

»Und?«

»Ich fand es schön. Es hat mich berührt, auch wenn ich mir nicht vorstellen kann, dass so eine Verwandlung wirklich stattfinden kann.«

Erik schaute sich in dem Kinofoyer um, als sei er Jahre nicht mehr hier gewesen. Als sein Blick wieder an Martha hängen blieb, sah er, wie sie die Augen zusammenkniff.

»Guck mal!« Sie hielt Erik den Brief hin, wobei ihre Hand leicht zitterte.

Ich möchte mit Ihnen sprechen, bitte rufen Sie mich an. Agathe

Darunter stand eine Nummer.

»Ich möchte aber nicht mit ihr sprechen«, sagte Martha und riss den Brief so durch, dass der Riss genau in der Mitte der Telefonnummer verlief.

»Wieso nicht? Wer ist Agathe?«

»Die Verrückte, die meint, unser Kino sei ein Ort der Finsternis.«

»Bist du nicht neugierig, was sie will?«

»Nein, egal was, es kann nichts Gutes bedeuten. Ich möchte, dass sie mich in Ruhe lässt.«

»War sie etwa wieder hier?«

»Ja, sie und noch manch anderer. Das Kino war gut besucht. Aber ich kam gut alleine klar.«

Martha warf den Brief in den Müll.

»Wenn sie wirklich so verrückt ist, wäre es doch besser, ihre Handynummer aufzuheben. Wenn sie tatsächlich eine Psychopathin ist, wäre eine Spur für die Polizei doch ganz praktisch.«

Martha ging nicht darauf ein, fühlte sich in Eriks Gegenwart aber gleich wohler. Sie durfte sich nur nicht zu sehr daran gewöhnen, schließlich würde er irgendwann wieder weg sein. Daran festzuhalten, dass jemand für immer blieb, war gefährlich, wie die Erfahrung mit Tom, aber auch mit Susanna gezeigt hatte.

»Meine Familie hat übrigens nach dir gefragt.«

»Und? Hast du gesagt, dass schon wieder Schluss ist?«

»Warum sollte ich? Zwischen uns hat sich doch nichts verändert, oder?«

Warum bringt mich dieser Mann mit seinen dummen Bemerkungen zum Lächeln?, dachte Martha und konnte ihr Grinsen doch nicht unterdrücken. Anscheinend war gute Laune ansteckend. In Eriks Gegenwart fühlte sich alles etwas leichter an, auch wenn sich Martha darüber bewusst war, dass es dadurch nicht leichter war. Erik machte sich über das Leben Illusionen und brachte auch seine Umgebung dazu – typische Hollywoodmanier.

»Darf ich dir einen Kaffee anbieten, Erik? Wir haben noch Zeit, bis wir öffnen.«

»Gerne!«

Sie setzten sich mit zwei Tassen an einen Tisch. Filou

kam durch die Katzenklappe und begrüßte Erik, indem er um seine Beine strich.

»Er freut sich, dich wiederzusehen!«, sagte Martha, weil sie sich nicht zu sagen traute, wie sie sich freute, Erik wieder um sich zu haben. Als sie ihn so sah, die schönen kräftigen Hände, die die Katze streichelten, die blonden Locken, die ihm in die Stirn fielen, während er sich zu dem Tier beugte, da konnte sie nicht verstehen, warum er sie als falsche Freundin gebraucht hatte. Die Mädchen mussten doch Schlange stehen.

»Sag mal, Erik …«

Ein Passant lächelte, als er durch das Schaufenster die beiden erblickte, die sich so offensichtlich anstrahlten. »Ja?«

Sie traute sich nicht zu fragen, aber warum eigentlich nicht? »Also, Erik, gibt es denn jemanden, mit dem du wirklich gerne zusammen wärst?«

Fast verlegen schlug er die Augen nieder und lächelte in sich hinein, als teile er mit dieser Person schon Erinnerungen. »Ja, da gibt es vielleicht jemanden.«

»Und warum hast du sie nicht gefragt, ob sie die Rolle übernimmt?«

»Vielleicht habe ich das ja …«

Marthas Herz machte einen Sprung, ohne dass ihr Verstand so schnell mitkam.

»Und sie hat mit Nein geantwortet«, beendete Erik seinen Satz.

Marthas Herz landete unsanft. Sie war also die zweite Wahl gewesen. Aber er hatte vielleicht gesagt. Wieso interessierte sie das überhaupt?

»Und bei dir, Martha? Gibt es da jemanden?«

»Vielleicht«, lächelte sie.

»Das freut mich.«

Diese Bemerkung wiederum ärgerte Martha. »Warum?«

»Na ja, weißt du noch im Supermarkt, als wir uns …?«

»Ja, ich weiß«, unterbrach sie ihn.

»So, wie du diesen Typ angeguckt hast, dachte ich, du kommst nie von ihm los.«

»Nie von ihm los? Ich hasse, hasse, hasse diesen Typen!«

Erik sah betreten in die Kaffeetasse. »Was hat er denn so Schlimmes gemacht?«

Martha erkannte in der nächsten halben Stunde, dass Erik nicht nur ein guter Mitarbeiter, sondern noch ein viel besserer Zuhörer war. Es gelang Martha, die Tränen zu unterdrücken, als sie von dem Baby erzählte, das überhaupt nicht geplant und im ersten Moment sogar ein Schock gewesen war. Trotzdem hatte sie sich schnell darauf eingelassen und sich gefreut, während Tom noch länger faselte, dass er ganz schön überrumpelt sei. Sie waren doch erst zwei Jahre zusammen. Und noch keine dreißig.

»Er hat zwar nie wirklich was gegen das Kind gesagt, aber ich hätte mir gewünscht, dass er sich mehr freut! Sein Leben wäre schließlich nicht so durcheinandergebracht worden wie meins! Meine Güte, ich habe sogar versucht, ihm alles recht zu machen! Noch nicht mal gefragt, ob er in seinem neuen Job kürzertreten will. Und was macht er? Betrügt mich!«

»Und dann hast du ihn rausgeschmissen?«

»Nein, ich habe es nicht mal gemerkt! Ich habe diesem Idioten geglaubt, dass er dauernd Überstunden machen muss, damit er der großen Verantwortung gerecht werden kann!«

Erik hatte wie selbstverständlich ihre Hand genommen, als er ihre Tränen bemerkte.

»Und dann hatte ich eine Fehlgeburt. Es war nur ein paar Wochen nach dem Test, aber trotzdem! Und weißt du was?«

Erik schüttelte den Kopf.

»Er war erleichtert!« Sie lachte fast hysterisch. »Wir hätten es doch beide nicht gewollt. Und wir sollten froh sein, dass wir uns jetzt nicht mehr so verpflichtet füreinander fühlen müssten. Es hätte doch schon lange gekriselt, und wenn er ehrlich wäre, und Ehrlichkeit wäre ihm sehr wichtig, dann empfinde er schon länger nicht mehr so viel. Ich hätte doch sowieso nur die Arbeit im Kopf. Ich müsste doch auch längst gemerkt haben, dass es nicht die große Liebe ist.«

Martha verschwieg, dass sie zwar nicht an die einzigartige Hollywoodliebe glaubte, aber ihre Gefühle für Tom ihr schon sehr nahe gekommen waren.

»Er hatte längst eine andere. Höchstwahrscheinlich die, die wir im Supermarkt getroffen haben. Die, die so unübersehbar schwanger war! Er wollte kein Kind von mir, weil er mich nicht wollte!« Jetzt konnte sie ihre Tränen doch nicht mehr zurückhalten. »Und seitdem kann ich mir nicht mehr vorstellen, dass mich überhaupt einer um meiner selbst willen möchte.«

Erik strich ihr eine Haarsträhne aus dem Gesicht. »Dein Ex war ein Idiot. Es sind nicht alle Männer so.«

»Stimmt, aber wenn man einfach nichts von ihnen erwartet, können sie einen auch nicht enttäuschen.«

»Ach komm, verliere nicht den Glauben an die Liebe wegen einem Vollpfosten!«

»Dann zeige mir bitte einen einzigen Mann, der mich vom Gegenteil überzeugen könnte!«

Beide dachten einen Moment daran, dass Erik ja derjenige sein könnte. Aber keiner traute sich, das auch auszusprechen.

»Was ist denn mit dem Kerl, der ganz offensichtlich hinter dir her ist?«

»Wen meinst du?«

»Diesen Kritiker.«

»Ach, Stefan. Der glaubt an gar nichts, was aber den Vorteil hat, dass er weder sich selbst noch mir Illusionen macht.«

Das Lächeln auf Marthas Lippen nahm auch Erik die Illusionen, die gerade erst begonnen hatten aufzukeimen. Er musste Martha beweisen, dass es andere Männer gab! Selbst wenn er für Martha nicht dieser Mann sein konnte.

»Darf ich dir nächste Woche den Rohschnitt von meinem Film zeigen?«

»Was hat das mit der Frage nach der Liebe zu tun?«

»Das wirst du dann sehen!«

Martha konnte die Zeit bis zu Eriks Privatvorführung kaum abwarten. Das Gespräch mit ihm hatte ihr gutgetan. Wenn Erik seinen Zuschauern genauso viel Trost spenden würde wie ihr, konnte er nur ein toller Filmemacher sein. Erik schien es ebenfalls kaum abwarten zu können, ihr den Film zu präsentieren, und verbrachte jede freie Minute im Schneideraum der Filmhochschule.

Sie hatten ihr Gespräch nicht wieder thematisiert. Danach hatte Martha sich das verheulte Gesicht mit kaltem Wasser gewaschen und Erik die kalten Getränke bereitgestellt, damit keiner der Gäste merkte, dass die Arbeit im Kino von Menschen erledigt wurde, die über eigene Probleme verfügten. Doch seither war eine neue, beinahe zärtliche Vertrautheit zwischen ihnen entstanden.

»Und bist du bereit?«

»Einen Moment, ich schaue noch, ob die Tür verriegelt ist, damit uns keiner stört.« Martha kontrollierte das Schloss der Eingangstür, bevor sie mit Erik in den leeren Kinosaal trat. Es war zwar unwahrscheinlich, dass sich jemand um acht Uhr morgens ins Kino verirrte, aber Martha ließ ungern ein Hintertürchen offen.

Erik hatte den Film zuvor auf das Vorführgerät geladen, sodass er ihn mit dem passenden Code sogar mit seinem Handy starten konnte.

Obwohl alle Plätze frei waren, setzten sie sich in der Mitte genau nebeneinander; das heißt fast, denn zwischen ihnen blieb ein Platz frei, auf dem Erik eine Tasche abgestellt hatte. Es war kühl in dem Saal, der für gewöhnlich von der Wärme dutzender Körper aufgeheizt wurde. Martha knöpfte ihre Strickjacke zu.

»Aber du weißt, dass es erst der Rohschnitt ist? Mit Musik und allem wird es noch besser!«

»Erik, ich sitze hier heute nicht als Kritikerin. Auch nicht als Kinobetreiberin.«

Er drehte sich zu ihr, seine Hände zitterten etwas, als

er die Tasche öffnete. Ob es allen Filmemachern so ging, wenn sie ihr Werk das erste Mal präsentierten? Natürlich ging es allen so! Wie sollte es anders sein, sie war ja schon aufgeregt, wenn sie einen Film das erste Mal in ihrem Kino zeigte! Jedes Mal fragte sie sich, ob ihren Gästen der Film genauso gefallen würde wie ihr, beobachtete die Reaktionen darauf, weil sie selbst in die Auswahl schon Herzblut gesteckt hatte.

»Sondern?«

»Als eine Freundin.«

»Danke.«

»Nichts zu danken. Du warst letztens auch ein Freund für mich.«

»Das wäre ich auch weiterhin gerne.«

Martha wurde es gleich viel wärmer. Erik war fast zu gut für diese Welt. Vielleicht wäre aber auch die Welt an seiner Seite besser, kam ihr der Gedanke mit einer diffusen Sehnsucht ins Herz geschlichen.

»Ich habe etwas mitgebracht.«

Erik zog erst zwei Flaschen mit einer Limonadensorte aus der Tasche, die Martha hier im Kino nicht führte. Dann holte er noch eine große, viereckige Pappschachtel mit dem Logo der Konkurrenz aus der Tasche, die bis oben mit Popcorn gefüllt war.

Martha musste lächeln, auch wenn der Anblick von Popcorn ihr Bauchschmerzen bereitete. Aber sie wollte Erik nicht verletzen und würde mitessen.

»Jetzt lass uns schon anfangen, Erik. Ich werde schon nicht meckern. Versprochen.«

»Aber ich sehe an deinem Blick, wenn er dir nicht gefällt.«

»Ist doch dunkel hier.«

»Ich kann dich trotzdem gut erkennen.«

Ihre Gesichter verschwanden nicht in der Dunkelheit, sondern wurden in ein graues Licht getaucht.

»Jetzt mach schon an!«

Erik startete den Film.

Der Vorhang öffnete sich, und Martha erkannte schon in der ersten Szene den Garten wieder, durch den Erik sie bei dem Besuch seiner Familie geführt hatte. Allerdings war auf der Leinwand alles noch mit Schnee überdeckt. Sie griff nach dem Popcorn. Als sie Eriks Hand zwischen den aufgeplatzten Maiskörnern spürte, zuckte sie kurz zusammen. Doch dann hielten sich ihre Hände den Rest des Films aneinander fest.

In der letzten Szene hatte sich der Schneematsch in eine Blütenpracht verwandelt. Und die anfangs so traurige Mary strahlte. Ihre Verwandlung berührte Martha selbst in dem unfertigen Zustand des Films. Die Popcorntüte hatte sich trotz der Hände, die sich immer noch berührten, geleert. Martha hatte eben mit ihrer linken und Erik mit seiner rechten danach gegriffen.

Ihre Berührung war so etwas Kostbares gewesen, dass keiner von beiden sie kommentieren wollte. Erik, weil er spürte, dass er sich immer mehr in Martha verliebte und keinen Fehler begehen wollte, durch den sie sich wieder zurückziehen könnte. Und Martha beobachtete einfach erstaunt, wie offen sie scheinbar für ein neues Glück war, und verbot sich erst einmal jede Interpretation. Sie wusste nämlich ganz genau, was ihre inneren Kritiker ihr zu sagen hatten.

Genauso automatisch, wie sich der Vorhang schloss, lösten sich ihre Hände voneinander, als der Film zu Ende war.

Gibst du mir mal den Abzieher?«

Den erhabenen Stunden vor der Leinwand folgte die tägliche Arbeit, die nun mal erledigt werden musste, bevor die ersten Besucher kamen. Während die Filme, die der Kurier gebracht hatte, hochgeladen wurden, machten sich Martha und Erik an eine gründliche Reinigung des Foyers.

Die Leiter wackelte, als Martha sich zu Erik beugte, um das Putzwerkzeug aus seiner Hand zu nehmen. Graues Wasser tropfte von der Fensterfront auf den Boden. Aber als Erik und Martha den Dreck des zurückliegenden Winters entfernten, strahlte die Sonne in das Vestibül und spiegelte sich auf dem Boden und den Wänden wider, sodass das Kino dem Namen »Lichtspielhaus« mehr als gerecht wurde.

Die Putzaktion hatte etwas Rituelles, Befreiendes, nicht nur vom Schmutz. *Nosferatu,* der elende Blutsauger, wurde auch abgehängt und in die Besenkammer verbannt. Da es sich um ein gerahmtes Original handelte, war es in fünf Minuten erledigt. Charlie Chaplin durfte hängen bleiben, genauso wie die Autogrammkarten der Filmdiven. *Nosferatu* hatte so lange an der Wand gehangen, dass die Fläche darunter unschuldig sauber wirkte. Martha klebte doppelseitige Kleber auf die vier Ecken an der Wand, damit die Lücke schnell wieder geschlossen werden konnte.

Sie öffnete eine runde, lange Pappdose und zog ein

zusammengerolltes Plakat hervor. »Kannst du mir helfen, das aufzuhängen?«

Sie rollten jeweils eine Seite ab, und Erik strahlte, als er das erste Plakat erkannte: *Der geheime Garten*. Auf dem Filmplakat von 1993 waren Mary, Dick und Collin, der in einem altmodischen Rollstuhl saß, unter einem Torbogen aus Efeu abgelichtet. Unter dem Schriftzug des Films von Agnieszeka Holland stand der Untertitel: *Eine zeitlose Geschichte von einem besonderen Ort, an dem Zauber, Hoffnung und Liebe erblühen*. Nun standen sie beide nah vor dem Plakat, so nah, dass sie sich hätten küssen können, so nah, dass sie den Untertitel nicht ignorieren konnten. Das *Lichtspielhaus* ist so ein Ort, dachte Erik, während Martha dachte, jeder Ort, an dem Erik ist, kann sich in so einen Ort verwandeln.

»Ich habe dieses Buch als Kind übrigens geliebt«, sagte Martha schließlich. »Mein Leben kam mir auch immer so grau vor, und ich dachte, spätestens mit diesem Kino wäre es in Farbe getaucht.«

»Und ist es das nicht?«

»Manchmal. Aber irgendwie bin ich trotz meines Traumberufes an einem traumhaften Ort immer noch ein Stück verloren in dieser grauen Welt.«

»Na, dann wird es ja Zeit für einen Wendepunkt!«

»Meinst du, ich soll die Wände mal bunt streichen?«, flüchtete sie sich in die Albernheit.

»Ich finde, die Wände sind bunt genug. Die Pastelltöne sollen den Filmen ja nicht die Schau stehlen.«

»Und was wäre dein Vorschlag?« Als Martha ihn ansah, wusste sie, dass ihr Leben ohne ihn noch grauer werden würde. Aber sie hatte nicht das Recht, ihn aufzuhalten. Das hier war schließlich nur ein Job für ihn. Ein Übergangsjob.

»Ich weiß nicht. Irgendwas, was außerhalb deiner Verpflichtungen liegt. Ich habe noch nie mitbekommen, dass du irgendwas einfach nur aus Spaß machst.«

Sie betrachteten beide das Filmplakat, das im doppelten Sinne aus einer anderen Zeit kam. Ein historischer Film, gedreht in den Tagen ihrer Kindheit.

»Ich brauche kein Hobby. Ich habe meine Leidenschaft zum Beruf gemacht.«

Erik nickte. Im Grunde verstand er das selbst nur zu gut. »Was ist mit den Menschen in deinem Leben? Gibt es außer diesem«, Erik zögerte, bevor er den Namen aussprach, »Stefan überhaupt jemanden, mit dem du dich triffst, seit deine Freundin weg ist?«

»Ich sehe jeden Tag so viele Menschen im Kino, dass ich in meiner Freizeit meist froh bin, alleine zu sein.« Das stimmte, und dennoch gab Martha dieser Gedanke einen Stich. »Außerdem kommt Susanna zu meinem Geburtstag nach Köln. Und ja, ich habe erst letztens mit einer neuen Bekannten Kaffee getrunken. Eva heißt sie, und es könnte sein, dass wir uns noch mal treffen.«

Martha verschwieg, dass es die Mutter von Max war und dass sie sich ursprünglich nur ausgetauscht hatten, weil sie die Maus wegbringen wollte.

»Vielleicht solltest du dich wieder auf einen Mann einlassen?«

So unterhaltsam doppeldeutige Dialoge in einem Film sein konnten, so verheerend konnten sie für Menschen wie Martha sein, die das falsche Interpretationsschema anlegten. Statt zu antworten: »Gerne, und zwar auf dich«, flüchtete sie sich auf die vermeintlich sichere Seite. Auf die Seite, auf der sie sich nicht nur in letzter Zeit tatsächlich öfter befunden hatte, sondern die Erik eifersüchtig machen und damit aus der Reserve locken sollte. »Das versuche ich doch gerade!«

In Eriks Wangen bildeten sich Grübchen, wenn er lächelte. »Ach ja? Merke ich gar nichts von.«

»Bist ja auch selten dabei!«, gab sie lächelnd zurück und bereute es im selben Moment. Eriks Grübchen verschwanden mit seinem Lächeln.

»Wer ist denn meistens dabei?«

Wann können wir das Kino endlich öffnen?, dachte Martha. Es wurde ihr warm in dem Raum. Und eng ums Herz.

»Erstens glaube ich, dass du dir denken kannst, wer, zweitens weiß ich, dass ihr euch nicht leiden könnt, also rede ich lieber nicht darüber.« Und wünschte, ich hätte erst gar nicht damit angefangen, dachte Martha bei sich.

»Und ist der Versuch von Erfolg gekrönt?«

»Vielleicht.«

Martha wollte nicht wie die Frau wirken, die nicht nur keine Hobbys und kaum Sozialleben hatte. Sie wollte auch nicht vor Erik dastehen, als sei sie ein Mauerblümchen. Stefan bewunderte sie. Und begehrte sie. Und er hatte immer wieder deutlich gemacht, dass er an einer Beziehung interessiert war, überließ ihr aber immer den nächsten Schritt. Was konnte sie von einer Beziehung mehr erwarten?

»Aber was ist eigentlich mit dir, Erik? In deinem *geheimen Garten* verliebt Mary sich. Es gibt ein Happy

End. Wie sieht es in deinem echten Leben aus? Mir fällt kein Grund ein, weshalb du eine Fakefreundin brauchst. Du bist nett, witzig, siehst gut aus, studierst etwas Interessantes. Die Frauen müssten doch Schlange stehen?«

»Schlange stehen ist übertrieben.« Erik begann das Putzzeug einzusammeln und stellte es in die Besenkammer.

»Wusste ich es doch, dass du dich vor Angeboten nicht retten kannst.« Martha holte die Blumen aus dem Eimer in der Besenkammer und verteilte sie auf zwei Vasen.

»Ja, aber das nützt mir nichts, wenn die Richtige nicht dabei ist.«

Sie starrten sich an, fast wie bei einem Duell. Martha versuchte ihr Herzklopfen zu unterdrücken. Konnte es sein, dass er sie für die Richtige hielt? Ach nein, Erik war einfach immer so nett. Sie war keine fünfzehn mehr, nicht jedes Lächeln, das ihr galt, war ein Zeichen der Verliebtheit. Und wäre es nicht viel zu kompliziert, wenn er in sie verliebt wäre? Sie mochte ihn sehr, rein objektiv war er zwar ein etwas weltfremder, aber durchaus attraktiver Mann. Aber das war Tom auch gewesen! Ein Sunnyboy. Sie war doch immer die Komplizierte in der Beziehung. Im Grunde trug sie doch selbst die Schuld daran, dass Tom keine Lust mehr auf sie gehabt hatte! Genauso würde es Erik mit ihr ergehen. Er hatte einfach eine andere Frau verdient.

»Vielleicht weiß die Richtige ja nichts von deinen Gefühlen?«

»Dann müsste sie aber blind und taub gleichzeitig sein.«

Am nächsten Vormittag war Erik wieder mit der Nachbereitung seines Films beschäftigt. Als würde der Postbote fehlende Gesellschaft riechen, brachte er brenzlige Briefe immer dann, wenn Martha alleine war. Zwei Briefe erhöhten Marthas Stresspegel auf ein Niveau, das sie nicht mal vor ihren Fahrprüfungen gehabt hatte, auch nicht vor der zweiten, die sie immerhin bestanden hatte.

Ein Brief kam vom Finanzamt und teilte ihr mit, dass sie nun, da sie in der Gewinnzone war, diesen Gewinn großzügig mit dem Staat teilen sollte. Großzügiger, als sie eingeplant hatte. Der zweite verursachte ein Gefühl wie in einem Horrorfilm.

Liebe Martha,
haben Sie meine Telefonnummer verloren? Oder sind Sie kein bisschen neugierig? Sie sind im Besitz von Dingen, die Ihnen nicht allein gehören,
Agathe
PS Für den Fall, dass Sie meine Nummer wirklich verloren haben …

Was wollte diese Verrückte?, fragte sich Martha, obwohl sie es doch gar nicht wissen wollte. Was sollte ihr gehören, worauf noch ein anderer ein Anrecht hatte? Martha setzte an, den Brief zu zerreißen. Doch als sie sah, wie ein Trupp Journalisten – unter ihnen auch Stefan, Piet und eine Frau, die sich angeregt mit den beiden unterhielt – das Kino betrat, um vor der Pressevorführung noch einen Kaffee zu trinken, faltete sie den Brief zusammen und stopfte ihn in die Tasche ihrer Jeans.

Stefan schien ihre grimmige Miene nicht zu bemerken. Er umarmte sie und flüsterte ihr ins Ohr: »Wenn wir alleine wären, würde ich jetzt einen Sekt bestellen. Du bist auf der Shortlist für den Kinopreis. Schau mal auf die Homepage.«

Ein Schauer durchfuhr sie. Sie zog die Schulter hoch, als Stefans Mund an ihrem Ohr kitzelte. Was ließ sie sich von so einer Verrückten kirre machen? Stefans Nachricht rückte alles in ein anderes Licht: Martha brauchte sich keine Sorgen um ihr Kino zu machen! Sie war so gut und erfolgreich, dass sie auch Durststrecken durchstehen konnte. Und eine Frau, die einen Laden ganz alleine schmiss, brauchte sich wohl kaum vor einer Frau zu fürchten, die nichts mehr auf die Reihe bekam, als andere Leute zu stalken.

»Wahnsinn! Das freut mich ja! Danke!«

Sie drückte Stefan erneut, und es fühlte sich gut an. Vielleicht sollte sie sich einfach mit ihm zusammentun. So richtig. Was hielt sie davon ab? Sein Zynismus? Zynisch war sie selbst oft genug! Seine Aversion gegen Happy Ends? Im Film kitschig, im echten Leben realitätsfern? Die teilte sie doch immer mehr! Eigentlich sprach alles für Stefan – nur eines gegen ihn. Der fehlende Funke. Dieser eine Moment des Verliebens, der alles in ein Davor und Danach einteilt. Nicht, dass Martha dabei bisher nicht immer auf die Nase gefallen wäre, aber ohne diesen magischen Moment eine Beziehung zu beginnen? Dazu war sie noch nicht bereit. Selbst wenn eine Liebesbeziehung tragisch endete, der Beginn musste ein Wunder sein. Oder war das wieder ein Klischee? Martha musste an François Ozons *Fünf mal zwei* denken. Eine Liebesgeschichte rückwärts erzählt. Sie beginnt mit dem Ende. Hochzeit und Nachwuchs konnten das Glück nicht bewahren. Wahrscheinlich, weil kein Happy End das leisten konnte. Es lag doch schon im Wort selbst – das Ende.

Stefan schob Martha sanft von sich und schaute sich im Foyer um. Auf einmal fielen Martha einige Schrammen an der Wand auf, die durch Stühle entstanden waren, die jemand zu nah an die Wand gestellt hatte. Und das gleißende Sonnenlicht offenbarte Kratzer an der Fensterfront, die ihr mit Erik gar nicht aufgefallen waren. Ob das der Kritikerblick war?, dachte Martha und zog ihre Strickjacke enger um ihren Körper.

»Ist dein Kartenabreißer und Barista heute gar nicht da?«

»Nein, Erik arbeitet an seinem Film. Er soll im Sommer Premiere feiern«, antwortete Martha.

Stefan registrierte die Begeisterung in ihren Augen. »Doch nicht etwa hier?«

»Warum nicht?«, rutschte es aus Martha heraus.

»Weil nur ganz besondere Filme in diesem Kino Premiere feiern?«

»Vielleicht wird er besonders. Erik hat mir einen Rohschnitt gezeigt. Sein Blick hat mich etwas an Baz Luhrmanns *Romeo & Julia* erinnert. Er könnte richtig gut werden.« Sie verschwieg, dass sie zu Tränen gerührt war.

Stefan lachte. »Du wirst einen Erik … Wie heißt der noch mit Nachnamen?«

»Sonntag.«

»Du wirst einen Erik Sonntag doch nicht mit einem Baz Luhrmann vergleichen?«

»Warum nicht?«

Als Martha bemerkte, dass selbst Piet, der sich auch in seinen Filmkritiken sehr zurückhaltend verhielt, neugierig zu ihnen schaute, senkte sie ihre Stimme. Sie fühlte sich auf einmal in ihrem eigenen Paradies angegriffen. Immerhin dachte sie mal wieder an ihr Kino als Sehnsuchtsort, den es zu verteidigen galt. Stefan dagegen wurde etwas lauter.

»Hoffentlich wird dein Urteil nicht durch andere … Faktoren beeinflusst.«

Sein Gesichtsausdruck war schwer zu deuten. Er schwankte zwischen Belustigung und Eifersucht.

»Nein, mein Blick auf Filme ist so routiniert, dass ich nicht wüsste, was mich blenden sollte.«

»Vielleicht persönliche Gefühle für den Urheber?«

Gegen ihren Willen huschte eine Röte über Marthas Wangen. »Gib ihm doch einfach eine Chance.«

»Ich möchte nur nicht, dass du deinen Qualitätsanspruch verlierst. Das Lichtspielhaus ist dabei, sich zu verändern«, sagte Stefan in einem Ton, der Martha an die verrückte Agathe erinnerte.

»Leben heißt doch Veränderung, oder?«, klaubte Martha einen Spruch aus ihrem Langzeitgedächtnis, der am allerwenigsten in ihr persönliches Poesiealbum des Lebens passte.

Sie lächelte Stefan an, viel zu freundlich dafür, dass er ihr gerade zu verstehen gegeben hatte, dass sie ihre Aussichten auf den Kinopreis mit Eriks Premiere im Lichtspielhaus gefährdete. Da mussten noch andere Faktoren eine Rolle spielen als die Qualität des Films, schoss sie zurück. Allerdings nur in Gedanken. Im echten Leben schaute sie Stefan gleichgültig an und nahm sich vor, sich weder von Agathe noch von ihm unter Druck setzen zu lassen.

Ein zweites Mal in diesem Jahr würde Martha das Kino während der Vorstellungen alleine lassen. Es war ihr Geburtstag. Bevor der Nachmittagsfilm begann und das Lichtspielhaus seine Türen öffnete, feierte sie im kleinen Kreis an einem der Tische im Foyer. Sie saß mit Erik und Susanna zusammen, blies die Kerzen auf dem Kuchen aus, den Susanna mitgebracht hatte, und schüttelte heftig den Kopf, als die beiden für sie singen wollten.

»Ich bin doch kein kleines Kind mehr!«

Aber sie lächelte trotzdem, als sie Susannas Geschenk öffnete. Ein Buch, das ihren Geschmack traf, eine Bodylotion, die sie seit Jahren gern benutzte. Nichts Aufregendes, aber alles passend. Und von Herzen, wie die liebevoll verzierte Karte verdeutlichte. Martha seufzte, vor Freude, aber auch, weil Susanna ihr im Alltag so fehlte. Mit der Freundin an ihrer Seite hatte sich die Arbeit nie wie Arbeit angefühlt, sondern wie ein gemeinsames Hobby, für das es auch noch Bezahlung gab.

»Danke! Ich freue mich so sehr, dass du da bist!«

»Soll ich euch lieber alleine lassen? Ihr habt euch bestimmt jede Menge zu erzählen«, sagte Erik.

»Ach was, wir haben den ganzen Abend alleine Zeit. Und ohne dich könnten wir nicht zusammen essen gehen.«

»Mensch, Martha, das Kino ist doch kein kleines Baby, das man nicht auch mal öfter in andere Hände geben kann!« Als dieser Satz aus Susannas Mund gerutscht war, bereute sie ihn und zog instinktiv den Bauch ein. Was die Babykugel jedoch nicht ansatzweise versteckte. Erik stocherte betreten in dem Kuchen herum. Keiner hatte Martha verletzen wollen, doch Martha lachte nur.

»Hey, ihr braucht mich nicht mit Samthandschuhen anzufassen. Ich bin kein rohes Ei. Und das Kino ist mein Baby! Ich mache das gerne, okay? Aber genauso freue ich mich heute Abend darauf, mal auszugehen!«

»Und ich freue mich total, dass ich hier bin. Wer weiß, ob ich nächstes Jahr überhaupt alleine vor die Tür kann«, setzte Susanna Marthas Bitte, das Babythema nicht weiter zu tabuisieren, direkt um.

»Was ist eigentlich mit Stefan? Müsste der nicht heute Abend dabei sein?«, sprach Erik ein anderes Reizthema an.

Susanna registrierte die Eifersucht in seiner Stimme und beobachtete, wie Martha Eriks Blick auswich. Sie konnte nicht anders, als zu grinsen.

»Ach, weißt du, Erik, wie heißt es noch, Liebhaber kommen und gehen, Freunde bleiben für immer. In diesem Sinne möchte ich den Abend mit meiner besten Freundin verbringen.«

Die Antwort freute Erik. Und diese Freude verunsicherte Martha. Jemanden wie Erik an seiner Seite zu haben, musste zauberhaft sein – bis die Verliebtheit nachließ. Er war so chronisch gut gelaunt, nahm all ihre spitzen Bemerkungen nicht ein Mal übel. Er war einfach zu gut für diese Welt. Und zu gut für Martha sowieso.

»Weise Entscheidung«, kommentierte er nicht ganz so gelassen.

»Vielleicht treffe ich ihn ja später noch. Mal schauen.«

»Aber ihr kommt doch nach der Spätvorstellung noch kurz vorbei? Dann bekommst du noch dein Geburtstagsgeschenk von mir.«

»Ach, der freie Abend ist Geschenk genug.«

»Nein, nein, du bekommst noch was. Die Lieferung hat sich nur etwas verzögert.«

Obwohl Martha kein Geschenk erwartet hatte, hüpfte ihr Herz einmal auf ihrem Seelentrampolin. Und zwar vor Freude.

»Gibst du mir einen Tipp?«

»Nein, die Spannung musst du schon aushalten«, sagte er grinsend.

»Ich hasse Überraschungen!«, gab sie ebenso grinsend zurück.

»Diese wirst du hoffentlich lieben!«

»Hoffentlich? Bist du dir da nicht sicher?«

»So gut wie. Aber mehr wird jetzt nicht verraten«, beendete Erik das Thema.

»Wir kommen auf jeden Fall vorbei. Du machst es so spannend, dass selbst ich noch heute wissen will, was es ist«, sagte Susanna. Sie konnte sich ein Lächeln ebenfalls nicht verkneifen. Ihre Freundin so offensichtlich glücklich zu sehen, machte sie selbst doppelt glücklich.

»Macht das!« Dann sah Erik wieder zu Martha: »Wer weiß, vielleicht hast du danach gar keine Lust mehr, Stefan noch zu treffen.«

Dass das Geschenk Martha Stefan vielmehr in die

Arme treiben würde, konnte keiner in diesem Moment ahnen.

Martha, leugnen ist zwecklos. Erik ist in dich verliebt. Und ich glaube, du auch in ihn!«

Die beiden Freundinnen saßen in einem thailändischen Edelrestaurant und tranken einen Aperitif. Susanna auf Saftbasis, während Martha Lust auf Alkohol hatte. Und zwar so richtig. Sie bevorzugte eben auf allen Ebenen die Weltflucht. Alle paar Wochen mal so viel zu trinken, dass das Denkvermögen eingeschränkt war, kam ihr erlösend unvernünftig vor. Martha hätte sich selbst zwar nie als einen übermäßig intelligenten Menschen bezeichnet, aber ihr war klar, dass ihr Verstand im nüchternen Zustand ein Meister darin war, Fehler zu finden und zu analysieren. Er leuchtete mit Vergnügen jede Unvollkommenheit in der Welt aus. Nur mit der Suche nach Lösungsstrategien haperte es.

»Wenn ich in ihn verliebt wäre, wüsste ich das wohl.«

»Vielleicht willst du es ja nicht wissen?«

»Susanna, ich bin gerade dabei, meine Beziehung zu Stefan auszubauen. Also wenn, müsste ich ja wohl in ihn verliebt sein.«

»Bist du aber nicht!«

Susanna hatte damals über Marthas Geständnis, dass sie versucht hatte, sich mit Stefan über Toms Verlust hinwegzutrösten, mit Begeisterung reagiert. Aber jetzt war es so offensichtlich, dass jemand anders Martha glücklich machte.

Durch die meditativen Klänge, die holzgeschnitzten asiatischen Möbel und eine Buddhafigur auf einer

Kommode fühlten sich die Gäste wie in einem Wellnesstempel im Zen-Stil, so auch Martha und Susanna. Dazu das korianderlastige, vegetarische Essen, das einen Hauch von Zitronenaroma verströmte, all die Gäste um sie herum, die sich im Flüsterton unterhielten, und die Kellner, die nahezu unsichtbar im Raum standen, aber die kleinste Bewegung, die einen Wunsch nach Bedienung ausdrückte, sofort registrierten. Alle Eindrücke vereinten sich zu einem Anti-Stress-Programm. Und doch war Martha angespannt.

»Vielleicht wird Verliebtsein auch völlig überbewertet. Was ist es schon anderes als ein Katalysator? Ein Plot-Point-Erzeuger? Langsam wünsche ich mir tatsächlich wieder eine Beziehung, aber ich werde sie mit Vernunft angehen.«

Vor Kurzem hatte Martha sich doch selbst noch gesagt, dass sie ohne den magischen Funken keine Beziehung mit Stefan starten konnte, und auf einmal proklamierte sie vor Susanna das Gegenteil!

Bevor Susanna, die gerade kross gebratenen Tofu zerschnitt, antworten konnte, fuhr Martha fort:

»In Tom war ich total verliebt. Aber die Vernunft sprach von Anfang an gegen uns. Tom will ein anderes Leben. Er will Erfolg, der sich am Kontostand misst, er will dauernd verreisen. Er will überhaupt dauernd irgendwas tun! Für ihn gibt es Leute wie Jochen Schweitzer! Fallschirmspringen, Berge besteigen, solche Sachen … Er fand mein Leben langweilig. Und ich seins anstrengend. Und das schon, bevor er sich wie ein Arschloch verhalten hat!« Das Schimpfwort ließ die hübsche Asiatin zusammenzucken, die gerade eine Bestellung am Nachbartisch aufnahm. »Weißt du, Susanna«, sagte Martha immerhin etwas leiser, »manchmal denke ich, unser Kind hat mit seinem Verschwinden ein ganz klares Statement abgegeben. Ein Tritt in den Hintern seines Vaters, den ich ihm leider nie gegeben habe. Ich habe kein einziges Mal wirklich zu Tom gesagt, was er mir angetan hat. Er denkt sogar noch, dass alles gut wäre. Mit der Fehlgeburt hatten wir ein Problem weniger. So hat er das jedenfalls gesehen. Schließlich wäre mir doch anzumerken gewesen, dass ich die Beziehung in den letzten Monaten auch nicht mehr wollte.«

Susanna tat das einzig Richtige. Sie hörte einfach nur zu. Und hoffte, dass ein Teil des Grolls sich dadurch verflüchtigte. Nach ihrem Monolog spießte Martha ein Stück Gurke auf, das in Kokosmilch geschmort war, und führte es fast trotzig zum Mund. Dann spülte sie mit dem Rest des Aperitifs nach und orderte ein Glas Wein.

»Und warum spricht die Vernunft gegen Erik?«

»Ach, Erik. Er ist viel zu naiv und träumerisch, um mit mir zusammen zu sein. Außerdem ist er mein Mitarbeiter, den ich echt nicht verlieren möchte. Und ganz ehrlich, ich bin mir absolut sicher, dass er nicht auf mich steht.«

»Das sah von außen betrachtet aber anders aus.«

»Wir verstehen uns einfach nur gut. Wir sind auf dem besten Wege, richtig gute Freunde zu werden. Nicht mehr und nicht weniger. Außerdem scheint es jemanden in seinem Leben zu geben, der es nicht checkt.«

»Und wenn du das bist?«

»Ich bin es nicht. Er hat mich gefragt, ob ich auf einer Familienfeier seine Freundin spiele. Ich meine, Erik sieht so gut aus, ist so charmant. Diese Rolle würde jede übernehmen. Und er sitzt doch an der Quelle, was Schauspielerinnen angeht. Aber er hat mich gefragt, weil er weiß, dass ich die Sache gar nicht ernst nehme.«

»Hat er das gesagt?«

»Nein, aber das ist die einzige logische Erklärung. Oder sagen wir so: Ich schuldete ihm noch einen Gefallen.«

»Wozu braucht er denn eine falsche Freundin?«

»Damit seine Familie nicht denkt, er wäre schwul.«

»Wo ist dabei das Problem?«

»Wie es aussieht, gibt es eine Menge Baustellen, bei denen er den elterlichen und geschwisterlichen Normen nicht entspricht. Da wollte er wenigstens eine Freundin präsentieren.«

Susanna nahm einen Schluck von ihrem Mangosaft. »Und wie hat es sich angefühlt, seine Freundin zu spielen?«

»Tja, wir haben es tatsächlich geschafft, einen Streit vom Zaun zu brechen. Wie ein altes Ehepaar.«

Martha hatte keine Ahnung, wie sich ein altes Ehepaar fühlte. Das einzige Bild von einem glücklichen alten Liebespaar, das in ihrem Kopf aufblitzte, war aus dem Film *Titanic*, das sich in einem der Tausenden Betten aneinanderklammerte, als das Wasser bedrohlich näher kam.

»Das klingt doch nach aufrichtigen Gefühlen«, lächelte Susanna.

Nachdem Erik den Knopf gedrückt hatte, mit dem sich die Automatik für den Samtvorhang aktivieren ließ, eilte er in das Foyer. Demonstrativ knipste er das Licht an der Bar aus, sodass alle Gäste, die noch ganz berührt aus dem Film *Die Überglücklichen* kamen, sofort verstehen mussten, dass für heute Schluss war. Als würden sie seinen Plan unterstützen wollen, verabschiedeten sie sich und sparten sich die Frage, ob sie vielleicht noch etwas zu trinken bekommen könnten.

Es kribbelte in Eriks Bauch. Vor Vorfreude. So müssen sich meine Eltern immer zu Weihnachten gefühlt haben, wenn sie uns Kinder überraschen wollten, dachte er und hoffte, dass Marthas Augen gleich strahlen würden, wenn sie das Geschenk entdeckte. Für Geschenkpapier war es eindeutig zu groß, also hatte er eine rote Samtdecke übergeworfen, die er zu Hause auf dem Dachboden in der Kiste mit der Weihnachtsdekoration gefunden hatte. Er zündete ein paar Kerzen an und schaltete Musik ein.

Dann begann er, die benutzten Tassen und Gläser in die Spülmaschine zu räumen, damit sie nachher damit keine Zeit verschwenden mussten. Da würden sie hoffentlich Besseres zu tun haben. Erik hatte es aufgegeben, seine immer stärker werdenden Gefühle für Martha zu ignorieren. Spätestens als er sie das letzte Mal zusammen mit Stefan gesehen hatte, war ihm klar geworden, dass er sich viel mehr als nur Freundschaft wünschte. Und er würde ihr die Zeit lassen, die sie brauchte. Das Geschenk war natürlich völlig uneigennützig, redete er sich ein. Er wollte ihr einfach eine Freude machen und dem Kino etwas geben, was ihm fehlte.

Ihre abfälligen Bemerkungen über Popcorn, die darauf hindeuteten, dass sie sich über sein Geschenk nicht freuen würde, schob er in Gedanken beiseite. Dorthin, wo alle ihre zynischen Bemerkungen gelandet waren, die er von Anfang an nicht ernst genommen hatte.

Und dann sah er sie durch die Fensterfront an der Seite von Susanna auf das Kino zugehen. Ihr Strahlen, als sich ihre Blicke trafen, bildete er sich nicht ein. Auch nicht, dass sie ihre Schritte beschleunigte. Sie riss die Tür auf und ließ sie so plötzlich wieder los, dass sie Susanna fast vor den Kopf gestoßen hätte. Die grinste aber nur, als sie beobachtete, wie Erik und Martha aufeinander zugingen. Susanna nahm sich vor, noch kurz zu warten und dann ihre Schwangerschaft vorzuschieben, um sich auf das Schlafsofa in Marthas Wohnung zurückzuziehen. Die beiden würden bestimmt gerne allein sein.

Erik breitete seine Arme aus und umarmte Martha, die es geschehen ließ. »Alles Gute zum Geburtstag, liebste Chefin!«

»Danke, liebster Mitarbeiter«, erwiderte Martha, beseelt wie selten zuvor. Der Abend mit ihrer besten Freundin war wie eine Zeitreise in unbeschwertere Zeiten gewesen. Und sie spürte, dass sie endgültig genug von der Rolle der ewigen Zuschauerin hatte. Sie wollte endlich mehr leben. Selbst leben. Natürlich würde sie nicht übertreiben, aber … Sie schob ihre eigenen Gedanken beiseite. Schließlich hatten diese sie schon oft genug daran gehindert, das Leben auszukosten.

»Ich bin ja auch der einzige Mitarbeiter, da muss ich ja der liebste sein«, antwortete Erik, löste die Umarmung und reichte Susanna die Hand. »Schön, dich wiederzusehen. Wie geht es dir? Was macht das Baby?«

»Mir geht es gut. Und ich bin sehr erleichtert, dass du mich so gut ersetzt!«

»Ach, Susanna«, mischte sich Martha ein, »dich kann keiner ersetzen. Aber Erik ist wirklich wunderbar!« Sie versuchte, einen Schluckauf zu unterdrücken, den der Wein von vorhin verursachte. »Aber jetzt spann mich nicht auf die Folter. Wo ist mein Geschenk?«

»Mach mal die Augen zu, ich führe dich hin.«

Martha schloss die Augen. Als sie Eriks Hand spürte, war schon allein das Gefühl, das sich in ihr ausbreitete, wie ein Geschenk. Es brannte in ihr. Warum ergriff sie diese harmlose Berührung so sehr? Wie musste ein wirklicher Kuss von ihm sie erst berühren? So viel hatte sie nicht ansatzweise gespürt, als sie Stefan geküsst hatte. Oder rührte ihre Empfindsamkeit nur von ihrem Entschluss, den Moment ganz und gar in sich aufzusaugen? Wirklich zu leben? Haut ab, ihr blöden Gedanken!, sagte sie sich. Verderbt mir jetzt nicht schon wieder diesen Augenblick. Erik führte sie hinter den Tresen und legte ihre Hand ab. Martha spürte eine samtene Oberfläche und darunter einen harten, glatten Gegenstand. Was sollte das sein?

»Darf ich die Augen öffnen?«

»Du darfst.«

Bevor sie das kastenförmige Etwas unter der Samtdecke genauer untersuchte, sah sie in Eriks Augen. Ein weiteres Mal brannte es in ihrem Herzen. Diese Augen waren so voller Liebe und Wärme, dass sie ihn fast gebeten hätte, ihr etwas davon abzugeben. Ihr fehlte das, was sie in ihm sah. Sich bedingungslos in die Welt fallen lassen können, weil man immer jemanden oder etwas erwartete, das einen auffing. Er wusste gar nicht, wie gut er es hatte, dachte sie wehmütig.

Das schummerige Kerzenlicht machte es Susanna noch einfacher, so zu tun, als sei sie in diesem Moment unsichtbar. Mit einem wissenden Lächeln auf den Lippen, dass sie heute nicht mehr gebraucht wurde, schlich sie in Richtung Toilette.

»Okay«, flüsterte Martha vage, als ob sie Angst hatte, dass der Zauber der Vorfreude verschwinden würde, sobald sie das Geschenk geöffnet hatte. Doch sie ließ nicht nur das Tuch fallen, auch ihre Gesichtszüge entglitten ihr.

Erik beobachtete gespannt, wie sie das Tuch abnahm. War sie etwa doch eine so extremistische Gegnerin von Popcorn, dass sie nicht wenigstens aus Höflichkeit Freude vorspielen konnte?, fragte sich Erik.

»Es ist nicht irgendein Popcornautomat«, erklärte Erik, während Martha den historischen Süßigkeitenautomat anstarrte. Der golden eingerahmte Glaskasten hätte genauso gut zu einem Jahrmarkt oder Wanderzirkus gepasst. Der Topf im Inneren, aus dem das Popcorn quellen würde wie aus einem Vulkan, erinnerte an einen Zauberkessel. Dieses Popcorn würde die Menschen ins Kino strömen lassen, hatte Erik sich gedacht. Wer konnte schon an der Glasfront vorbeigehen, hinter der das Glück in Form geplatzter und gesüßter Maiskörner überschäumte? Und wenn sich dann erst die

Tür öffnete und der süße, warme Geruch in die Nase kroch, dann erlebte der Besucher das Kino genau so, wie es sein sollte. Wie ein kleines Kind beim Spielen sollten die Gäste abtauchen in eine zauberhafte Welt, die behaglich, gemütlich, fantastisch, gruselig, spannend oder auch beängstigend erscheinen konnte. Doch ein Griff in die Popcorntüte brachte die Gewissheit zurück, dass sie jeden Moment in die Wirklichkeit zurückkehren konnten.

»Es ist ein ganz besonderer Automat«, wiederholte Erik seine Aussage, um Martha aus der Schockstarre zu wecken. Es gelang ihm.

»Ich weiß.« Wut blitzte in ihren dunklen Augen auf. »Und ich wollte dieses Ding nie, nie wiedersehen!«

Bevor Erik sie fragen konnte, was sie damit meinte, zog Martha ihren rechten Ellbogen nach hinten und erinnerte einen Moment an Katniss Everdeen aus den *Tributen von Panem*, bevor sie einen Feind mit dem Pfeil vernichten wollte. Eigentlich hätte sie sich niemals freiwillig so etwas angeschaut, aber dann bekam sie zufällig ein Hörbuch der Saga in die Hände und konnte nicht anders, als sich alle Folgen anzuhören und anzusehen.

Dann schnellte Marthas Arm nach vorne. Sie rammte ihre Faust in das Glas. Mit einem lauten Klirren splitterte die Scheibe. Als Martha ihre Hand erschrocken zurückzog, tropfte Blut von ihren Fingern.

Erik nahm ihre Hand in seine, um Martha zu untersuchen. Bevor er selbst wütend sein konnte, musste er erst sicher sein, ob sie sich nicht schwer verletzt hatte.

»Ich glaube, es sind nur ein paar Schnittwunden an

den Fingern. Mensch, Martha, was ist denn los?« Angesichts der Tränen, die ihre Wange herunterliefen, kam einfach keine Enttäuschung oder Wut in ihm auf.

Sie befreite sich aus seinem Griff. »Erik, kannst du mir einen Gefallen tun? In der Besenkammer im obersten Regal ist ein Verbandskasten. Kannst du den bitte holen?«

Er nickte nur, selbst unter einer Art Schockstarre. Als er den Verbandskasten gefunden hatte, hörte er die Spülung in der Toilette, die sich nebenan befand. Die Tür öffnete sich, und Susanna kam heraus.

»Alles in Ordnung? Es hörte sich gerade an, als sei etwas kaputtgegangen«, fragte sie angesichts seines verstörten Gesichtsausdrucks.

»Ich habe keine Ahnung, was los ist.«

Susanna folgte Erik in das Foyer. Es war leer.

»Martha?«, rief Erik mit Panik in der Stimme. Susanna schaltete das Licht ein, was die heimelige Atmosphäre endgültig einer nüchternen Stimmung weichen ließ. Martha war nicht zu sehen.

»Jetzt sag nicht, *das* war dein Geschenk?«, fragte Susanna mit dem Blick auf den kaputten Popcornautomaten.

»Doch. Und ich habe keine Ahnung, warum sie das so wütend gemacht hat.«

»Kannst du ja auch nicht.«

Sie ließ sich auf einen Sessel sinken und strich über ihren Bauch, als schmerze er.

»Alles in Ordnung?«, fragte Erik besorgt nach.

»Alles gut, zieht nur ein bisschen.«

Erik tigerte in dem Foyer umher. »Was ist, wenn

Martha in Gefahr ist? So, wie sie gerade geguckt hat, rennt sie noch vor ein Auto.« Er rannte heraus und rief nach ihr. Die einzige Antwort war ein mahnender Blick von einem Mann, der an der Bahnhaltestelle wartete. Ansonsten schienen die Leute in dieser Ecke Schreierei gewöhnt zu sein.

»Hat jemand gesehen, ob eine Frau hier aus dem Kino gekommen ist?«, rief Erik nicht mehr ganz so laut. Immerhin drehte sich auch ein Bahnmitarbeiter in Uniform zu ihm um, der die Schreie vorher ignoriert hatte.

»Da laufen den ganzen Tag Leute rein und raus. Solange sich niemand so auffällig benimmt wie Sie gerade, fällt das keinem auf.«

»Erik, komm rein«, Susanna stand in der offenen Tür. »Ich erkläre dir erst mal, warum der Automat Martha so in Rage gebracht hat. Und dann überlegen wir, wo wir sie finden könnten.« Fast mütterlich legte sie den Arm um ihn, schob ihn zu einem der Sessel und wies ihn an, sich zu setzen.

»Blinder Aktionismus hilft jetzt nicht weiter.«

Erik setzte sich und konnte kaum mit ansehen, wie Susanna in Zeitlupe eine Flasche Limonade öffnete und sie ihm in die Hand drückte, bevor sie sich selbst ebenfalls eine gönnte und sich hinsetzte.

»Der Popcornautomat gehörte Martha schon einmal.«

Sie nahm einen Schluck. Erik tat es ihr nach, aber eher aus Angst, sie würde ihm nicht alles verraten, bevor die Flasche leer wäre. Er trank so schnell, dass ihm die Kohlensäure im Hals das Gefühl gab, kaum noch Luft zu bekommen. Gleichzeitig holte er sein Handy aus der Tasche und suchte nach Marthas Nummer, doch vor Aufregung schaffte er es nicht, auf die richtigen Tasten zu tippen.

»Hör mir bitte erst mal zu! Genau diesen Popcornautomaten hat Tom Martha zu ihrem ersten gemeinsamen Geburtstag geschenkt. Sie hatte sich wahnsinnig gefreut, und wir kamen kaum damit nach, neue Maiskörner nachzufüllen, so beliebt war unser Popcorn.« Susanna stand auf, lief hinter den Tresen und wühlte in einem der Unterschränke. Als sie sich aus der Hocke erhob, wurde ihr schwindelig, und sie hielt sich am Tresen fest. Erik sprang auf und stützte sie.

Sie hielt ihm vor die Nase, was sie im Schrank gefunden hatte. Eine Handvoll bedruckte Papiertüten, auf denen *Glück schmeckt nach Popcorn* zu lesen war.

»Der Spruch stammt doch nicht von Martha? Sie fand meine Idee, Popcorn anzubieten, völlig daneben. Das sei nur etwas für Banausen.«

»Wir haben uns das beide ausgedacht, nachdem Martha das Kino übernommen hatte. Sie war glücklich gewesen. So glücklich, dass sie mich ständig gefragt hat, wo da wohl der Haken sei. «

Erik nahm sich eine der Tüten und strich über den Aufdruck, als verrate er ihm etwas über Martha.

»Aber sie hat die Tüten noch aufgehoben.«

»Vielleicht hat sie auch nur vergessen, dass sie noch im Schrank lagen.«

»Susanna, hast du gar keine Angst um Martha?«

»Nicht wirklich. Ich kann verstehen, warum sie so reagiert hat, und denke, dass sie einfach ihre Ruhe braucht. Warte mal ab, gleich kommt sie rein und tut so, als sei alles wieder in Ordnung.«

»Ist es aber nicht! Ich wollte ihr eine Freude machen und bringe sie stattdessen zum Ausrasten! Wer kann denn ahnen, dass sie das Ding rausgeschmissen hat, nachdem es mit ihrem Ex vorbei war?« Er legte das Handy auf den Tisch vor sich, um keine Sekunde zu verlieren, wenn Martha anrufen würde.

»Hat sie nicht. Tom hat den Automaten einfach mitgenommen, als sie sich getrennt haben. Als Martha gecheckt hatte, dass er sie betrügt, hat sie sich auch nicht von ihrer nettesten Seite gezeigt. Aber sie war tatsächlich bereit, um Tom zu kämpfen, und hat sogar versucht, seine Untreue mit ihrem Verhalten zu entschuldigen. Sie sei ja nur mit dem Kino verheiratet, kümmere sich gar nicht genug um ihn, lebe nur in ihrer kleinen Welt, hatte Tom ihr vorgeworfen. Ich konnte kaum mit ansehen, wie meine Freundin sich für diesen Typen auf einmal zum Affen machte. Natürlich tragen immer beide zum Scheitern der Beziehung bei, aber Tom war einfach nur zum Kotzen. Er machte einen auf Opfer und war nach der Fehlgeburt auch noch erleichtert, statt Martha zu trösten. Ich weiß noch, wie ich ihm davon erzählt habe, als er dann doch mal im Kino nach Martha fragte. Ich dachte, er würde sofort zu ihr nach Hause gehen und sie trösten, doch dieser Idiot grinste nur und sagte: »›Puh, wer weiß, wofür das gut war.‹ Ganz ehrlich, einen blöderen Vater für ihr Kind hätte Martha nicht haben können, und trotzdem hätte er so niemals reagieren dürfen.«

Erik fühlte sich gerade selbst wie ein Idiot. Ein Idiot mit so lächerlich kleinen Sorgen, dass er freiwillig welche von Martha übernehmen würde, damit es ihr besser ging. »Dieser Tom? Heißt der mit vollem Namen Thomas Claßen? Und wohnt in der Hüttenstraße?«

»Ja, genau der.«

»Ich habe von ihm den Automaten auf Ebay ersteigert und ihn heute per Kurier anliefern lassen. Die Versandadresse habe ich erst kurzfristig geändert, weil ich das Ding erst zu mir nach Hause schicken lassen wollte. Sonst hätte er mir den Automaten bestimmt nicht verkauft.« Erik ließ seinen Kopf in seine aufgestützten Arme fallen. »Ich bin der Idiot hier! Martha hat recht, ich stecke dermaßen in meinem Wolkenkuckucksheim fest, dass ich nicht ansatzweise kapiert habe, wie es ihr wirklich geht! Ich habe mir echt Illusionen gemacht!«

»Worüber?«

»Na, über sie und mich. Ich dachte echt …« Er brach ab.

»Ich glaube nicht, dass du dir Illusionen machst. Ich habe euch beide zusammen gesehen, und mir war sofort klar, dass …« Susanna sprach ihren Gedanken ebenfalls nicht zu Ende.

»Ich muss zu ihr!« Erik wählte Marthas Nummer, doch statt ihrer Stimme hörte er nach einem kurzen Summton nur das Besetztzeichen, das so laut erschallte, dass selbst Susanna hörte, wie Martha ihn weggedrückt hatte.

»Mensch, wie kann sie nur so stur und blind sein!«, schimpfte Susanna, wählte nun selbst die Nummer ihrer Freundin und wurde ebenfalls weggedrückt. »Wenigstens lebt sie noch«, bemerkte Susanna.

»Was sollen wir machen?«

Bevor Susanna antworten konnte, piepste ihr Handy.

Eine SMS von Martha. Sie hielt das Handy so, dass Erik mitlesen konnte.

Liebe Susanna, es tut mir leid, dass ich euch den Abend versaut habe. Es wird endlich Zeit, die Erinnerung an Tom hinter mir zu lassen. Bin bei Stefan. Vielleicht hilft das ja.

Susanna schleuderte das Handy von sich. Allerdings nur auf den weichen Sessel. »Wie kann sie nur so dumm sein! Es hat doch schon nicht funktioniert, als sie mit ihm rumgeknutscht hat, nachdem es mit Tom vorbei war!«

»Hat sie das?«

»Ja, hat sie! Und danach hatte sie nicht halb so glänzende Augen wie an dem Tag, an dem sie mir von eurem ersten gemeinsamen Arbeitstag erzählt hat!«

»Weißt du, wo Stefan wohnt?«

»Nein, aber ich brauche nicht lange, um es herauszufinden.«

»Dann mach das, ich gehe sofort hin.« Erik sprang auf.

»Und dann? Willst du klingeln und sagen, hier ist der Richtige? Willst du dich mit ihm prügeln?«

»Wenn es sein muss!«

»Nein, nicht noch eine blöde Aktion heute. Es reicht, dass Martha ausgeflippt ist. Wir brauchen einen Plan. Einen richtig guten Plan. Einen, der in einer Hollywood-Schnulze zum Happy End führen würde.«

Erik hatte zwar das Licht in dem Foyer eingeschaltet, aber ganz vergessen, die Kerzen zu löschen. Ihr warmes Flackern fiel gar nicht mehr auf unter dem grellen elektrischen Licht. Keiner von beiden bemerkte, dass eine Kerze sich neigte, als sie herunterbrannte. Als sie umkippte, langte die Flamme an die Popcorntüten, die Susanna achtlos neben den Kerzenhaltern abgelegt hatte.

Martha hatte geglaubt, dass der Schatten der Vergangenheit ihr nichts mehr anhaben konnte, doch der Anblick des Popcornautomaten hatte alles in ihr verdunkelt. Vor allem ihren Verstand, entschuldigte Martha ihr Verhalten vor sich selbst. Sie nahm sich vor, sich bei Erik zu entschuldigen. Andererseits hatte sie allen Grund, wütend zu sein, schließlich hatte sie ihm doch oft genug gesagt, dass sie kein Popcorn in ihrem Kino wollte! Wenn er wirklich so ein empathischer Mensch war, wie sie geglaubt hatte, musste er doch erkennen, dass hinter ihrem Wunsch mehr steckte.

Keiner hielt sie auf, nur weil ihr Tränen über das Gesicht liefen. Wenn überhaupt, schauten die Menschen, die selbst so spät noch unterwegs waren, verschämt weg, doch sie begegnete nur wenigen Passanten in dem ruhigen Viertel, in dem Stefan wohnte. Sie fühlte sich eigenartig geschützt von den hohen Altbauten, die die schmale Straße von beiden Seiten einnahmen. Kein Baum fand hier Platz, kaum zwei Autos konnten gleichzeitig aneinander vorbeifahren. In dieser Stadt war eben alles eng und dicht bebaut.

Ihre Hand schmerzte immer noch, doch dagegen hätte auch kein Pflaster oder Verband geholfen. Sie hatte Erik nur weggeschickt, um den Verbandskasten zu holen, damit sie unbemerkt verschwinden konnte. Sollte Susanna ihm doch erklären, warum sie sich über diesen Popcornautomaten kein zweites Mal freuen konnte!

An den nächsten Arbeitstag mochte sie gar nicht denken. Wie konnte es sein, dass sie sich vor Erik nun schon zwei Mal wie eine Idiotin verhalten hatte? Sie, die Streberin, die Gefasste, die Kühle, diejenige, die über den Dingen stand?

Sie ballte ihre verletzte Hand zu einer Faust, doch auch der stärker werdende Schmerz konnte sie nicht von ihren Gedanken ablenken. Das konnte wohl nur einer! Sie hatte noch nicht wirklich eine Ahnung, was sie mit Stefan anfangen sollte, aber sie wusste, dass er ihr einen Spiegel vorhalten konnte, in den sie nach diesem Vorfall gerne sah. Sie würde eine kluge, hübsche und vor allem begehrte Frau sehen!

Wenigstens für diese eine Nacht!

Als sie vor seiner Tür stand, atmete sie tief durch, holte ihren Concealer aus der Handtasche und zauberte tupfend unter den Augen eine zweite Haut hin, zog den Mund mit rotem Lippenstift nach und hoffte, dass die Farbe von den roten Augen ablenken würde.

Dann klingelte sie, drückte auf das Summen hin die schwere, geschnitzte Holztür auf und trat in den Flur, der mit einem Mosaik verziert war. Sie war noch nie bei Stefan zu Hause gewesen. Schade eigentlich, wenn sie sich hier so umsah.

Sie hörte Schritte. Stefan kam in Jeans und mit Chucks an den Füßen herunter. Sie hatte ihn auch noch nie nur im T-Shirt gesehen, im Kino trug er immer ein

Hemd. In seiner Freizeitkleidung sah er ganz anders aus. Viel verletzlicher. Vielleicht schützte er sein wirkliches Ich auch hinter einer professionellen Fassade, und es wurde Zeit, dass sie endlich zueinander fanden, so, wie sie wirklich waren.

»Hi, Martha! Herzlichen Glückwunsch zum Geburtstag!«

Wie gut tat diese Umarmung, die fester ausfiel als die von Erik. Martha löste sich dennoch schnell aus Stefans Umarmung.

»Hast du noch Sekt oder Champagner im Haus? Ich würde gerne noch einmal mit dir darauf anstoßen.«

»Na klar, ich habe sofort den besten Fusel aus dem Kiosk um die Ecke geholt, nachdem du angerufen hast.« Er küsste sie auf die Stirn. »Und hätte ich früher gewusst, dass du Geburtstag hast, hätte ich dir noch ein richtiges Geschenk besorgt.«

»Ach, lass mal, von Geschenken habe ich heute mehr als genug!« Sie lachte, als hätte sie schon viel mehr getrunken als die paar Gläser heute mit Susanna.

»Sollen wir hoch? Oder möchtest du lieber ausgehen? Irgendwas hat bestimmt noch auf.«

»Hoch!«

»Dann komm«, er nahm ihre gesunde Hand und zog sie die fünf Stockwerke hinter sich her. Noch bevor sie die mittlere Etage erreicht hatten, schaltete sich das Licht aus. Doch keiner von beiden drückte einen der Schalter, die auf jeder Etage mit einem orangefarbenen Leuchten verrieten, dass sie Licht in das Dunkel bringen würden. Und wenn es nur für ein paar Sekunden war.

In dem Flur vor seiner Wohnung befand sich ein Fenster, vor dem sie stehen blieb und auf die nächtliche Stadt hinausschaute. Der beleuchtete Dom war zu sehen, ein Rettungswagen mit Blaulicht huschte vorbei, Lichter blinkten an einer Stelle auf und erloschen an einer anderen.

»Ich liebe diesen Blick genauso.« Stefan stellte sich hinter sie. Und sie lehnte sich ein ganz kleines bisschen an ihn. Es tat gut, einmal etwas Abstand zwischen sich und das Lichtspielhaus zu bringen, und seien es nur einige Straßenzüge. Alle hatten recht. Sie hatte sich dort einsperren lassen, und nun war sie auf der Suche nach dem echten Leben. Dabei durfte sie ruhig ein paar Irrwege nehmen – nur hängen bleiben durfte sie in ihrem Kino nicht. Sie drehte sich um, sodass sie direkt in Stefans Augen blickte. Dort erkannte sie genau die Martha, die sie sein wollte. So deutlich war dort die unwiderstehliche, lebenslustige Martha zu sehen, dass das Bild der erbärmlichen Martha dahinter fast verschwand. Sie nahm sein Gesicht in ihre Hände. Sie würde ihn nicht zuerst küssen, nein, sie würde auf seine Initiative warten. Was wäre, wenn er ihren Kuss ablehnen würde? Noch eine Verletzung heute Abend ertrug sie nicht.

Stefan nahm nun ihre Hände und bemerkte die Schnittwunden an der rechten. Erschrocken hielt er inne, führte dann aber ihre Hand zu seinen Lippen und küsste sie ganz sanft auf den Handrücken.

»Was ist passiert?«

»Nichts, gar nichts.« Sie sah ihn fast bittend an. Als brächte sein Kuss die Erlösung all der unwichtigen

Dinge, die heute Abend und in der letzten Zeit passiert waren.

Und dann küsste er sie. Noch viel intensiver als beim letzten Mal. Und viel intensiver als dieser Kuss mit Erik… Mist, sie musste sich stärker auf Stefan einlassen, um die Bilder von Erik in ihrem Kopf zu überdecken. Von unten war zu hören, wie die Haustür ins Schloss fiel. Das Licht schaltete sich im ganzen Hausflur ein.

»Sollen wir rein? Da haben wir mehr Ruhe.«

Martha nickte.

Hey, pass doch auf!«

Das Aufjaulen des Martinshorns und das grelle Licht inmitten der düsteren Straße hatte das Liebespaar mitten auf dem Bürgersteig für Erik unsichtbar werden lassen. Und nun hatte er das küssende Paar fast umgerannt.

Bevor er antwortete, versuchte er seinen Atem zu beruhigen. »Entschuldigung, ein Notfall!«

»Dann zieh jetzt Leine!«, schnauzte der Mann im Sakko ihn an.

Die Frau an seiner Seite, die einen kurzen Mantel und Pumps trug, beschwichtigte ihren Partner. »Ist ja gut, kann doch mal passieren.«

Erik nickte kurz und rannte weiter. Wie konnte dieser Mann, der offensichtlich mit seiner Partnerin von einem feinen Event kam, sie küssen und dann so unfreundlich sein? Erik wollte ein Paar – er dachte bewusst Paar und nicht Liebespaar – auseinanderbringen, aber bestimmt nicht dieses. Das würde dieser Kerl mit seiner Art sowieso allein zustande bringen. Und was hieß hier überhaupt auseinanderbringen? Erik wollte Martha nur vor einem Fehler bewahren. Sie liebte Stefan nicht und war dennoch bereit, sich von ihm trösten zu lassen. Sie hatte den Glauben daran verloren, dass eine bessere Beziehung auf sie warten würde. Dass da draußen jemand wartete, für den sie brannte und der für sie brannte, der sie glücklich machte, der daran glaubte, dass sie etwas Großes war, ganz egal, was sie leistete. Jemand, der sie um ihrer selbst willen liebte. So wie er es tat.

Es war das erste Mal in seinem Leben, dass er um eine Frau kämpfen wollte. Sie war sein Happy End, das hoffentlich lange über den ersten Kuss hinaus anhalten würde. Warum hatte er nicht schon früher gekämpft? Was war, wenn es jetzt zu spät war, dachte er, als er in Stefans Straße einbog. Susanna hatte ihm die Adresse verraten.

Vor der Hausnummer 10 blieb Erik stehen und schaute an der Altbaufassade hoch. Das Haus war einschüchternd. Eine Nummer zu groß für ihn. Mondän und erhaben schien es auf Erik herunterzublicken, der in einer umgebauten Scheune auf dem Land wohnte. Hier residierte schließlich der Mann, der sein Spielfilmdebüt im besten Falle milde belächeln würde. Und was viel schlimmer war, vielleicht gerade in diesem Moment Martha küsste.

Erik fuhr mit dem Finger die Klingelschilder entlang. Ganz oben wohnte er also. Jetzt, wo er stand, fröstelte Erik leicht. Schweiß rann seine Stirn herab. Er wischte ihn weg, seine Locken blieben auf der Haut kleben.

Bevor er die Klingel drückte, atmete er noch einmal tief durch.

Niemand öffnete. Wahrscheinlich hörten sie Musik, während sie … Nein, nicht daran denken. Erik drückte ein zweites Mal. Was war, wenn sein Plan völlig daneben war? Susanna meinte, wenn Martha und er füreinander bestimmt wären, wäre es völlig egal, wie gut der Plan sei. Hauptsache, er nahm die Sache in die Hand.

Beim dritten Versuch ertönte ein Summen. Eine Gegensprechanlage gab es nicht. Erik drückte gegen die Tür, doch sie gab nicht nach. Klar, um diese Zeit war die Tür abgeschlossen, um dem Haus Einbrecher vom Leibe zu halten.

Dass Martha diese Situation nicht wirklich genießen konnte, schob sie auf all die kitschigen Liebesszenen aus Filmen, die sich in ihr Hirn gebrannt hatten. Im echten Leben war der Himmel eben nicht voller Geigen, ließ einen die Hand, die über den Rücken strich, eben nicht bis ins Mark erschauern, sehnte man sich nach dem Körper des anderen nicht so, dass man dafür sterben würde. Schon gar nicht mit einem Gemisch aus Wein und Champagner im Blut.

»Alles in Ordnung, Martha?«, fragte Stefan zärtlich und zog den verrutschten Träger ihres Büstenhalters wieder in die Mitte ihres Schlüsselbeins. Er sah in Boxershorts unerwartet gut aus für jemanden, der nur am Schreibtisch saß und nicht wie Erik auch noch Beete umgrub und Kisten schleppte. Martha schalt sich in Gedanken, dass sie es auch nicht gut fände, wenn Stefan solche Maßstäbe an ihren Körper legte. Was wäre, wenn er sie mit irgendeinem Filmstar verglich, der in Nacktszenen auch noch gedoubelt wurde?

»Ja, alles in Ordnung«, antwortete sie und küsste ihn, um ihre Worte glaubhaft zu machen. Stefans Wohnung war ebenfalls viel schöner als erwartet. Sie saßen auf einem Sofa inmitten der riesigen Einraumwohnung unter dem Dach. Bodentiefe Fenster, die nachträglich eingebaut worden waren, vermittelten das Gefühl, als befänden sie sich in einer Penthousewohnung. Der lackierte Parkettboden schimmerte in einem satten Braun. Jeder Zentimeter an der Wand war mit Regalen bedeckt, die wiederum mit Büchern und DVDs gefüllt waren. Während Stefan an der Küchenzeile Gläser für den Champagner gespült hatte, die noch – vom letzten Mal, mit wem auch immer – in der Spüle standen, hatte sie die Regale begutachtet. Die Filme und Bücher waren tatsächlich wie bei ihr zu Hause in alphabetischer Reihenfolge sortiert, bei der Menge würde man hier sonst auch Stunden suchen. Immerhin war es wieder eine Gemeinsamkeit zwischen ihnen und damit ein Beweis dafür, dass Martha hier das Richtige tat. Und da kribbelte es auch schon, als er sie näher zu sich heranzog.

»Du denkst zu viel, Martha«, hauchte er zwischen den Küssen, die er auf ihrem Hals und Mund verteilte.

»Und das aus dem Mund eines intellektuellen Mannes«, lachte Martha.

»Bin kurz dafür, das Denken für heute ganz sein zu lassen, und suche nur noch den Schalter bei dir, um es auszuschalten.«

Martha behielt für sich, dass dieser Schalter garantiert nicht zwischen ihren Schenkeln zu finden war.

Jemand anders hatte einen Schalter gefunden, der Stefan dazu brachte, sich aufzurichten und die Hände von ihr zu nehmen. »Wer klingelt denn um diese Zeit?«

»Mitten in der Nacht muss es doch wichtig sein.« Martha tastete nach ihrem T-Shirt.

»Ach, vielleicht irgendein Betrunkener, der sich an der Tür vertan hat.«

»Wenn ja, dann ist er ganz schön hartnäckig.«

Stefan ärgerte sich, dass die Klingel so laut war. Selbst mit Musik wäre der schrille Ton noch zu hören gewesen. Wie hatte er dieses alte Retroding nur cool finden können?

Stefan zog sich die Jeans wieder an. »Ich schaue mal aus dem Fenster.«

Martha zog sich das T-Shirt über, um ihm zu folgen. Sie hatte das vage Gefühl, dass jemand nach ihr suchte, auch weil sie ihr Handy ausgeschaltet hatte.

Stefan hatte seinen Verstand wohl doch noch nicht ausgeschaltet, er griff zum Wohnungsschlüssel, bevor er in den Flur trat. Dort öffnete er das Fenster, von dem man auf die Straße blicken konnte, und beugte sich hinunter.

»Ach, du Scheiße. Spinnt der total?«

»Wer?«, fragte Martha und blieb hinter ihm stehen.

»Ich muss Martha sprechen, sofort!«, schallte es von unten zu ihnen hinauf. Martha durchfuhr ein heftiger Schauer, als sie Eriks Stimme hörte. »Ruhe!«, brüllte jemand aus dem Nachbarhaus.

Stefan drehte sich zu Martha und schüttelte den Kopf. Als sie näher kam, deutete er mit einer Geste an, dass sie weg vom Fenster bleiben sollte. »Sie wird sich morgen bei dir melden, okay?«, rief er und knallte das Fenster zu.

»Das ist ein Typ«, grinste er und zog Martha wieder an sich. »Wo waren wir stehen geblieben?«

»Stefan, du hättest mich fragen sollen. Vielleicht wollte ich ja mit ihm sprechen!«

»Mmh, gerade sah es so aus, als wolltest du etwas viel Spannenderes.« Er hob sie hoch und trug sie über die Schwelle. Wenn das nicht hollywoodmäßig war, dann wusste sie es auch nicht, dachte Martha. Zwei Männer wollten hier was von ihr – und sie?

»Aber wenn es wichtig war? Vielleicht ist etwas mit Susanna passiert?«

Erik gab keine Ruhe, er klingelte Sturm.

Stefan setzte Martha wieder ab. »Na, hoffentlich hat er einen guten Grund, uns zu stören. Ich gehe runter und schließe auf.«

Martha wartete in Unterhose und T-Shirt im Türrahmen. Eriks Stimme vorhin hatte nicht gut geklungen. Die Panik rührte wohl kaum von Stefans nacktem Oberkörper her.

»So möchtest du da runter?«, fragte sie.

»Na, er kann ruhig wissen, dass er stört.«

Martha huschte in die Wohnung. Und zog die Jeans wieder an. Auch die Socken. Sie schämte sich, im Gegensatz zu Stefan, wenn sie Erik so halb bekleidet entgegentreten würde. Währenddessen stritten die beiden Männer unten lautstark.

»Du spinnst ja wohl!«

»Bitte, es ist ein Notfall!«

Falls es wirklich ein Notfall wäre, stieg Martha sicherheitshalber auch noch in ihre Schuhe und zog ihren Pulli über. Und bei einem Notfall konnte sie auch nicht wieder hochrennen, um ihre Jacke und ihre Tasche zu holen. Also legte sie sich beides über den Arm und rannte herunter.

»Was ist hier los? Ist alles mit Susanna okay?«

»Nichts ist hier los, außer dass Erik durchdreht!«

Martha sah in Eriks angespanntes Gesicht. Eine Mischung aus Wut und Angst zeichnete sich dort ab. Obwohl er nur ein T-Shirt anhatte, zeichnete sich Schweiß auf seiner Brust ab. Irgendetwas stimmte hier nicht.

»Martha, ich muss mit dir reden!«

Martha beruhigte sich etwas. Wenn er noch mit ihr reden wollte, konnte es sich kaum um einen akuten Notfall handeln.

»Ich dachte, es handelt sich um einen Notfall?«, mischte sich Stefan ein.

»Stefan, lass mich bitte kurz mit Erik reden. Er hat ein Recht darauf, ich habe mich vorhin ihm gegenüber nicht ganz richtig verhalten.«

Stefan ging einen Schritt zurück und machte mit der Hand eine Geste, als wäre es sehr großzügig von ihm, dem Nebenbuhler etwas Gesprächszeit einzuräumen.

»Erik, ich weiß, dass ich gerade übertrieben habe. Es tut mir leid. Ich möchte mich bei dir entschuldigen. Du konntest es nicht besser wissen. Aber wie du siehst, bin ich gerade beschäftigt. Lass uns morgen darüber reden, wenn wir beide wieder einen klaren Kopf haben.« Dann nahm sie Stefan an die Hand. Er ließ sich bereitwillig fortziehen und brachte es sogar noch fertig, Erik mit der anderen Hand zuzuwinken. »Bis demnächst«, grinste er.

Zwischen Eriks Augen bildete sich eine Stirnfalte, die Martha an Leonardo di Caprio erinnerte. »Nein. Es *ist* ein Notfall, verdammt noch mal!« Er holte tief Luft, als hätte er Angst, den nächsten Satz auszusprechen. »Im Kino hat es gebrannt!«

»Was ist passiert?« Panik schwang in Marthas Stimme mit. »Ist Susanna in Sicherheit?« Erik roch nicht nach Rauch, aber was hieß das schon? War er deswegen so übereilt aufgebrochen?

»Es ist alles unter Kontrolle, fast. Komm einfach mit!«

»Martha, kapierst du nicht, dass der Typ dich verarscht? Und wenn es wirklich brennen würde, könntest du eh nicht viel mehr machen, als den Feuerwehrleuten bei der Arbeit zuzusehen. Dafür brauchst du dich jetzt nicht zu beeilen.«

Erik kam einen Schritt näher. Seine Miene war so ungewohnt ernst, dass es Martha schon allein deshalb mulmig zumute wurde. Hatte sie nicht vorhin mehrere Martinshörner gehört, als sie am Champagner nippte? Aber war das Jaulen der Rettungswagen nicht eins der Grundgeräusche der Stadt?

»Es ist Marthas Kino, und ich weiß, dass sie es liebt. Und dort sein will, wenn etwas nicht stimmt. Und würdest du sie wirklich lieben, dann würdest du sie nicht aufhalten!«

Stefan schüttelte den Kopf. »Du bist verrückt. Was mischst du dich so ein? Du schenkst dort nur Getränke aus und verkaufst Karten! Und wenn es im Kino ein

Problem gäbe, dann würde es Martha schon erfahren. Komm, Martha, lass uns nicht den Rest der Nacht verderben lassen.«

Erik stellte sich Stefan in den Weg, als dieser wieder die Treppe hochwollte. »Ich mache dort nicht nur meinen Job, auch ich liebe das Kino! Und wenn ich nicht möchte, dass es zerstört wird, dann bestimmt nicht, weil ich dort meine Premiere feiern möchte, sondern vor allem, weil …«, er schluckte, bevor er das, was er eigentlich sagen wollte, abschwächte, »mir Martha etwas bedeutet.«

Doch diesen Teil nahmen weder Martha noch Stefan wirklich wahr. Martha war gerade dabei, ihr Handy wieder anzuschalten, und bekam zehn verpasste Anrufe von Susanna angezeigt, während Stefan sich an Eriks Bemerkung über die Premiere seines Films störte.

»Da hast du wohl was falsch verstanden. Das Lichtspielhaus ist ein Filmkunsttheater und kein Popcornkino!« Dann drehte er sich zu Martha, die versuchte, Susanna zu erreichen. »Martha, davon hast du mir ja gar nichts erzählt, dass Erik seine Premiere im Lichtspielhaus feiert. Meinst du, das schadet deinem Renommee nicht?«

»Seid ihr eigentlich beide verrückt? Wollt ihr mich beide verarschen? Was wollt ihr eigentlich von mir?«

Beide schwiegen erstaunlicherweise, obwohl in Eriks Blick eindeutig zu lesen war, was er von ihr wollte.

In diesem Moment piepste Eriks Handy. Er schaute darauf.

»Susanna?«

Er nickte. »Sie ist noch im Kino.«

»Ich dachte, das sei abgebrannt«, erwiderte Stefan spöttisch.

»Ich werde jetzt selbst schauen, was los ist. Stefan, vielen Dank für den Abend. Ich weiß nicht, ob gerade Vollmond ist oder wir uns einfach alle den Verstand weggetrunken haben, aber wir sollten das Ganze ein anderes Mal unter besseren Vorzeichen wiederholen. Ich habe noch nie gerne Geburtstag gefeiert. Das war schon immer ein Pechtag für mich. Nimm es nicht persönlich.«

»Martha, wenn du jetzt mit ihm gehst, wird es keine besseren Vorzeichen geben.«

»Stefan, jetzt ist noch nicht der Zeitpunkt, um Beziehungsdiskussionen zu führen. Ich brauche jetzt Klarheit darüber, was im Lichtspielhaus los ist.«

Stefan schaute hinter Martha und Erik her. Eigentlich hätte Erik wie ein Sieger davonstolzieren müssen, tat er aber nicht. Sie rannten zwar nicht, gingen aber stumm und schnellen Schrittes nebeneinander her, als kämen sie zu spät zu einer Beerdigung, wenn sie sich nicht beeilten.

Irgendetwas war hier mehr als unheimlich, dachte Martha, während sie neben Erik auf dem Bürgersteig entlanglief. Bei jedem Geräusch erschrak sie, egal ob es das Auto war, das die vorgeschriebene Geschwindigkeit ignorierte und an ihnen vorbeiraste, oder eine Gruppe Jugendlicher, die lachend aus einem Kiosk stolperte.

»Stefan ist nicht der Richtige für dich!«

»Als wenn das jetzt so wichtig wäre«, murmelte Martha.

»Gib dich nicht mit halben Sachen zufrieden.«

»Es liegt nicht an mir, dass dieser Abend nicht nach Plan gelaufen ist!«

»Vielleicht sollte es so sein?«

Wenn Martha nicht so angespannt gewesen wäre, wäre sie nun entrüstet stehen geblieben, um Erik ihre Meinung zu sagen. In Ruhe. Aber so lief sie weiter und schimpfte vor sich hin.

»Hör doch auf! Nichts sollte so sein, und den Richtigen gibt es schon mal gar nicht! Hör auf mit diesem Hollywoodmist! Ich brauche keinen Kniefall mit Diamantring! Auch kein Bett über und über bedeckt mit Rosenblütenblättern! Ich brauche keinen, der mir ewige Liebe schwört! Ich wollte einfach mal ein bisschen Spaß haben! Meine Güte, ist das denn zu viel verlangt?«

Jetzt blieb Erik stehen. »Nein, das ist viel zu wenig verlangt!«

In Eriks Stimme schwang eine Sehnsucht nach diesem »Mehr« mit, für die Martha in diesem Moment taub war.

»Ich hoffe, du hast mich nicht angelogen.«

Erik antwortete nicht. Sie liefen schweigend nebeneinander her, bis sie vor dem Lichtspielhaus angekommen waren.

Misstrauisch sah sich Martha vor dem Kino um. Nicht mal das Fensterglas war zersplittert wie damals bei dem Überfall. Von Rauch war auch nichts zu sehen oder zu riechen.

Trotzdem suchte Martha so eilig nach dem Schlüssel, als gelte es, schnell ein Feuer zu löschen. Wo Susanna wohl steckte?

Bevor sie ihren Schlüssel aus der Tasche gefischt hatte, schloss Erik mit seinem schon auf. Martha drückte die Tür auf und rannte ins dunkle Foyer. Sofort schoss ihr der Geruch von verbranntem Papier in die Nase.

»Susanna?«

»Es geht ihr gut!«, rief Erik und wollte Martha aufhalten. Doch Martha schob ihn beiseite, schaute in die Toilette und rannte auf den Kinosaal zu. Susanna war nirgends zu sehen. Als sie die schwere Stahltür aufriss, blickte sie auf ein Meer aus Flammen.

Sie schrie auf. Ihr Herz klopfte um ein Hundertfaches schneller als an jenem Tag, an dem sie gedankenverloren eine Straßenbahnschranke bei Rot überquert hatte und im letzten Moment ausgewichen war.

Damals war es Erleichterung gewesen, als sie registrierte, dass sie gerade einer Katastrophe entronnen war. Diesmal war es Wut, als sie verstand, dass das Feuer nicht echt war. Weder das Rascheln noch das Knistern noch das grelle Orange konnten ihr oder dem Saal etwas anhaben. Es war nicht mehr als eine Projektion auf die Leinwand.

Sie starrte in das Feuer, welches sich in einer Endlosschleife zu bewegen schien, und unterdrückte den Impuls, ein zweites Mal an diesem Tag etwas zu zerstören. Stattdessen schaltete sie das Licht an, was dem Raum jeden Zauber nahm. Auch dann noch, als sie die Rosenblüten sah, die sich wie ein Teppich um sie herum ausbreiteten. Und erst recht, als sie Erik sah, der auf sie zukam und sich vor sie hinkniete.

Unfähig, sich zu bewegen, sah sie ihn an.

»Martha, vielleicht war diese Art, dir zu sagen, dass ich für dich brenne, nicht die schlauste Art. Ich wäre lieber der Prinz gewesen, der dich aus den Fängen des Monsters befreit. Aber ich bin kein Prinz, sondern nur ein ganz normaler Mann, der sich in dich verliebt hat.«

Und Stefan war auch kein Monster, sondern ein ganz normaler Mann, dachte Martha. Und was stellte Erik sich vor? Dass er das Recht hatte, ihren Mund von Stefans Lippen zu reißen, um sie selbst zu küssen? Doch wenn sie ehrlich zu sich selbst war, hätte sie genau das am liebsten getan.

Erik erhob sich, sodass sie in seine blauen Augen schauen konnte. Sein schönes Gesicht betrachten, mit den Händen durch seine blonden Locken fahren konnte. Eine Sehnsucht erfasste ihr Herz und ihren Körper, die sie daran erinnerte, wie sie sich damals in Tom verliebt hatte. Wie schön wäre es, sich wieder auf die Liebe einzulassen. Mit jemandem, der daran glaubte, dass sie ein gemeinsames Happy End haben würden? Sich endlich fallen zu lassen nach all den Tiefs der letzten Zeit? Sie brauchte nur ein kleines Signal geben. Sein Blick glich dem vor dem ersten Kuss. Und so wie Erik sie ansah, bemerkte er dasselbe in ihrem Blick. Der leere, helle Kinosaal, die Leinwand, auf der immer noch das Feuer flackerte, die Rosenblätter, die durch ihre Schritte schon zertrampelt worden waren – war sie Teil einer absurden romantischen Komödie?

Als stünde ihr der Tod bevor, zogen in Marthas Kopfkino Bilder ihrer Zeit mit Erik an ihr vorbei. Eriks Lächeln im Kiosk. Das Vorstellungsgespräch. Gemeinsam mit ihm auf der Schaukel zu sitzen. Der Streit mit ihm. Die eingeritzte Versöhnung im Kartoffelpüree. Wie er sich ihrem Befehl widersetzte, die Verrückte herauszuschmeißen. Wie er sie angelogen hatte, um sie hierhin zu locken.

»Und?«, flüsterte Erik. Wie er ihren Arm sanft mit der Hand berührte, ließ sie erschauern. Ihr Herz schrie ja, doch ihr Verstand erinnerte sie daran, dass ihr Herz nur ein ziemlich dummer Muskel war. Ihr Verstand wusste, dass es galt, diesen dummen Muskel zur Ruhe zu bringen.

»Nein. Ich kann nicht mit jemandem zusammen sein, der mich so verarscht, wie du es getan hast. So kann ich nicht einmal mit dir zusammenarbeiten.«

»Ich habe es für dich getan, nicht gegen dich.«

»Trotzdem. Ich will das nicht mehr. Es ist nicht das erste Mal, dass du über meinen Willen hinwegsiehst. Ich muss meinem Mitarbeiter zu hundert Prozent vertrauen können. Und meinen Freunden auch.«

Erik ließ seine Hand sinken. »Martha, ich weiß, dass ich mich wie ein Idiot verhalten habe. Ich habe vollstes Verständnis, wenn du mir kündigst. Aber bitte gib mir doch die Chance, mein Vertrauen als Freund bei dir wiederzuerlangen. Als *dein* Freund. Martha, ich ...«

»Hör auf, ich will es nicht hören! Mach es bitte nicht noch schlimmer. Ich habe mich selbst mehr als einmal idiotisch verhalten. Seit du da bist, habe ich das Gefühl, dass mein Verstand mich immer wieder im Stich lässt. So, wie du mich kennen gelernt hast, bin ich eigentlich gar nicht! Ich bin keine Frau, die ausrastet, die ständig beleidigt ist, die losheult, wo es nichts zu heulen gibt. Ich hatte immer alles im Griff, vor allem mich selbst. Es tut mir leid, aber wir sollten einfach getrennte Wege gehen.«

Schon wieder musste Martha losheulen. Sie hasste sich. Heute hatte sie eine Grenze überschritten, von der sie niemals geglaubt hatte, auch nur in ihre Nähe zu kommen. Sie war ausgerastet und hatte Eriks Geschenk beschädigt. Wie konnte sie so etwas tun? Sie hatte Menschen immer verachtet, die die Kontrolle verloren. Gut, ihre Hand war nur gegen einen Gegenstand ausgerutscht, aber im Grunde war es ein Fausthieb gegen Tom gewesen.

»Nein, Martha, nicht deshalb. Ich liebe dich so, wie du bist. So, wie ich dich kennen gelernt habe.«

So hatte sie Erik noch nie gesehen. Wie ein Fels in der Brandung. Er stand vor ihr, so ruhig und sicher, als hätte sie ihm nie gesagt, dass sie ihn loswerden wolle. Als sei es egal, ob sie seine Gefühle erwiderte. Als stehe seine Liebe, wenn er überhaupt wusste, was das war, für immer im Raum und warte nur darauf, von ihr erwidert zu werden.

»Aber ich liebe *mich* so nicht. Und jetzt möchte ich, dass du gehst.«

Er nickte und verließ den Kinosaal, ohne sich noch einmal umzudrehen. Martha ging in den Vorführraum, drückte die Stopptaste und wartete, bevor sie das Foyer betrat. Sie wollte nicht mit ansehen müssen, wie Erik das letzte Mal die Tür des Kinos hinter sich zuzog. Und tatsächlich war das Foyer leer, als sie es betrat. Die Scherben von dem Glas des Popcornautomaten waren schon weggefegt worden. Martha holte Kehrschaufel und Handfeger, um noch einmal in den Saal zurückzukehren und die Blütenblätter zusammenzukehren. Als sie den Inhalt des Handfegers in den Mülleimer hinter der Theke kippte, entdeckte sie zwischen den Keksverpackungen und den Scherben verkohlte Papierreste. Sie würde morgen Susanna fragen, was genau sich hier abgespielt hatte. Und dann tat sie etwas, was sie noch nie getan hatte: Sie wühlte in der Abstellkammer unter den alten, kleinen Filmplakaten, zog eins hervor, legte es mit der weißen Seite nach oben auf den Tresen und kramte einen Edding aus der Schublade hervor, in der sie alle nützlichen Dinge aufbewahrte.

Donnerstag und Freitag wegen Krankheit geschlossen, schrieb sie darauf und klebte das Plakat von innen an die Tür. Und ab übermorgen würde sie wieder ein vernünftiger Mensch sein.

Als Martha in der Nacht in ihre Wohnung kam, hatte sie nicht einmal mehr die Kraft, sich auszuziehen oder die Zähne zu putzen. Susanna lag mitten auf dem ausgeklappten Sofa, zusammengekauert, als wäre sie selbst ein Baby, sodass Martha nicht mal in ihrem eigenen Bett Platz blieb. Vorsichtig zog sie die zweite Decke von dem Bett und legte sich damit auf den Teppich. Wenn die Knochen schmerzten, ließ sich der Herzschmerz besser ignorieren, dachte Martha. Doch anscheinend wollte der dumme Muskel sich für ihre Ignoranz rächen. Als könnte sie ihr Herz mit einem Kaffee kurz vor Sonnenaufgang beruhigen, schlich Martha sich in die Küchenecke, brühte eine Tasse Kaffee auf und holte ihr Notizbuch hervor.

Liste von Menschen, die ich aus meinem Leben streiche, weil sie mich belasten:
– Erik
– Stefan

Doch Stefan strich sie gleich wieder durch. Dann setzte sie ein Fragezeichen dahinter. Bevor ihr der nächste Punkt einfiel, bewegte sich Susanna. Sie reckte und streckte sich, als hätte sie auf dem harten Boden geschlafen. Na ja, sie war schwanger, dachte Martha gnädig. Vielleicht musste sie deshalb auch so grinsen, kaum dass sie die Augen geöffnet hatte. Ein vernebeltes Hirn durch die Hormone.

»Und, Martha? Wie ist es gelaufen?«, strahlte Susanna sie an und zog das Nachthemd herunter, das an ihrem Babybauch hängen geblieben war.

»Ich hatte die schlimmste Nacht seit Jahren.«

»Ach komm! Über den kurzen Schockmoment wirst du wohl hinweggekommen sein?« Susanna verschwand in das kleine Bad, das in Hörweite war.

Als Martha nach der Spülung hörte, wie der Wasserhahn lief, fragte sie nach: »Welchen Schockmoment meinst du? Die unselige Popcornmaschine? Den, in dem Erik mich in einem völlig unpassenden Moment bei Stefan stört? Oder den, bei dem ich denke, mein Lebenswerk ist den Flammen zum Opfer gefallen?«

»Lebenswerk«, murmelte Susanna auf dem Weg ins Zimmer, »du redest, als wärst du hundert. Und die Liebe ist ja wohl wichtiger als der Job.« Als sie Marthas Miene registrierte, hielt sie inne. »Es war also wirklich eine schlimme Nacht?«

Martha klappte ihr Notizbuch zu, bevor sie ihre Freundin noch mit auf die Liste setzen konnte. Und genau das hätte sie am liebsten gemacht, als sie kapierte, dass Susanna diesen dämlichen Plan mit ausgeheckt oder zumindest davon gewusst hatte.

»Was habt ihr euch eigentlich dabei gedacht?«

»Dass wir dich zu deinem Glück zwingen mussten. Erik liebt dich! Und du ihn auch! Ich habe euch zusammen gesehen. Und ich habe auch Stefan und dich zusammen gesehen. Spiel doch nicht allen etwas vor. Vor allem dir nicht!«

»Ich habe niemandem etwas vorgespielt, während ihr mich komplett verarscht habt! Weißt du eigentlich, wie lächerlich ich mich damit auch vor Stefan gemacht habe? Ganz toll! Ich weiß, dass ich mich auf ihn mehr verlassen kann als auf Erik, sonst wäre mein Ruf in der Branche seit gestern ruiniert!«

Susanna setzte sich auf das Bettsofa und rieb sich den Bauch. »Kannst du nicht mal an etwas anderes denken als an das Kino?«

»Euretwegen bleibt das Kino heute und morgen geschlossen! Aber ihr lebt ja auch nicht davon! Für euch war oder ist es eben nur ein Nebenjob. Einer, der euch nicht davon abhält, euer Leben zu leben!«

»Und selbst wenn es dein Herzenslebenswerk ist, du solltest dich davon auch nicht abhalten lassen, dein Leben zu leben! Und jetzt brauche ich einen Kaffee!«

Martha sprang auf, obwohl Susanna sich schon oft genug in dieser Wohnung selbst einen Kaffee aufgebrüht hatte.

»Ich weiß, dass ich mich gestern auch nicht richtig

verhalten habe, aber ihr und vor allem Erik hättet auch einfach mit mir reden können.«

Susanna nahm Martha den Kaffeefilter und die Tasse aus der Hand und setzte Wasser auf. »Na klar, du warst ja gestern auch sehr redewillig. Dass Erik nach deiner Aktion mit dem Popcornautomaten überhaupt noch etwas mit dir zu tun haben wollte, grenzt schon an Hollywoodkitsch!«

»Ich habe mich dafür entschuldigt. Aber nach der Feuernummer kann ich ihm endgültig nicht mehr vertrauen.« Sie öffnete den Kühlschrank, um irgendetwas zum Frühstück herauszuholen. Das Gerät, das noch vom Vormieter stammte, war im Grunde viel zu groß für ihre Wohnung. Für die vier Joghurtbecher, die halbe Gurke, die Margarine und den Käse hätte auch eine Minibar aus einem Hotelzimmer gereicht. Martha könnte eigentlich die Zeitschriften, die sich neben ihrem Sofa stapelten, hier lagern. Sie holte zwei Joghurtbecher heraus und stellte sie auf den Tisch.

»Wir können aber auch gleich auswärts frühstücken gehen«, sagte Martha, obwohl sie das insgeheim unnötig fand.

Zusammen mit ein paar Haferkeksen und einer Banane war das ja wohl mehr als ein vollwertiges Frühstück, von dem auch eine Schwangere nicht verhungern würde.

»Reicht schon. Lass uns das Geld lieber für einen Mittagsimbiss sparen. Ich würde gerne mal wieder zu unserem Chinesen gehen.«

Das warme Gefühl, das in Marthas Magen einen Moment die Oberhand über den harten Klumpen gewann, kam nicht von dem Schluck heißen Kaffee. »Ach, Susanna, es war echt schön, als du noch hier gearbeitet hast.«

Susanna nickte nur. Und wiederholte in Gedanken, dass sie absolut keinen Grund für ein schlechtes Gewissen hatte.

»Das mit Erik wird sich schon wieder einrenken. Er macht seinen Job doch echt gut. Er ist echt ein besonderer Mensch.« Susanna begutachtete die Joghurtsorten und entschied sich für Kirsch-Stracciatella. Dann riss sie den Aludeckel auf und leckte die Innenseite ab, wie sie es als Kind schon immer getan hatte.

»Mag sein. Aber er wird nicht mehr im Lichtspielhaus arbeiten.« Martha schnappte sich die Kiwi-Stachelbeer-Vanille-Variante, nahm einen Löffel und schob den Becher dann beiseite. Sie hatte einfach keinen Hunger.

»Ach komm, natürlich wird er. Und jetzt erzähl mir endlich, was gestern Nacht noch passiert ist. Ich lag hier stundenlang wach und habe mir in den schönsten Farben ausgemalt, wie ihr endlich zueinander findet. Wenn du nichts erzählst, hätte ich mich wohl besser doch hinter dem Kinovorhang versteckt.«

»Dann hättest du auch nur mitbekommen, wie Erik sich komplett lächerlich gemacht hat.«

»Wieso lächerlich? Ich fand die Idee total romantisch.«

»Kann es sein, dass du mir einreden willst, nur die Liebe könnte mich glücklich machen?«

Susanna löffelte in aller Ruhe den Joghurt aus, bevor sie antwortete: »Und kann es sein, dass du einfach Angst vor einem Happy End hast?«

»Nein, Angst habe ich keine. Ich bin nur realistisch!

Ich wünsche mir eine erwachsene Beziehung auf Augenhöhe. Ohne Illusionen und pseudoromantischem Schnickschnack!«

»Das ist nicht erwachsen, das klingt einfach nur abgeklärt und langweilig.«

»Wenn all das, was gestern passiert ist, das Gegenteil von Langeweile war, dann kann ich sehr gut darauf verzichten. Und was ich jetzt brauche, ist keinen Mann, sondern jemanden, der mit mir im Kino arbeitet, bis ich jemand Neuen gefunden habe!«

»Jetzt sag nicht, du hast Erik rausgeworfen?«

»Doch, genau das habe ich getan!«

»Er macht seinen Job doch super! So schnell findest du keinen Besseren!«

»Meine Güte, es wird bei Tausenden von Arbeitssuchenden in der Stadt wohl jemanden geben, der Kinokarten und Limo verkaufen kann!«, antwortete Martha bissig.

»Jetzt beruhige dich doch einfach die zwei Tage und fang mit ihm dann von vorne an! Er liebt das Lichtspielhaus und macht nicht nur seinen Job.«

»Hätte er nur seinen Job gemacht, dann säße ich jetzt nicht hier und wäre kurz vorm Verzweifeln! Das Lichtspielhaus ist kein Schauplatz für persönliche Beziehungsdramen, sondern in erster Linie meine Lebensgrundlage! Auch wenn es mein Traumberuf ist, ich bin darauf angewiesen, dass das Kino gut läuft. Und ja, ich könnte den Preis für das beste Programmkino mehr als gut gebrauchen! Aber nach der Nummer gestern kann ich froh sein, wenn Stefan darauf verzichtet, das Lichtspielhaus zu verreißen!«

»Aha, daher weht der Wind …«

Martha ertrug die Spur von Missbilligung kaum, die sie in Susannas Augen zu lesen glaubte. »Du meinst doch nicht allen Ernstes, ich hätte was mit Stefan angefangen, nur um den Preis zu bekommen?«

»Nein, das glaube ich nicht! Ich glaube nur, dass du langsam alles andere dem Lichtspielhaus unterordnest. Hauptsache, das Kino läuft.«

»Ja, es muss laufen. Und du könntest mir sehr helfen, wenn du ein paar Tage länger bleibst, um mich zu unterstützen, bis ich jemanden Neues gefunden habe.«

Susanna nickte und versprach, im Kino einzuspringen. Vielleicht war das die einzige Chance, Martha vor noch größeren Dummheiten zu bewahren. Was Martha jetzt brauchte, war jemand, der für sie da war, der den Kühlschrank füllte, ein paar alte *Anne auf Green Gables*-DVDs besorgte und heiße Milch mit Honig kochte.

Abgesehen von den DVDs mit *Anne auf Green Gables* brauchte Erik genau das Gleiche. Und er nahm es dankbar an, als seine Mutter nicht nur den Kindern, sondern auch ihm eine Tasse mit heißer Milch einschenkte.

Um sich davon abzulenken, dass seine Liebeserklärung gescheitert war, hatte er sich zunächst für ein paar Tage in den Schneideraum der Filmhochschule verkrochen. Warum konnte man im echten Leben keine verpatzten Szenen löschen? Und so lange schieben und kürzen, bis das Wirrwarr an unklaren Momenten zu einer perfekten Szene wurde? Warum gab es nicht auch in der Wirklichkeit diesen abgedunkelten Raum mit mehreren Monitoren, auf denen man den Film aus mehreren Perspektiven so lange anschauen konnte, bis man wusste, woran man war?

Und trotzdem hatte er die ganze Zeit an Martha denken müssen. Obwohl er wusste, dass der Empfang in dem Kellerraum der Filmhochschule schlecht war, hatte er alle zehn Minuten in der Hoffnung auf sein Handy gestarrt, sie hätte auf seine Nachrichten reagiert. Als sie sich am Abend nach ihrem Geburtstag noch nicht zurückgemeldet hatte, war er zum Lichtspielhaus gelaufen. *Wegen Krankheit geschlossen* hatte ihn ein Plakat an der Tür informiert. Nur Susannas SMS *Lass ihr Zeit* hatte ihn etwas beruhigt. Sie lebte immerhin noch. Er würde um sie kämpfen, aber das nächste Mal weniger theatralisch.

Der Dampf aus den Tassen vernebelte die Sicht auf das Brettspiel, das er mit den Zwillingen spielte. *Das verrückte Labyrinth*. Und auch im echten Leben würden sich neue Wege auftun, wenn er alte hinter sich ließ. Obwohl er den ganzen Tag mit den Zwillingen im Garten Fußball gespielt hatte, waren sie noch voller Energie.

»Bist du wegen deiner Freundin so traurig? Hat sie Schluss gemacht?«

»Wer sagt denn, dass ich traurig bin?«

»Du guckst so«, antwortete Fred.

»Und außerdem hat Oma zu Mama gesagt, dass sie dir keine doofen Fragen stellen soll.«

»Soll ich euch mal was verraten?«

Die Zwillinge nickten einig wie selten.

»Nicht zu fragen ist oft noch blöder. Hätten wir vorher mal wirklich miteinander geredet, dann säße Martha jetzt vielleicht mit uns am Tisch.«

»Liebst du sie?«, fragte Matilda.

Trotz aller Traurigkeit musste Erik fast lachen, als er die neugierige Miene seiner Mutter sah, die vorgab, die Gartenzeitschrift zu studieren, in der neue Rosenstauden angeboten wurden. Was sollte er antworten? Bei dem Gedanken daran, wie es sich wohl anfühlen würde, demnächst vor einem Haufen kritischer Zuschauer seinen Film zu präsentieren, gab er sich einen Ruck. Und sagte, was er wirklich empfand. Ohne Angst davor, albern zu wirken. Seine Familie ging ihm oft auf die Nerven, aber sie würde ihn immer auffangen, egal wie lächerlich er sich machte.

»Ja, ich liebe sie.«

Und tatsächlich huschte ein winziges Leuchten über das Gesicht seiner Mutter.

»Und sie dich auch?«, fragte Matilda, die ihr Wissen über die Liebe vor allem aus dem Verhalten von Disneyprinzessinnen zog.

»Das muss ich noch herausfinden«, antwortete er und nahm einen Schluck aus der Tasse.

»Aber wenn sie dich nicht lieben würde, dann wäre sie doch nicht deine Freundin gewesen? Es gab ja keine böse Stiefmutter, die sie dazu gezwungen hat, oder?«

»Tja, im echten Leben ist das manchmal etwas komplizierter.«

»Liebe ist immer so ein großes Wort«, mischte sich Laetitia ein, die im Türrahmen gelauscht hatte. »Ich glaube ja, dass die einzige große, ewig währende Liebe nur zu den eigenen Kindern besteht«, fuhr sie fort und setzte sich mit an den Tisch, »sonst hätte ich mein brüllendes Baby heute schon zur Adoption freigegeben!«

»Mama«, sagte Fred, »kannst du ruhig machen, Antonia nervt echt. Seit sie da ist, nimmst du uns gar nicht mehr auf den Arm.«

»Weil ihr zu schwer seid.«

»Die Liebe zu Kindern ist einfacher«, klinkte sich jetzt auch Eriks Mutter ein, »weil sie nicht so exklusiv ist. Schließlich kann man auch mehrere Kinder liebhaben. Und man stellt diese Liebe nicht infrage, nur weil die Beziehung zu ihnen nicht immer Spaß macht.«

»Wie? Ich dachte, wir waren deine ganze Erfüllung?«, sagte Laetitia nur halb im Spaß. Selbst als Mutter reagierte sie noch beleidigt, wenn ihre Eltern sie nicht zum Mittelpunkt ihres Universums machten.

»Also ohne Papa wäre ich an manchen Tagen durchgedreht. Abends allein ins Bett zu gehen, nachdem tagsüber alle was von einem wollten, stelle ich mir schrecklich vor.«

»Mama, verschone uns mit Details!«

»Keine Sorge, Laetitia. Ich meine nur, ohne jemanden, der das alles mitträgt, auch wenn es mal schlecht läuft, hätte ich nicht die Kraft gehabt, das durchzustehen. Da bewundere ich dich!«

Laetitia umklammerte ihre Tasse. »Na ja, ich habe ja euch.«

»Trotzdem, das ist nicht dasselbe.«

Einen Moment schwiegen alle einträchtig.

»Na endlich. Ich hasse es, wenn Erwachsene so tun, als spielen sie mit, quatschen die ganze Zeit aber nur!«, murrte Fred und räumte sich mal eben den Weg zur Zielkarte frei.

Liebe war echt ein großes Wort, dachte Erik, dem bewusst wurde, dass seine von ihm oft belächelten Eltern es immerhin geschafft hatten, Jahrzehnte gemeinsam durchs Leben zu gehen.

»Kann man eigentlich machen, dass einer einen liebt?«, fragte Matilda.

»Nein, Liebe passiert einfach«, seufzte Laetitia.

»Ich weiß nicht. Man kann sich wünschen, dass der andere einen auch liebt«, meinte Erik.

»Wisst ihr, wie oft ich mir das gewünscht habe?«, seufzte Eriks Schwester ein zweites Mal.

Allerdings war Laetitia sich noch nicht darüber bewusst, dass sie nie abgewartet hatte, bevor sich dieser Wunsch auch wirklich erfüllt hatte. Stattdessen hatte sie sich mehrmals direkt in eine Beziehung gestürzt, die von der anderen Seite aber noch gar nicht als solche gesehen wurde.

»Wir müssen was machen, damit sie dich wieder will«, seufzte Matilda im gleichen Tonfall wie ihre Mutter, »sollen wir ein Fest machen und sie einladen?« Ihre Kulleraugen wurden noch größer.

»Keine schlechte Idee«, antwortete Erik, obwohl er ganz genau wusste, dass das nicht funktionieren würde.

»Wann? Nächste Woche? Wir sagen ihr nix, sie kommt hierhin, und auf einmal ist alles geschmückt. Mit Kerzen und Blumen. Ein Fest für sie! Du hast doch gesagt, dass ihre Geburtstagsfeier nicht so toll war, dann feiern wir einfach noch mal!«

Erik wünschte sich so sehr, dass Matildas Glaube an

märchenhafte Lösungen nicht so schnell enttäuscht wurde. Wie konnte es mit Martha nur so weit kommen, dass sie dem Glück so misstrauisch gegenüberstand?

»Das ist eine tolle Idee. Aber erst mal muss ich das mit ihr allein hinbekommen. Und dann feiern wir zusammen. Versprochen!« Nach der Katastrophe an Marthas Geburtstag würde Erik keine Überraschung mehr inszenieren.

Auf seiner Milch hatte sich mittlerweile eine Haut gebildet, die an seinem Gaumen kleben blieb, als er den letzten Schluck aus der Tasse nahm. Er konnte sich noch gut daran erinnern, wie er als Fünfjähriger die Tasse wegen der Haut auf dem Kakao zu Boden geschmissen und gebrüllt hatte. Heute musste schon mehr passieren, damit er sich aufregte. Und jetzt würde er hundert Milchhäute auf einmal herunterschlucken, wenn er einmal Martha küssen dürfte. Wie er sie vermisste!

»Wenn keiner mehr mitmacht, dann höre ich halt auf!«, schrie Fred und erinnerte an das gemeinsame Spiel, bevor er mit der Hand einmal über das Spielfeld fegte. Die Männchen plumpsten auf den Boden, die Karten flatterten hinterher.

»Jetzt habe ich auch keine Lust mehr!«, schrie Matilda und trat ihrem Bruder ganz unromantisch vor das Schienbein. Eriks Mutter Anna las einfach weiter, schließlich war sie nur die Oma. Laetitia seufzte wieder, als verstehe sie ihre Kinder genauso wenig wie die Männer. Die Haustür öffnete sich, und Rufus flitzte hinein. Hans kam hinterher.

Rufus bellte die streitenden Kinder an, worauf sie nur noch lauter stritten.

»Was ist denn hier los?«

»Bis vor fünf Minuten war noch alles gut«, antwortete Anna und blätterte die Zeitschrift um.

»Ja klar!«, antwortete Hans nur mit ironischem Unterton und verschwand wieder aus der Küche.

Erik starrte gedankenverloren in seine leere Tasse und nahm das Chaos um sich herum gar nicht mehr wahr. Er musste Martha zurückgewinnen, schon allein, um sie glücklich zu machen! Denn sie war es nicht! Sie flüchtete sich gerade in eine Beziehung, die ihr nicht guttat. Er sah doch, dass sie kein bisschen für Stefan brannte, aber stets versuchte, in seiner Gegenwart zu glänzen. Am liebsten wäre er sofort zu ihr gefahren, hätte im Kino auf sie gewartet, ihr dort geholfen, alles dafür gegeben, nur um in ihrer Gegenwart zu sein. Aber sie hatte ihm deutlich zu verstehen gegeben, dass sie ihn im Moment nicht sehen wollte. So hatte sie es in ihrer letzten SMS wirklich formuliert: *im Moment*. An diese zwei Worte klammerte er sich fest, bedeuteten sie doch, dass dieser Moment irgendwann vorbei wäre. Hoffentlich war es dann nicht zu spät. Der Gedanke daran, wie sie mit Stefan abends in dem Café um die Ecke bei einem Wein sitzen würde, danach mit zu ihm gehen und vielleicht erst am nächsten Morgen die fünf Treppen herunterkommen würde, versetzte seinem Herzen einen Stich. Bitte, Martha, warte auf mich, dachte er. Oder warte zumindest, bis du wieder einen klaren Kopf nach dieser schrecklichen Nacht hast. Ich habe ihn immer noch nicht und weiß doch, dass ich dich liebe.

Eine warme, feuchte Zunge an seiner Hand riss ihn aus seinen Gedanken. Rufus leckte ihm tröstend über die Haut, während alle anderen im Raum wieder mit sich selbst beschäftigt waren.

Nächste Woche muss ich wieder nach Hamburg. Wir haben einen Wohnungsbesichtigungstermin. Und meine Vorsorge steht auch wieder an.« Dass sie Alex schmerzlich vermisste, behielt Susanna für sich, während sie zusammen mit Martha den Frühstückstisch in der Wohnung abdeckte. Zwei Tage hatte Susanna sich schon mal darauf einstimmen können, wie es war, sich rund um die Uhr um jemanden zu kümmern.

Martha hatte nur auf dem Sofa gelegen und dabei geheult, wenn sie über Tom, Erik, Stefan und vor allem das verlorene Baby sprach. Sie hatte aber auch geweint, wenn sie vom Kino erzählte.

»Da bin ich selbstständig mit meinem Traumberuf und kann es mir noch nicht mal leisten, zwei Wochen frei zu nehmen! Und dann immer diese Angst, dass ich es langfristig nicht halten kann! Es wäre ja nicht das erste Kino, das in Köln geschlossen würde. Nicht mal das *Broadway* hat es geschafft! Was ist da jetzt drin? Ein Esprit-Geschäft!«

Es war eine traurige Wahrheit, dass viele Hausbesitzer sich zahlungskräftigere Kunden suchten, sobald sie aus dem Pachtvertrag herauskamen. Nicht nur die *Ufa-Passage* in der Hohe Straße, einer der beliebtesten Einkaufsmeilen Europas, sondern auch das *Broadway* in der Ehrenstraße hatte für eine Filiale einer Modekette Platz machen müssen.

»Es läuft doch gut! Du wirst es schaffen. Warte mal ab, es gibt kein schöneres Kino als das Lichtspielhaus, und vielleicht gewinnst du sogar den Preis für das schönste Kino«, versuchte Susanna Martha zu trösten und reichte ihr ein weiteres Taschentuch.

»Bei dem Preis für das beste Kinoprogramm wurde ich ja die letzten Jahre immer ignoriert! Weil meine Auswahl immer zu subjektiv und doch noch zu kommerziell sei, was einfach nicht stimmt!«

Das hatte ihr Stefan zumindest mal gesteckt, obwohl er überhaupt nicht dieser Meinung sei, wie er betont hatte.

»Was für ein Kino möchtest du denn wirklich führen?« Susanna setzte sich neben ihre Freundin aufs Sofa.

»Ich weiß es nicht. Eine Zeitlang wollte ich die Leute glücklich machen, aber das schafft niemand. Dann wollte ich ihnen die Wahrheit zeigen. Die kenne ich ja noch nicht mal selbst! Am besten schmeiße ich alles hin! Ich schaffe es ja noch nicht einmal, mich selbst glücklich zu machen, geschweige denn zu verstehen, was für mich wahr ist!«

»Vielleicht solltest du die Ansprüche runterschrauben.« Susanna wusste, dass, abgesehen von Marthas privatem Kummer, nur ihre Liebe zum Kino wieder entzündet werden musste, dann würde es ihr schnell wieder besser gehen.

»Noch tiefer? Dann kann ich ja gleich ein Multiplexkino führen, in dem die Nachos teurer als die Kinokarte sind!«

»Ach was. Ich dachte zum Beispiel an den Anspruch, die Leute ihren Stress mal vergessen zu lassen. Für ein bis zwei Stunden. Und wenn es dadurch ist, dass sie sehen, dass sie mit ihrem Kummer nicht alleine sind.«

Martha seufzte und schenkte etwas von dem lauwarmen Kaffee, der noch auf dem Tisch stand, in ihre Tasse. »Vielleicht hast du recht, Susanna.«

»Lass uns doch mal wieder eine Themenwoche planen. So wie früher!«, griff Susanna den Funken Zustimmung von Martha sofort auf. »Was hältst du von einer Liebeskummerwoche? Das ist auch ein super Aufhänger für die Presse!«

»Klar, damit ich mich gleich ins Aus schieße? Die Kulturseiten reißen sich ja um solche Frauenthemen!«

»Martha, du bist eine Frau, und das ist gut so! Meinst du, in der öffentlichen Wahrnehmung wird sich was ändern, wenn selbst Frauen wie du, die Kinos führen, Verlagsprogramme zusammenstellen oder Kritiken schreiben, Frauenfilme oder -bücher immer noch in eine Ecke stellen, die nicht ernst genommen wird? Und keiner dieser Männer ist es wert, dass du dich jetzt nur noch verkriechst und dein Kino verrätst!«

»Letztens hast du noch gesagt, ich verrate die ganze Welt, weil ich mich im Kino verkrieche.« Bei dem Satz huschte immerhin ein Grinsen über Marthas Gesicht, die nun, mit angezogenen Knien und in eine Decke eingewickelt, auf dem Sofa saß, obwohl draußen schönstes Frühsommerwetter herrschte. »Er ist es nicht wert«, sagte sie dann.

»Wen meinst du jetzt? Stefan? Tom?«, fragte Susanna verwirrt.

»Alle. Oder viele. Ich meine, so könnten wir eine Reihe nennen. *Er ist es nicht wert*. Wir zeigen in einer Woche Filme, in denen Frauen so blöd waren, sich an den Falschen zu hängen, und am Ende kapieren, dass er es nicht wert war. Ich habe für die übernächste Woche *Lunchbox* bestellt. Der passt genau und ist sogar noch ein richtiger Arthouse-Film. Und wenn diese Frau es sogar in Indien schafft, sich aus einer schlechten Beziehung zu befreien, dann haben wir doch alle keine Ausrede mehr.« Der Zufall oder das Schicksal führte in dem Film dazu, dass das mit Liebe gekochte Essen nicht mehr an den Ehemann geliefert wurde (der es allerdings sowieso nicht zu schätzen wusste). Der zufällige Empfänger, ein einsamer älterer Witwer, freute sich schon an dem Duft des Currys, der die Lunchbox umgab und welches in sein Großraumbüro geliefert wurde. Der glückliche Empfänger und die unglückliche Ehefrau richteten durch die Begegnung, die nur über den Austausch von Essen und Zetteln lief, ihre Leben neu aus.

Susanna freute sich, als sie das erste Mal seit Langem dieses gewisse Leuchten in Marthas Augen entdeckte. Das Leuchten, das kein Typ auf der Welt hervorrufen konnte, sondern nur die Begeisterung für ihren Beruf. Nur in Eriks Gegenwart hatte sie ebenfalls so gestrahlt, allerdings mit einer anderen Nuance. Ruhiger. Wärmer. Dieses Strahlen hingegen, das die neue Idee verursachte, war anders. Wie ein Funke oder ein Blitz.

Martha erhob sich und schaute das erste Mal an diesem Tag aus dem Fenster. »Am liebsten würde ich noch eine Woche im Bett bleiben, aber es kann nicht sein, dass ich alles, was Pimont über Jahrzehnte aufgebaut hat, wegen Liebeskummer den Bach runter laufen lasse. Das ist kein Typ auf der Welt wert!« Martha riss den Schrank auf und holte sich neue Wäsche raus, die sie auf dem Klappstuhl vor dem Bad deponierte. »Schaffen wir es, gleich die Themenwoche zusammenzustellen? Wir können zwar nicht mehr so viel Werbung machen, aber für die Tagespresse reicht es. Und *Lunchbox* passt sowieso! Mal schauen, was ich spontan noch organisieren kann.«

Daraufhin verschwand Martha in ihrem kleinen Bad, in dem sie sich gerade so zwischen Toilette, Waschbecken und Dusche umdrehen konnte. Der Duschvorhang blieb an ihrer Haut kleben, als die ersten, heißen Strahlen auf sie niederprasselten. Sie griff zu einem Peeling und schrubbte, bis die Haut gerötet war, schäumte die Haare auf, dass ihre Hände in der weißen Masse verschwanden, und gab sich so dem Ritual hin, das in unzähligen Büchern, Filmen und, nicht zu vergessen, im echten Leben für das Reinwaschen von seelischem Schmutz galt. So banal dieses Bild auch war, es funktionierte tatsächlich ein Stück weit, selbst wenn es geradezu lächerlich war, dass ihre Bodylotion damit warb, die Laune zu heben. Dennoch cremte Martha nach der heißen Dusche ihren Körper damit ein, als sie vor dem winzigen, beschlagenen Spiegel stand. Der Zitrusduft breitete sich in der ganzen Wohnung aus, als sie in den Flur schlüpfte, um sich anzuziehen.

Zur Nachmittagsvorstellung waren Susanna und Martha wieder im Kino. Fast so wie früher. Es lief einer von Marthas liebsten Jugendfilmen, der einige Grüppchen von Mädchen angelockt hatte. *Easy A – einfach zu haben* mit der umwerfenden Emma Stone, die in dem Film nach ein paar albernen Spielen, die ihr das Stigma

»männermordend« eintragen, an ihrer Highschool einer Hexenjagd ausgeliefert ist.

Als Martha fünf kichernden und aufwendig gestylten Mädchen die Kinokarten vor dem Saal abriss, hätte sie ihnen am liebsten noch den Tipp gegeben, dass sie sich vor den Jungs in Acht nehmen sollten! Alle klammerten sich an je einer Limonade fest. Sie hatten an der Theke minutenlang über die Auswahl diskutiert und sich dann für fünf verschiedene Sorten entschieden, damit jede einmal jede Geschmacksrichtung probieren konnte. Den beiden Pärchen, die in Marthas Augen gerade erst die Geschlechtsreife erreicht hatten, hätte sie am liebsten zugeraunt, dass sie die Augen lieber auf der Leinwand gehalten lassen und später rumknutschen sollten.

Martha war klar, dass der Appell ohnehin nutzlos verpufft wäre, also hielt sie sich wenigstens eisern an ihren eigenen Vorsatz: Nachrichten von Erik für immer ignorieren (und es waren heute schon fünf gewesen). Nachrichten von Stefan diese Woche ignorieren und dann mal überlegen (auf seinen Wunsch nach einem klärenden Gespräch hin hatte sie immerhin zurückgetippt, dass sie sich melden würde, wenn sie so weit sei).

Als Martha den Film startete und beobachtete, wie es im Saal still wurde, wurde ihr wieder bewusst, dass das Lichtspielhaus der Ort war, an den sie gehörte. Er war wie ein Mauseloch, das die Maus vor der gefährlichen Welt bewahrte und ihr trotzdem mehr Geschichten bot, als die Wirklichkeit es je konnte. Ob Geraldine noch lebte? Oder hatte sie die Freiheit längst mit einem tödlichen Katzenbiss in den Mausenacken bezahlt? Wie es Max wohl ging? Er hatte die Maus, die ihm so wichtig gewesen war, wahrscheinlich längst vergessen. Eigentlich würde sie ganz gerne noch mal mit Eva einen Kaffee trinken. Bei dem Gedanken an Max' Mutter kam Martha eine Idee. Hatte Eva nicht erzählt, dass sie vor ihrer Elternzeit in einer Eventagentur gearbeitet hatte?

»Was machst du eigentlich mit dem Popcornautomaten?«, wurde sie von Susanna aus ihren Gedanken gerissen, als sie die Tür des Vorführraums hinter sich zugezogen hatte, um Susanna im Foyer zu helfen.

»Ich weiß nicht. Auch auf Ebay verkaufen?«

Seit der Automat die Abstellkammer versperrte, stapelten sich auf ihm allerlei Sachen, für die sich sonst kein Platz mehr fand.

»Vielleicht sollten wir ihn reparieren lassen und doch benutzen?«

»Auf gar keinen Fall! Ich habe nur noch keine Zeit gefunden, das Mistding loszuwerden.«

Sie setzten sich beide auf einen Sessel im Foyer, und Martha holte ihren Notizblock aus der Tasche, damit sie ihre Themenwochen planen konnten.

»Wenn du ihn nur loswerden willst, dann stell ihn an die Straße. Ich wette, bis heute Abend wäre er weg.«

Dieser Gedanke machte Martha aus unerfindlichen Gründen noch mehr Angst. Was wäre, wenn er in die falschen Hände kam? Dieser Automat hatte einmal ihrem Kino gute Dienste erwiesen. Nun konnte sie ihn doch nicht einfach vor die Tür stellen. Dass sie ihn aber in einer Unbeherrschtheit zerstört hatte, ließ sie außen vor.

»Geh doch endlich mal dran!«

»Was meinst du?«

»Na, an dein Handy!«, sagte Susanna fast genervt. »Deine Strickjacke leuchtet. Übrigens schon das dritte Mal heute.«

Martha hatte ihr Handy zwar auf stumm geschaltet, aber wenn es klingelte, leuchtete es natürlich auch durch die Maschen hindurch.

»Wird schon nicht so wichtig sein.«

»Das kannst du erst wissen, wenn du drangehst. Was ist, wenn jemand schon auf deine Stellenanzeige antwortet?«

»Ich habe geschrieben, dass ich nur auf aussagekräftige Bewerbungen per Mail reagiere. Die kann ich heute Abend in Ruhe sortieren.«

Dennoch fischte Martha das Handy aus der Tasche, um nachzusehen. Erik hatte angerufen, schon zum dritten Mal heute. Er wusste doch ganz genau, dass sie um diese Zeit immer im Kino war und auch schon früher ihr Handy auf stumm geschaltet hatte, das erwartete sie von ihren Besuchern schließlich auch.

»Warum gibst du ihm keine Chance?« Susanna beugte sich zu ihr herüber und übte sich schon einmal im Aufsetzen des mütterlichen Blicks.

»Weil das nicht gut gehen würde! Ich war gerade dabei, wieder zur Ruhe zu kommen und Tom endgültig hinter mir zu lassen, da wirbelt Erik mein ganzes Leben durcheinander. Er bringt mir kein Glück. Er bringt nur Chaos.«

»Ich finde, ihr saht beide glücklich aus, wenn ich euch zusammen gesehen habe.«

»Selbst wenn, warum sollte ich ihm Hoffnungen

machen, obwohl wir niemals zusammenpassen würden? Selbst wenn ich mich darauf einlassen würde, endet es irgendwann in einer Katastrophe. Er macht einen auf große Liebe und hat nach allem, was ich mitbekommen habe, kaum Ahnung von Beziehungen. Das kann nur schiefgehen.«

»Vielleicht hat er nicht viel Erfahrung, aber er glaubt an die Liebe!«

»Wahrscheinlich genau deshalb! Es gibt Beziehungen, aber Liebe? Was ist schon Liebe? Eine Hormonexplosion?«

»Sag das mal den Zuschauern der Hollywoodromanzen!«

»Erstens zeige ich so gut wie keine, zweitens hören die nach dem Happy End ja nicht ohne Grund auf. Ich meine, die Filme zeigen ja auch nicht, wie das Festmahl nachher in der Toilette landet!«

Das war noch so ein Grund für Martha, das Kino dem echten Leben vorzuziehen. Kino hatte etwas vom ewigen Leben, die Vergänglichkeit wurde ausgeblendet und nur das Wichtigste in den Fokus gerückt. Selbst Tod und Hässlichkeit verwandelten sich in etwas Künstliches. Martha würde zwar nicht so weit gehen zu behaupten, der Sinn der Wirklichkeit bestehe nur darin, Inspiration für Filme zu liefern, aber sie konnte jeden verstehen, der lieber auf der Leinwand Tausende vollkommene Abenteuer erlebte als selbst nur drei halbherzige.

Während Susanna das Kino betreute, nutzte Martha die Gelegenheit, um die Mitarbeiterfrage zu klären.

Ein paar Bewerber hatten schon per Mail auf ihre Anzeige geantwortet, aber zunächst wollte sie ihrer spontanen Eingebung folgen und klingelte bei Eva, die ja glücklicherweise in der Nachbarschaft wohnte.

Auf das Summen hin drückte sie die Tür auf und lief die Treppen hoch. Hinter der Wohnungstür im ersten Stock war Geschrei zu hören.

»Gib mir das sofort wieder!« Martha erkannte die Stimme von Max, der wohl gegen seine brüllende Schwester anschrie.

»Meine Güte, jetzt lass sie doch damit spielen! Du hast das Duplo drei Jahre nicht mehr angeschaut!«, hörte sie durch die Tür.

Martha klingelte noch einmal. Die Wohnungstür öffnete sich, und Eva stand mit ihrer Tochter Lena auf dem Arm, die siegesgewiss ein Duplopferd umklammerte, im Türrahmen.

»Oh, hallo, Martha. Entschuldigung, so geht es bei uns nicht immer zu«, sagte Eva und stolperte fast über ein paar Duplos, als sie einen Schritt zur Seite rückte, um Martha hereinzulassen.

»Na, dann bin ich ja beruhigt.« Kein guter Einstieg, wie es Evas Miene zu entnehmen war, dachte Martha, obwohl sie ihre Bemerkung nicht böse gemeint hatte.

»So ist das halt mit Kindern.« Sie zuckte mit den Achseln. »Was gibt es? Hat Max diesmal eine Ratte angeschleppt?«

Selbst in den ausgewaschenen Jeans, dem ausgeleierten T-Shirt und den zwei verschiedenen Socken an den Füßen wirkte Eva noch wie die Herrin der Lage. Genau so jemanden brauchte Martha.

»Nein, diesmal geht es um etwas ganz anderes. Du kannst natürlich nein sagen, aber bitte überlege es dir wenigstens kurz.«

»Wenn ich weiß, um was es geht, gerne.«

Anscheinend waren die Kinder genauso neugierig. Ohne weiter zu quengeln, starrten sie Martha an.

»Ich hatte die spontane Idee, dich zu fragen …« Sie hielt inne. Wie dämlich musste sie sich anhören? Jedenfalls nicht wie eine selbstständige Kinobetreiberin, außerdem beruhte ihre Entscheidung rein auf Sympathie und Intuition. Gut, dass Eva um die Ecke wohnte und manchmal ihre Arbeit in der Eventagentur vermisste, hatte auch eine Rolle gespielt.

»Willst du erst mal einen Kaffee?«

»Gerne.«

»Schau dich nicht um, ich wusste nicht, dass Besuch kommt. Aber keine Sorge, so sieht es nicht immer aus«, wiederholte Eva sich.

»Na, dann bin ich ja beruhigt«, rutschte es Martha zum zweiten Mal heraus.

Einen Moment schaute Eva, als würde sie Martha gleich wieder rausschmeißen. Stattdessen fing sie an zu lachen, und Martha konnte nicht anders, als mit einzustimmen.

»Ist nicht mehr ganz heiß, schmeckt aber hoffentlich noch«, sagte Eva schließlich, als sie die Thermoskanne mit Kaffee und zwei Tassen auf den Tisch stellte. »Es wäre eh ungesund gewesen, sie alleine leer zu trinken. Milch oder Zucker?«

»Milch, bitte.«

Max und seine Schwester beäugten Martha immer

noch, als hätte ihnen jemand erzählt, dass sie gar kein Mensch, sondern ein Vampir sei.

»Weißt du, ob die Maus noch lebt?«, fragte Max schließlich.

»Bestimmt. Im Park gibt es kaum Katzen. Die haben viel zu viel Angst vor den Hunden und ihren Herrchen. Und die Hunde interessieren sich nicht für die Mäuse.«

Max' Blick entspannte sich.

»Jetzt mach es nicht so spannend. Was gibt es?« Eva stellte eine Packung Milch neben Marthas Tasse.

»Ich wollte dich fragen, ob du Lust auf einen Job in meinem Kino hast.« Eva sah sie fragend an, also fuhr Martha fort: »Ich weiß, du bist wahrscheinlich völlig überqualifiziert. Aber ich dachte nur, so übergangsweise.«

»Und was sollte ich da machen?«

»Na ja, was so ansteht, Karten verkaufen, Getränke ausschenken …« Martha gab sich einen Ruck. »Aber ich würde mich auch sehr über Unterstützung bei der Pressearbeit freuen. Damit kennst du dich doch aus, und ich habe das bisher eher so nebenbei gemacht.«

»Wie kommst du auf mich?«, fragte Eva und versuchte dabei ein Strahlen zu unterdrücken, aber ihre Mundwinkel und Augen verrieten sie.

»Na ja, du hast doch gesagt, dass du auf der Suche nach einer Übergangslösung bist. Nachmittags und abends sind die Kinder versorgt, das Kino liegt nebenan.«

»Ist nur die Frage, ob mein Mann begeistert ist, wenn ich ihm die Kinder aufs Auge drücke, sobald er nach Hause kommt.«

Evas Mann war Lehrer, sodass er nachmittags meist frei hatte, zumindest wenn er nicht gerade Klausuren korrigierte.

»Es wäre auch nicht jeden Tag. Ich suche langfristig auf jeden Fall noch jemanden, damit es nicht gleich ein Problem gibt, wenn mal einer krank ist.«

»Weißt du was? Ich bin dabei!«

Martha hatte das Gefühl, dass das nicht nur der Beginn einer wundervollen Zusammenarbeit, sondern auch einer wunderbaren Freundschaft sein könnte.

»Danke! Ich freue mich«, sie umarmte Eva spontan, was sonst auch nicht ihre Art war. Aber es fühlte sich einfach gut an, wieder ein Stück mehr die Regisseurin des eigenen Lebens zu sein, statt sich in der Groteske mit zwei Männern weiter zum Affen zu machen. Es ging wieder bergauf! Irgendwann würde der Schmerz vergehen, von dem sie noch nicht mal genau wusste, wer sein Hauptverursacher war.

Der Schmerz trat immer öfter in den Hintergrund, doch so ganz gab er noch nicht auf, im Gegensatz zu Erik, der keine Nachrichten mehr schickte, um Martha um eine Aussprache zu bitten. Susanna hatte ihren Freund die Wohnung allein besichtigen lassen und den Termin bei der Frauenärztin um eine Woche verschoben. Es ging ihr wunderbar, und so frei und unbeschwert wie jetzt würde sie schon bald nicht mehr sein. Warum sollte sie dann nicht noch ein paar Tage länger bei Martha bleiben? Noch einmal die Nächte durchquatschen, morgens ausschlafen, im Kino mithelfen?

Die Themenwoche *Er ist es nicht wert* wurde ausgerechnet durch die bekannteste Boulevardzeitung der Stadt publik gemacht, in der eine Journalistin über Liebeskummer berichtete und wie man ihn im Lichtspielhaus vergessen könnte. Das Lichtspielhaus war so gut besucht und das Publikum bunter wie nie zuvor. Es war so viel los gewesen, dass Eva schon bei der Einarbeitung mehr zu tun hatte als Martha und Susanna zu den stressigsten Zeiten. Die Gäste waren glücklich. Nur bei einer Frage wurden sie enttäuscht: »Gibt es auch Popcorn?«

Martha war froh, dass Eva und Susanna gefühlte tausendmal bedauernd verneinten. Sonst hätte sie den Gästen noch einen Vortrag darüber gehalten, dass Popcorn nur was für Multiplexkinos war.

In diese Kerbe schlug auch Stefan, der sich heute Vormittag das erste Mal nach dem unangenehmen Vorfall wieder blicken ließ. Nach dem Rummel der letzten Tage genoss auch Martha die Ruhe, die bei einer Pressevorführung in der Regel herrschte.

»Das Lichtspielhaus in Kölns auflagenstärkster Boulevardzeitung! Das sind ja ungeahnte Tiefen, die sich in letzter Zeit bei dir auftun«, begrüßte er Martha kurz vor Beginn der Vorführung, die heute sehr mäßig besucht war. Kein Wunder, draußen schien die Sonne, und viele Freiberufler saßen lieber mit ihrem Laptop in einem Biergarten als im dunklen Kino. Er küsste sie rechts und links auf die Wange, als sei nichts gewesen. Martha war es sehr recht, dass Stefan zu dem peinlichen Vorfall an ihrem Geburtstag schwieg wie ein Gentleman. Auch Susanna umarmte er überschwänglich, bevor er Eva die Hand reichte. Es war nicht zu übersehen, dass er sie grandios fand. Kein Wunder, dachte Martha, selbst ich hätte nicht gedacht, dass sie so toll aussieht, wenn sie sich auch nur einen Hauch schminkt und coole Klamotten anzieht. Sie sah aus, als mache es ihr einen Riesenspaß, mal wieder zur Arbeit zu gehen – selbst wenn die darin bestand, vor allem Kaffee auszuschenken. Komisch, eigentlich müsste ich doch eifersüchtig sein, dachte Martha, während sie Eva und Stefan einander vorstellte.

»Eva ist jetzt mit im Team, halte dich gut mit ihr, sonst gibt es nur noch kalten Kaffee für dich«, scherzte Martha etwas gezwungen.

»Och, bei dem schönen Wetter hätte ich auch nichts gegen einen guten Eiskaffee.« Er stützte seine Ellbogen auf der Theke ab, sodass sein Kopf in seinen Händen lag, und schaute Eva treuherzig an. Martha registrierte, wie sie ein paar Zentimeter zurückwich und Martha einen fragenden Blick zuwarf. Ob Martha gleich klarstellen sollte, dass Eva in festen Händen war?

»Ach, Stefan, charmant wie eh und je! Nett, dass du mal wieder vorbeischaust, ich habe deine ironischen Sprüche schon vermisst!«

»Und ich habe dich vermisst«, antwortete Stefan, bevor er mit einem süffisanten Grinsen fortfuhr: »Ich muss schon sagen, eine ganze Seite in der Zeitung neben den News aus der Promiwelt! Nicht dass du nächste Woche wieder Popcorn verkaufst!«

Susanna schaute nervös zwischen Stefan und Martha hin und her. Würde das Thema bei Martha die Wunden wieder aufreißen? Doch Martha lächelte nur. »Und wenn schon? Was wäre daran so schlimm?«

»Na ja, du machst doch kein Popcornkino, oder?«

»Wenn es meine Besucher glücklich macht?«, antwortete Martha mehr aus Provokation als aus Überzeugung.

»Ich dachte, du möchtest einfach nur gute Filme zeigen?«

»Vielleicht sollten gute Filme auch glücklich machen?«

»Es gibt auch Leute, die glücklich sind, wenn sie bei McDonald's essen, oder?« Dann ließ er seinen Blick noch mal über Susanna und Eva schweifen. »Bei deinem Team stelle ich jedenfalls eine große Qualitätsverbesserung fest. Was ist mit Erik? Ist der etwa mit dem Kino abgebrannt?«

Martha schaute sich um, ob ihnen noch jemand zuhörte. Stefan hüllte sich doch nicht komplett in vornehmes Schweigen. Eva schaute schon ganz irritiert, kein Wunder, da sie von der Vorgeschichte ja nichts wusste.

»Ach, Stefan, hast du dir denn gar keine Sorgen gemacht, dass *ich* mit dem Kino abgebrannt sein könnte?«

»Wenn es wirklich gebrannt hätte, hätte ich das spätestens am nächsten Morgen im Pressespiegel gelesen. Das Einzige, was an diesem Abend gebrannt hat, war wohl das Hirn des filmschaffenden Barista. Gibt es ihn noch?«

»Klar gibt es den noch, der ist jetzt damit beschäftigt, seinen Film fertig zu stellen. Da bleibt keine Zeit für einen Nebenjob!« Es fühlte sich für Martha richtig an, Erik vor Stefans Spott zu schützen, selbst wenn ihre Antwort die Wahrheit mehr als beschönigte.

»Und gibt es ihn noch in deinem Leben?«

Bevor Martha eine falsche Antwort geben konnte, stellte Susanna sich dazwischen. »Wir müssen den Film pünktlich starten, da die nächste Pressevorführung in einem anderen Kino stattfindet. Du schaust dir den anderen Film doch sicher auch an, Stefan?«

Stefan schaute auf die Uhr. »Ist doch noch früh, und drüben starten sie auch immer später.«

»Trotzdem. Martha, kommst du eben mit? Ich habe das so lange nicht mehr gemacht, dass ich etwas Hilfe brauche.« Susanna zog Martha einfach mit sich und schloss die Tür im Vorführraum.

»Was soll das denn jetzt? Du weißt doch genau, wie das geht!« In dem Raum konnten gerade zwei Leute sitzen. Wenn Martha hier mit jemandem eingesperrt wäre, müsste sie ihn schon sehr mögen.

»Aber du weißt anscheinend nicht, wie das mit den Männern geht! Ich habe dich nur davor bewahrt, Stefan Hoffnungen zu machen, indem du behauptest, Erik spiele keine Rolle mehr in deinem Leben!«

»Tut er auch nicht!«

Sie hörten, wie sich die Tür des Kinosaals öffnete. Susanna schaute durch die Luke und sah, wie Stefan den kleinen Pulk anführte.

»Ach klar!«, widersprach Susanna.

»Ja! Und außerdem darf Stefan sich Hoffnungen machen«, flüsterte Martha mit verschränkten Armen.

»Er liebt dich nicht genug!«

»Hör doch auf! Ich weiß nicht, was ihr alle für einen überhöhten Anspruch an die Liebe habt! Damit kann man nur scheitern. Stefan und ich mögen uns sehr. Und wir liegen auf einer Wellenlänge.«

»Genau, ihr zieht euch gegenseitig runter. Aber das macht die Sache natürlich einfacher. Ohne Fallhöhe, keine Enttäuschung.«

Da es im Saal immer unruhiger wurde, startete Susanna routiniert mit ein paar Handgriffen den Film, anschließend setzten sie sich auf die kleine Bank in dem Räumchen.

»Susanna, es rührt mich wirklich, dass du dir Sorgen um mich machst, aber das brauchst du nicht. Vielleicht musste ich einmal so ausrasten, um die ganze Geschichte mit Tom endgültig hinter mir zu lassen. Und es hat gewirkt. Die Wut ist weg.«

»Ja, ich weiß, wo sie ist. Bei Erik. Ist ja auch einfacher, sauer auf ihn zu sein. Er hat doch gar nichts Schlimmes gemacht, ganz im Gegenteil! Ich hätte die ganze Aktion sehr romantisch gefunden.«

»Ich hasse es, wenn jemand mit mir spielt. Egal wie. Erik hat den Fehler gemacht, dass er im echten Leben Regisseur spielen wollte. Das funktioniert bei mir nicht. Ich möchte selbst das Drehbuch schreiben und nicht nur Schauspielerin sein.«

Dann schwiegen sie und lauschten dem Ton des Films, der in dem kleinen Kämmerchen nur gedämpft zu hören war.

Noch bevor die Pressevorführung zu Ende war, konnte Martha sich selbst beweisen oder sich auch nur einreden, dass sie ein ganz neuer Mensch geworden war. Einer, der vor Problemen nicht mehr wegrannte. Sie hatte die Auftritte und Nachrichten von Agathe in der letzten Zeit erfolgreich verdrängt, doch bei Evas Frage kam ihr die merkwürdige alte Frau wieder in den Sinn.

»Und was ist, wenn ich hier alleine bin und irgendein Verrückter oder Einbrecher kommt rein?«

Die drei Frauen saßen an einem Tisch im Foyer und besprachen die Zusammenarbeit, während im Kino der Film lief.

»Als Erstes deine Haut retten!«, antwortete Martha und erzählte von dem Überfall, doch Agathe erwähnte sie nicht. Die hatte schließlich nur sie selbst im Visier. Und als könne allein der Gedanke an diese Frau mit den langen, grauen Haaren und dem stechenden Blick ihr Erscheinen heraufbeschwören, öffnete sich die Tür, und sie kam herein. Langsam schritt sie auf die drei Frauen zu und starrte sie an.

»Einen Kamillentee, bitte.«

Eva sprang sofort auf, um einen Tee zu machen.

Susanna hatte zwar von der Verrückten gehört, war sich aber nicht sicher, ob es sich dabei um diese Frau handelte, die durchaus etwas Aristokratisches an sich hatte. Allerdings war sie durch Marthas angespannten Gesichtsausdruck alarmiert.

»Wir haben für den normalen Betrieb gerade nicht geöffnet. Das öffentliche Programm fängt erst heute Nachmittag an. Möchten Sie eine Karte für später kaufen?«, versuchte es Susanna freundlich.

»Nein, ich gehe grundsätzlich nicht ins Kino.«

Martha zwang sich, in Agathes Richtung zu blicken, was ihr schwerer fiel, als zwei Gegenpole eines Magneten zusammenzubringen. Eva schaute Martha fragend an und hielt den Teebeutel hoch. Martha nickte.

Susanna lachte auf, aber es klang nicht echt. »Sie sind in einem Kino!«

»Aber nicht, um mir einen Film anzuschauen.«

Eva stellte die Tasse auf dem Nebentisch ab. Im Gegensatz zu sonst hatte sie keinen Keks mit auf die Untertasse gelegt. Obwohl sie nicht genau wusste, um was es ging, spürte sie, dass diese Frau nicht länger als nötig hierbleiben sollte.

»Und was wollen Sie dann?«, überwand sich Martha zu fragen. Schließlich wollte sie auch Susanna beweisen, dass sie mit schwierigen Situationen jetzt besser umgehen konnte.

Agathe setzte sich, schüttete drei Löffel Zucker in den Tee und rührte ihn langsam um. »Oh, und das fragen Sie mich erst jetzt?« Sie schaffte es, den Tee zu schlürfen und gleichzeitig Martha im Blick zu behalten. »Ich an Ihrer Stelle hätte schon aus Neugier längst gefragt.«

»Es interessiert mich nur aus einem Grund. Ich möchte, dass Ihre unheimlichen Andeutungen aufhören«, sagte Martha, so fest sie konnte.

»Oh, mache ich Ihnen etwa Angst?«

Susanna öffnete den Mund, doch Martha schüttelte unmerklich den Kopf. »Jetzt nicht mehr. Sagen Sie, was Sie wollen!«

Agathe stand auf und wanderte im Kino umher. Strich mit den Fingern über die gerahmten Bilder mit den Autogrammen von Romy Schneider und Marlene Dietrich. »Tja, die haben von ihrem Ruhm jetzt auch nichts mehr.«

»Ganz im Gegenteil. Sie sind unsterblich geworden«, konterte Martha und stand ebenfalls auf.

Die Situation wurde nun noch dadurch erschwert, dass der Film zu Ende war und sowohl Stefan als auch die übrigen Besucher nach und nach ins Foyer kamen und noch Kaffee orderten. Vielleicht vereinfachte es die Situation aber auch, da Susanna und Eva nun beschäftigt waren, ganz egal wie gerne sie die Szene weiter konzentriert verfolgt hätten.

»Agathe, was wollen Sie?«

»Das holen, was mir gehört!«

Sie war verrückt, eindeutig, dachte Martha. Nur nicht provozieren. Sie konnte sich nicht noch eine Blamage vor Stefan erlauben, der mit überkreuzten Beinen an der Wand lehnte und so schaute, als habe er alle Zeit der Welt, um auf Martha zu warten.

»Und was ist das?«

»Dieses Bild zum Beispiel. Ein ähnliches hat bei Ebay drei Monatsmieten erzielt. Als gealterte Schauspielerin muss man eben schauen, wie man nicht in die Armut abrutscht.«

Kam Martha Agathes Gesicht deshalb so bekannt vor? Sie konnte sich zwar an keinen Film mit ihr erinnern, aber ihre großen Rollen mussten wohl schon ein paar Jahre zurückliegen.

»Und warum sollte dieses Bild Ihnen gehören? Ich habe es von dem Vorbesitzer übernommen.«

Jetzt sah Agathe sie so triumphierend an, als stünde sie gerade auf der Bühne kurz vor dem Abschlussapplaus. »Eben. Bertol Pimont war mein Vater.«

Diese Nachricht ragte vor Martha auf wie ein Eisberg, von dem sie nicht wusste, ob sie ihn umschiffen konnte.

War ihre Existenz in Gefahr? Martha musste sich zusammenreißen, als sie Agathe antwortete: »Kommen Sie mit in den Kinosaal. Erklären Sie mir die Sache dort.«

Auch wenn Martha nach wie vor den Verstand dieser Frau infrage stellte, zweifelte sie keinen Moment daran, dass sie die Wahrheit sagte. Deren Gesichtszüge waren ihr deshalb so bekannt vorgekommen, weil sie Martha an den Menschen erinnerten, den sie so bewunderte. Aber er hatte nie etwas von einer Familie erzählt, nicht einmal bei seiner Beerdigung war ein Familienmitglied anwesend gewesen! Und jetzt, wenn sie Geld brauchte, tauchte sie aus heiterem Himmel auf? Pimont hatte Martha tatsächlich in seinem Testament das komplette Kinoinventar und etwas Geld vermacht, das sie direkt ins Kino investiert hatte. Die Räumlichkeiten waren nur gemietet. Ihr wirkliches Eigentum waren also nur die Andenken wie die Autogramme oder das alte Vorführgerät. Natürlich bestand das Inventar wie die Sessel auch noch aus Originalen, und die Theke war damals von einem gefragten Schreinermeister gezimmert worden. Martha überschlug, wie viel das alles wert war und ob sie Agathe ihren Pflichtteil überhaupt auszahlen konnte. Das Ergebnis, das sie in der Kürze der Zeit überschlug, war nicht sehr ermutigend.

Als Martha mit Agathe an Stefan vorbeikam, hielt er sie sanft am Arm fest. »Sehen wir uns gleich noch? Ich würde den zweiten Film gerne schwänzen. Gemeinsame Mittagspause?«

»Ich weiß es noch nicht. Ich habe erst mal eine Besprechung.«

Stefan schaute zwar irritiert auf die ältere Frau, nickte aber nur. »Okay, ruf mich an. Ich bin in der Gegend«, sagte er und schaute Martha so lange hinterher, bis sie die Tür des Kinosaals hinter sich zugezogen hatte.

Setzen Sie sich«, sagte Martha zu Agathe, die es sich am äußersten Rand in der letzten Reihe bequem machte – als würde es in der Mitte des Raumes nach faulen Eiern stinken. Tat es nicht, allerhöchstens nach den Ausdünstungen von Menschen, die etwas geschwitzt und vorher geraucht hatten. Mit der Arbeitsbeleuchtung wirkte der Saal ernüchternd, als sei die Zeit für Geschichten nun endgültig vorbei.

Martha setzte sich eine Reihe weiter direkt vor Agathe, um sich nicht an ihr vorbeiquetschen zu müssen.

»Dann erzählen Sie doch mal.«

Der affektierte Blick aus Agathes Gesicht verschwand. Sie hatte die Bühne verlassen, auf der sie in Marthas Gegenwart immer die Rolle der angsteinflößenden Verrückten gespielt hatte.

»Ich weiß es selbst noch nicht so lange. Letztes Jahr habe ich endlich den Mut gefunden, den Nachlass meiner Mutter zu sortieren, unter anderem stieß ich auf eine Kiste voller Zeitungsartikel über sie. Meine Mutter war auch Schauspielerin, Theaterschauspielerin. Einen Mann hatte sie nicht, jedenfalls nie einen geheiratet. Aber mich hatte sie. Aus irgendeiner Affäre, die ihr nichts bedeutete. Das hatte sie zeitlebens behauptet. Wenn ich nachfragte, wer mein Vater sei, antwortete sie nur, dass sie sich kaum noch an seinen Namen erinnere. Ich ging also davon aus, dass es irgendein verheirateter Mann war, der ohnehin nicht zu mir stehen würde. Also hörte ich auf zu fragen.«

Martha hatte sich schon in der Wohnung ihrer Eltern allein gefühlt, selbst in der Zeit, in der sie noch zusammen gewesen waren. Grau war die Farbe ihrer Kindheit gewesen, ein Grau, das manchmal ins Beige wechselte. Es hatte ihr an nichts gefehlt, es gab keine größeren Verletzungen, aber es gab auch keine Euphorie, nichts Grelles und Lautes, weder im Schlechten noch im Guten. Nicht so wie bei Erik. In seiner Familie nervte die eine Hälfte die andere, aber sie liebten sich. Sie lebten auf eine Art und Weise, in der Filme oder andere kreative Produkte nicht zur Flucht-, sondern zur Ausdrucksmöglichkeit wurden. Bei dem Gedanken an Erik musste sie unfreiwillig lächeln, was Agathe verwundert aufschauen ließ.

»Entschuldigen Sie. Wie ging es weiter?«

Agathe strich die üppige graue Mähne zurück und leuchtete mit ihrem Handy in ihre große Tasche. Sie musste dennoch lange wühlen, bis sie den Brief ihres Vaters gefunden hatte.

»Hier.« Sie schmiss den Umschlag geradezu vor Marthas Füße. Martha erkannte sofort die Handschrift ihres Vorgängers und hatte sein gütiges und verschmitztes Lächeln vor Augen. Konnte so einer sein Kind verleugnen?

»Ich möchte ihn nicht lesen. Sagen Sie mir, was darin steht«, sagte Martha, bückte sich und gab Agathe den Brief zurück.

Die Saaltür öffnete sich, durch einen Spalt kam Licht herein, und dann war Susannas Stimme zu hören.

»Alles okay, Martha?« Susanna warf ihr einen Blick zu, der besagte, dass sie sofort eingreifen würde, falls Agathe ihr was antun würde. Martha nickte, und Susanna schloss die Tür wieder hinter sich.

»Soll ich ihn vorlesen?«, fragte Agathe.

Martha schüttelte den Kopf. Zum einen war ihr das zu intim, zum anderen schmerzte es, dass Bertol Pimont Jahre nach seinem Tod die Stufen von seinem Sockel herabstieg. Über Privates hatten sie nie gesprochen. Für Martha war klar, dass sein Privatleben für ihn keine Rolle spielte. Das Kino war sein Kloster gewesen und er der Abt. Nur dass er wohl kaum enthaltsam gelebt hatte, wie Agathe bewies.

»Na gut. Um es kurz zu machen: Als meine Mutter ihm mitteilte, dass sie schwanger sei, hat er geantwortet, dass es nicht von ihm sein könne. Er habe als Kind Mumps gehabt. Und sie solle nicht versuchen, ihn auf diese Weise an sich zu binden. Es wäre doch von Anfang an klar gewesen, dass es für keinen etwas Ernstes war. Vaterschaftstests gab es zu dieser Zeit noch nicht. Nicht mal ins Gesicht gesagt hat er es ihr, sondern nur diesen Brief geschrieben.«

Agathe holte noch ein paar vergilbte Schwarz-Weiß-Fotos aus ihrer Tasche und hielt sie Martha hin. »Sie hat es zwar nicht über das Herz gebracht, die Fotos von ihm wegzuschmeißen, aber sie hat … das sehen Sie ja selbst.« Das folgende Gelächter klang wieder so hysterisch, dass Martha Angst hatte, Agathe könne doch verrückt sein. So wie ihre Mutter – oder war es normal, dass man die Bilder des Exlovers mit Eselsschwanzkrakeleien und Ohren und Pupswolken versah, die aus dem ehemals knackigen Hintern aufstiegen? Martha schaute auf das Bild des jungen, ziemlich gutaussehenden Bertol Pimont, der durch die Verzierungen mit schwarzem Edding lächerlich gemacht worden war. Als sie an Tom dachte, erschien das Verhalten von Agathes Mutter mehr als normal. Es hatte eben jeder eine andere Art, die Gespenster der Vergangenheit loszuwerden.

»Und ich schaffe es nicht mal, diese Bilder wegzuschmeißen.« Agathe ließ sich in den Sitz sinken.

»Ich kannte ihn nur von seiner guten Seite«, entgegnete Martha matt.

»Ich halte mich immer daran fest, dass er wirklich glaubte, zeugungsunfähig zu sein. Vielleicht war er selbst in seinem Stolz verletzt, er muss ja geglaubt haben, meine Mutter hätte neben dieser bedeutungslosen Affäre weitere Männer zur gleichen Zeit gehabt. Aber selbst wenn? Er hätte mich doch nur einmal ansehen müssen, dann hätte er die Wahrheit gewusst!«

»Die Wahrheit ist manchmal schwer auszuhalten.« Martha fragte sich, welche Wahrheit sie damit für sich meinte. Bertol Pimont war so etwas wie ihr geistiger Vater gewesen. Nun fühlte sie sich ein ganzes Stück verwaist. »Wie kann ich Ihnen helfen, Agathe?«

»Tja, nun habe ich das Erbe meiner Mutter aufgebraucht, kaum noch Engagements, wird also Zeit, dass ich mir von meinem Vater hole, was mir zusteht.« Als Martha nicht reagierte, fuhr sie fort: »Ich würde das nicht machen, wenn mir das Wasser nicht bis zum Hals stünde.«

Martha zwang sich, ruhig zu atmen. Das hier war eine schreckliche Situation. Eine, die die Vergangenheit auf einmal in ein anderes Licht rückte. Sie war sich so sicher gewesen, einfach nur das Vermächtnis eines wunderbaren Mannes fortzuführen. Doch nun durfte sie auch seine Fehler mittragen. Nein, sie sollte dafür büßen! Er hatte ihr damals überraschend 80 000 Euro Startkapital vermacht, Geld, das schon lange aufgebraucht war. Allein die Umstellung auf die digitale Vorführtechnik hatte den Großteil verschlungen. Die Andenken und das Inventar aus dem Kino zu veräußern wäre, als reiße man dem Lichtspielhaus das Herz heraus!

»Sie wissen, dass das Gebäude nur gepachtet ist. Und das Geld, dass Ihr Vater mir vermacht hat, war an Investitionen ins Kino gebunden.«

»Ach komm, Schätzchen. Wenn wir das Ganze über einen Anwalt laufen lassen, könnte es teuer werden. Immerhin ist das Lichtspielhaus schon eine Marke.«

Auf einmal war es Martha, als würde es unangenehm kalt in dem nahezu leeren Kinosaal. Da sah sie es wieder in Agathes Augen. Das Wahnsinnige. Oder war es nur die Angst um die eigene Existenz, die Martha spürte? Sie hatte das Gefühl, dass sie den Fehler ihres Vorgängers wiedergutmachen müsste, wenn sie das Kino je unbeschwert weiterführen wollte.

»Wie viel wollen Sie?«

»10 000. Dann unterschreibe ich Ihnen, dass wir quitt sind.«

Würde ein Kredit in der Höhe ihr Kino in ernsthafte Schwierigkeiten bringen?, fragte sich Martha und verschränkte die Hände ineinander, als wäre ihr eiskalt. Es war geradezu unheimlich, dass diese Summe dem üblichen Pflichtteil ziemlich nahekam. Jedenfalls glaubte sie das. »Lassen Sie mir etwas Zeit. Ich werde Sie nicht hängen lassen.«

Das würde Martha schon für sich selbst nicht tun. Jetzt, wo sie schon den schlimmsten Schatten aus der Vergangenheit losgeworden war, würde sie nicht zulassen, dass ein fremder Schatten ihr Leben belastete.

Darf ich euch zwei Stunden alleine lassen? Ich muss dringend mit Stefan reden.« Martha sah Agathe nach, wie sie das Kino verließ, ohne sich noch einmal umzudrehen.

Susanna und Eva saßen beide mit einem Milchkaffee auf der Couch und sahen aus, als unterhielten sie sich bestens.

Susanna rückte ein Stück. »Warum nicht mit uns? Setz dich! Wir möchten auch wissen, was die Frau von dir wollte!«

»Ich erzähle es euch, aber jetzt habe ich das dringende Bedürfnis, mal weg von hier zu kommen! Bitte!«

Als gute Freundin stellte Susanna nur Fragen, wenn diese auch gewünscht waren. Sie rückte wieder in die andere Richtung, seufzte und sagte: »Dann geh schon, wir kommen klar!«

»Danke! Ihr seid die Besten!«

Eva schaute Martha hinterher. Sie hatte sich den Einstieg ins Arbeitsleben irgendwie ernster und seriöser vorgestellt. Gut, das Vorstellungsgespräch und die Jobbeschreibung passten auch nicht zu XING, LinkedIn und Co, aber das hier war ja fast wie *Sex in the City*, nur ohne Sex.

Keine fünfzehn Minuten später flanierte Martha mit Stefan durch den Park. Nachdem sie »Stadtgarten. 14.00 Uhr?« in ihr Handy getippt hatte, war Stefan sofort einverstanden mit ihrem Vorschlag. Unzählige Grüppchen saßen auf der Wiese, das Café war voll, und die dicksten Bäume wurden von Großstadtschamanen umarmt.

»Es ist das erste Mal, dass wir uns draußen treffen!«, bemerkte Stefan.

»Ich musste mal an die frische Luft.« So weit, dass sie einen Baum umarmen würde, würde sie jedoch nie gehen. Solche Leute machten ihr Angst. Womöglich sahen die auch noch eine schwarze Aura, wenn sie Leuten wie Martha begegneten. Ach was, Schwarz passte ja nicht, Grau war doch ihre Farbe!

»Sag schon, was war das gerade für eine Besprechung?«

Martha war Stefan dankbar, dass er nicht mit ihrer Beziehung anfing. Als hätten sie stillschweigend vereinbart, dass sie nicht darüber sprachen, wobei sie das letzte Mal unterbrochen worden waren.

»Eine Besprechung, deren Ergebnis mich in den Ruin treiben könnte.«

»Dafür siehst du aber gelassen aus.«

»Das sieht nur so aus. Sollen wir uns setzen?«

Sie setzten sich auf eine der wenigen freien Bänke, und Martha fasste das Gespräch zusammen.

»Verrückt«, antwortete Stefan und fuhr fort: »Mir war schon immer klar, dass der alte Pimont ein Schwerenöter war. Ich meine, wer kann schon ein leeres Kino für heimliche Rendezvous bieten? Früher mussten doch selbst die Teenager im Kino knutschen, weil sie zu

Hause nicht die Zimmertür hinter sich schließen durften!«

»Du findest es nicht schlimm, dass er sein Kind verleugnet hat?«

»Unter anderen Umständen, aber ich bitte dich! Es waren die Sechziger! Freie Liebe und so. Wenn die Mutter dieser Agathe Sex mit ihm hatte, dann hätte sie eben selbst die Verantwortung übernehmen müssen. Die Behauptung, er habe als Kind mal dicke Backen gehabt, reicht doch keiner halbwegs intelligenten Frau als Verhütungsmethode.«

»Trotzdem habe ich das Gefühl, ich sollte ihr das Geld geben.« Martha scharrte mit den Fußspitzen auf dem Kies zu ihren Füßen.

»Jetzt bist du verrückt! Ganz ohne Anwalt, ohne Beweise? Die Frau käme damit niemals vor Gericht durch! Mach dir mal keine Sorgen. Du brauchst erst mal gar nichts zu machen!«

Warum hinterließen Stefans Worte, die sie beruhigen sollten, so ein schales Gefühl? Gut, er ergriff Partei für sie und wollte ihr die Angst nehmen, aber er wurde kein bisschen ihrem wirklichen Bedürfnis gerecht. Sie wünschte sich, wenigstens einen Teil der Schuld wiedergutzumachen, die der Mann auf sich geladen hatte, dem sie so viel verdankte.

»Ich mochte Agathe nicht, aber jetzt kann ich sie etwas verstehen. Und ich habe keine Minute daran gezweifelt, dass sie die Wahrheit sagt.«

»Trotzdem, es ist eine Wahrheit, die sie schwer beweisen kann. Oder aus der sie zumindest keine Forderungen stellen kann. Das Geld von Pimont war an das

Kino gebunden. Du hast dich ja nicht persönlich bereichert.«

»Nein, aber das Kino war mein Leben!«

»War?«

»Es wird immer Teil meines Lebens sein. Aber es soll nicht mehr der einzige sein. Auch wenn ich meine Arbeit liebe, möchte ich doch mal so etwas wie ein Privatleben haben.«

Sie starrten beide eine Weile geradeaus wie zwei Menschen, die zwar offen für eine Neuentdeckung waren, aber erst mal nichts mit ihrer Freiheit anfangen konnten.

Hätte Stefan gefragt, was denn nun ein wichtiger Teil ihres Lebens werden sollte, wäre es vielleicht zu einem Kuss gekommen, doch stattdessen meinte er: »Wie gesagt, sie kann dir nichts. Lass dich doch von dem Anwalt vertreten, der dich damals bei der Übernahme beraten hat. Ich meine, du führst eins der besten Programmkinos der Stadt!«

Martha überging, dass er eines der besten gesagt hatte, nicht das beste. Ob er bei seiner Juryarbeit zur Überzeugung gelangt war, dass das Lichtspielhaus gar nicht so besonders war, wie er immer beteuert hatte? Oder hatte diese Erkenntnis etwas damit zu tun, dass sie ihm nicht mehr im verklärten Licht erschien? Was kein Wunder war nach dem Auftritt in ihrer Geburtstagsnacht, auch wenn Erik daran schuld gewesen war. Sie konnte froh sein, wenn die Erinnerung daran mit der Zeit bei Stefan verblasste.

»Du kannst doch jetzt nicht zulassen, dass jemand dein Lebenswerk zerstört!«

Martha lachte bitter auf. »Mein Lebenswerk? Möchtest du mir vielleicht schon einen Sarg bestellen? Ich bin gerade dreißig!«

»Hattest du denn noch etwas anderes vor, als das Kino zur Perfektion zu bringen?« Jetzt schaute er ihr tief in die Augen.

Martha wich seinem Blick aus. »Nein, bisher hatte ich nichts anderes vor.«

Ein Pärchen lief Hand in Hand an ihnen vorbei. Die Frau, die über einen opulenten Hintern verfügte, wurde von ihrem Begleiter mit schütterem Haar so liebevoll angestrahlt, dass Martha neidisch wurde. Beide erschienen auf den ersten Blick so unperfekt und waren augenscheinlich glücklich mit sich. Schönheit lag im Auge des Betrachters. Wenn dem so war, konnte Martha sich abrackern, wie sie wollte. Wenn die Menschen um sie herum nicht das Besondere in ihr und ihrem Werk sahen, konnte es genauso gut nichts sein. Nein, das stimmte nicht. Sie musste dahin kommen, sich selbst mit liebevolleren Augen zu betrachten.

»Stefan, es läuft gerade ziemlich gut im Kino. Wir haben die letzte Woche so viel eingespielt wie lange nicht mehr. Vielleicht schaffe ich es, sie auszubezahlen.«

»Martha, ich verstehe dich nicht. Auf der einen Seite bist du die toughe Geschäftsfrau und unbestechliche Filmkennerin, aber dann lässt du dich durch so einen unseriösen Auftritt aus der Ruhe bringen? Ich würde nur zahlen, wenn ich rechtlich dazu gezwungen würde!«

Stefan starrte dem Paar ebenfalls hinterher. Martha registrierte seinen abschätzigen Blick nicht.

»Oder möchtest du das Kino in die Pleite treiben?

Vielleicht versuchst du gerade unterbewusst dein Kino loszuwerden. Vielleicht brauchst du aber auch einfach mal Urlaub.«

Martha schüttelte den Kopf. Das wäre ja wie bei Frauen, die ihren Mann umbrachten. Sie hatte mal gelesen, dass nahezu alle Frauen, die ihren Mann getötet hatten, es als einzige Möglichkeit ansahen, einer schrecklichen Beziehung zu entkommen. Stefan hielt sie doch nicht wirklich für so gestört, dass sie das Kino erst in den Ruin treiben musste, bevor sie sich ein Privatleben gönnte?

»Meine Ex hat sich damals auch zu viel zugemutet und hat ein paar Wochen mit Burnout in der Psychiatrie verbracht. Das ist ja nichts, wofür man sich zu schämen braucht. Schließlich trifft es ja immer nur Leute, die vorher Feuer und Flamme für ihre Mission waren.«

Martha nickte und schwankte zwischen der Anerkennung der neuen Vertraulichkeit zwischen ihnen und dem Gefühl, dass sie da Dinge hörte, von denen sie nichts wissen wollte. War sie etwa eifersüchtig? Ärgerte sie der Gedanke, dass er vielleicht einer anderen Frau irgendwann einmal von seiner Ex namens Martha private Dinge erzählen würde? Wollte sie irgendwann seine Ex sein? Und wenn nicht, weil sie nicht mit ihm zusammen sein wollte? Oder weil sie nie aufhören wollte, mit ihm zusammen zu sein?

»Stefan, als du deine Frau geheiratet hast, dachtest du da, es sei für immer?«

Sein Blick wurde weicher, beinahe zärtlich. »Natürlich haben wir uns bei der Hochzeit keine Gedanken über eine Trennung gemacht.«

»Und wie ist es dann dazu gekommen?«

»Der Lauf der Dinge halt. Irgendwann verliert sich die große Leidenschaft. Jeder hatte sein Leben, die Schnittmenge wurde immer kleiner. Vielleicht wäre es anders ausgegangen, wenn wir gemeinsam Kinder bekommen hätten. Obwohl, wenn ich mich in meinem Umfeld so umsehe, hält das auch kein Paar zwangsläufig zusammen.«

Die Sonne kitzelte Marthas Nase. Sie spürte, wie ihre Haut sich rötete. So selten, wie sie ungeschützt in der Sonne saß, so schnell bekam sie einen Sonnenbrand. »Aber was hält eine Beziehung zusammen?«

»Ich weiß es nicht. Gemeinsame Interessen? Die Entscheidung, füreinander da zu sein? Es gibt einfach keine Garantien.«

»Aber warum machen sich dann alle Hoffnungen? Warum lieben die Menschen Filme, in denen es um ewige Liebe gegen alle Widerstände geht?«, fragte Martha, obwohl sie solchen Filmen am wenigsten traute.

»Ich fürchte, die meisten Menschen brauchen Illusionen, um das Leben zu ertragen.«

»Aber was ist, wenn diese Wünsche Wirklichkeit werden könnten?« Martha drehte sich zu Stefan und sah ihn fast bittend an. Sollte er ihr doch die Antwort geben. Nicht nur auf die Frage nach der Liebe im Allgemeinen, sondern auch im Besonderen. Wenn er jetzt sagen würde: ›Lass mich dein Freund sein. Lass uns zueinander gehören und uns gegenseitig vor der anstrengenden Welt beschützen‹, dann hätte sie sich vielleicht darauf eingelassen. Sie war die Kämpfe und die Einsamkeit der letzten Jahre so satt.

»Das Einzige, was wir haben, ist dieser Moment«, sagte Stefan.

Sie war es so satt, dass sie sogar mit diesem einen Moment zufrieden war. Und Stefan sah sie mit diesem Blick an, der mehr versprach, wenigstens einen Kuss. Das fühlte sich doch irgendwie gut an. Warum küsste er sie dann nicht auch?

»Und was machen wir mit diesem Moment?«, fragte sie.

Der »Gleich-küss-ich-dich«-Blick erlosch und wich einem »Rette-mich-die-verletzte-Seele«-Blick. Stefan rückte von Martha ab und saß stocksteif auf der Bank. Er hätte jetzt auch trotz gesunder Beine einen Gehstock, Hut und Schnäuzer tragen können, so altmodisch erschien Martha seine Körperhaltung.

»An deinem Geburtstag hätte ich es noch gewusst. Also bevor Erik seine alberne Aktion gebracht hat.«

»Und jetzt?«, fragte Martha unsicher nach. Warum erschien er ihr auf einmal so viel begehrenswerter? Ausgerechnet in dem Moment, in dem ihr klar wurde, dass er nicht so einfach zu haben war?

»Jetzt brauche ich ebenfalls etwas Zeit, um meine Gefühle zu sortieren.«

Obwohl Martha ja selbst nichts anderes tat, als ihre Gefühle von einer Schublade in die andere zu schieben und sich dabei auch noch ständig die Finger einklemmte, tat ihr Stefans Antwort weh. Was wäre, wenn Erik sie nicht gestört hätte? Wären sie dann ein Paar? Vielleicht sogar ein glückliches? Sie legte ihre Hand auf seine.

»Das verstehe ich. Ich habe es dir nicht gerade einfach gemacht. Ist es dir lieber, wenn wir uns nicht mehr sehen?«

»Nein, natürlich nicht! Ich liebe es, mich mit dir zu treffen!«

So wie er den Latte macchiato im Kino mochte? So wie er es liebte, sich im vergnüglichen Elend eines Woody-Allen-Films zu suhlen?, fragte sich Martha.

Kommst du ohne mich klar?«

Martha und Susanna standen am Hauptbahnhof an dem Gleis, der sich fast direkt neben dem Kölner Dom befand. Was hier wohl gestanden hatte, als die Kathedrale noch jung war? Eine Pferdekutschenhaltestelle? Und was würde hier stehen, wenn Martha und ihre Freundin uralt wären? Eine Haltestelle, an der man sich mit einem Knopfdruck in eine andere Metropole beamen konnte? Vielleicht befand sich dann hier aber auch nur ein Trümmerfeld.

»Klar komme ich zurecht! Muss ich doch auch, oder?«

»Ach, Martha, ich wünschte, Hamburg und Köln lägen nebeneinander«, seufzte Susanna.

»Vielleicht tun sie das irgendwann. Bis dahin werde ich es mit Eva schon schaffen. Es gibt übrigens noch mehr Bewerber, die bald zum Vorstellungsgespräch kommen. Alle über die Jobbörse und nicht durch einen Zettel im Imbiss.«

Der Zug fuhr so laut quietschend ein, dass Martha kaum verstand, wie Susanna antwortete: »Also ich mochte Erik!«

So konnte Martha den Satz einfach übergehen. Ihr

Blick blieb auf Susannas Bauch hängen, der sich wölbte, als hätte sie eine halbe Wassermelone umgeschnallt. Und sie konnte sich mit Susanna darüber freuen, dass sie mittlerweile schon die Tritte und auch mal ein Füßchen spürte, ohne an ihre Fehlgeburt denken zu müssen. Es war ihr, als hätte sich ihr ungeborenes Baby aus einer bedrückenden Zwischenwelt verabschiedet und wäre nun wieder frei.

»Passt gut auf euch auf!« Sie umarmte ihre Freundin zum Abschied, trug ihr den Koffer die Stufen hoch in den Zug und sprang aus dem Waggon, bevor die Deutsche Bahn sie nach Hamburg entführen konnte.

»Komm mich doch auch mal ein paar Tage besuchen«, rief Susanna aus der Tür heraus.

»Du weißt doch, dass ich schlecht weg kann.«

»Ja, ja, das Kino brennt ab, wenn du mal drei Tage weg bist!«

»Ist doch vor Kurzem erst fast passiert!«, rief Martha lachend zurück. Die Türen schlossen sich, ein Pfiff und der Zug setzte sich in Bewegung. Erst träge und dann immer schneller. Warum zog es so viele Menschen fort? Sie konnten sich selbst ja doch nicht entkommen, dachte Martha.

»Einen Euro für was zu essen, schönes Fräulein?«

Ein alter Mann mit drei prallen Plastiktüten, einer Knollennase und Bierfahne riss Martha aus ihren Gedanken. Als er den zahnlosen Mund öffnete, war Martha klar, dass es keinen Sinn machte, ihm ein knuspriges Brötchen an dem Stand in der Mitte des Gleises zu kaufen, in dem eine junge Frau lustlos auf ihrem Handy tippte.

Selbst wenn der Alte sein Geld für die nächste Flasche Bier ausgab, ging es ihm weiterhin dreckig. Und Bier hatte auch Nährwert. Sie würde einen Alkoholiker auch nicht mit einer Kanne grünem Tee heilen. Martha kramte in ihrer Jeanstasche und fand 50 Cent. Obwohl es nur die Hälfte war, strahlte er über das ganze Gesicht.

»Danke, schönes Fräulein, ist heute echt mein Glückstag! Bist schon der Hundertste, der mir was gibt!«

»Gern geschehen«, antwortete sie knapp und hastete weiter.

»Hey, warum guckste dann so verkniffen?«, rief er ihr hinterher.

Und warum guckst du so gut gelaunt, obwohl du echt mies dran bist?, dachte sie, sagte aber nichts. Das störte den Mann nicht weiter. Als Martha sich umdrehte, sprach er schon mit den nächsten *schönen Fräuleins*. Die beiden jungen Frauen trugen prall gefüllte Tüten, ihre Shoppingbeute, mit sich und zückten ihre Geldbörsen.

Wer fragte, bekam. Fragte Martha einfach viel zu wenig nach dem, was sie sich wünschte? Oder hatte sie es irgendwann aufgegeben, weil sie sich nicht ständig eine Abfuhr holen wollte? Nein, Martha traf die Erkenntnis wie ein Stromschlag. Sie wollte stark sein. Jemanden um Hilfe zu bitten war schwach. Susanna musste sie nie groß bitten, weil sie von ganz allein erkannte, was Martha brauchte. Ganz im Gegensatz zu den Männern in ihrem bisherigen Leben. Obwohl, wenn sie an Erik dachte … Wie er ihr einmal, ohne dass sie gefragt hatte, im Kino einen heißen Tee mit Zitrone gebracht hatte, als sie sich an einem nasskalten Tag wer weiß wie oft die Nase putzen musste. Tom hatte spätestens beim dritten Schnäuzen gesagt, sie solle gefälligst leiser krank sein. Dass er dabei immer gelacht hatte, machte die Aufforderung immer noch nicht witzig.

Nach Susannas Abreise stürzte Martha sich erst mal wieder in die Arbeit. Eva hatte sich die letzten Wochen gut eingearbeitet, Susanna und Martha telefonierten jetzt wieder viel öfter, und Martha überlegte, welche Punkte sie in ihrem Leben endlich angehen wollte. Das Thema Männer genoss keine Priorität. Gut, die Männer in Marthas Leben waren nie wirklich böse gewesen, sondern einfach nur schwach. Entscheidungsschwach, bindungsschwach, zu schwach, um zu dem Mist zu stehen, den sie angerichtet hatten. Zu schwach für sie. Martha kam es so vor, als wäre eine Welt ohne Männer in den Hauptrollen einfacher. Und sie schien nicht die Einzige mit dieser Meinung zu sein. Ihre neue Themenwoche »Frauen unter sich« lockte wieder unzählige Besucherinnen an. Die Vorstellung von *Antonias Welt*, einem feministischen Klassiker aus den Niederlanden, in dem die Titelfigur am Tage ihres Todes auf das Leben von fünf Frauengenerationen zurückblickt, war schon wieder bis auf den letzten Platz besetzt. Antonia übernimmt nach dem Tod ihres Mannes mit ihrer Tochter den elterlichen Hof in einem Dorf, in dem sie als schwarzes Schaf gilt. Unbeirrt kämpft sie auch für andere Menschen für Gerechtigkeit und bietet einer Wahlfamilie auf ihrem Hof Schutz und Freundschaft.

Es war beileibe keine leichte Unterhaltung, und

doch kamen so viele Besucher, darunter Töchter an der Seite ihrer Mütter, die den Film schon vor zwanzig Jahren im Kino gesehen hatten, eine Lehrerin mit ihrem gesamten Psychologieleistungskurs und auch einige Frauen, die nur für sich eine Kinokarte kauften. Allein ins Kino zu gehen war in Marthas Augen ohnehin oft das Beste, wenn man einen Film genießen wollte, ohne sich von der Begleitung beeinflussen zu lassen.

Eva kam kaum hinterher, die Getränke auszugeben, so lang war die Schlange bei ihr. Martha verkaufte gerade die letzte Karte. Auf der Theke lagen hübsche Gewinnspielkarten, die Eva entworfen hatte. Jeder Gast, der sich für den Newsletter eintrug und schrieb, wie er auf das Lichtspielhaus aufmerksam geworden war, konnte einmal im Monat zwei Karten plus zwei Getränke gewinnen.

Martha hatte ihre Facebookseite bisher eher halbherzig geführt und den Newsletter fast nur an Kritiker und Journalisten verschickt. Doch seit Eva auch das Marketing mitbetreute, stieg auch virtuell die Anzahl der Fans, die zu einem Teil augenscheinlich auch ins Kino fanden.

»Puh, ich wüsste nicht, was ich ohne dich machen würde!«

Als Martha den Film gestartet hatte, ließ sie sich auf einen der Sessel sinken. Sie mussten mehr Sitzgelegenheiten aufstellen, wenn es so weiterging.

»Ich weiß nicht, was ich ohne dich machen würde. Ich liebe diesen Job jetzt schon! Und wenn ich gleich nach Hause komme, hat mein Mann die Kinder schon ins Bett gebracht.« Eva lächelte in sich hinein, als hätte dieser Umstand noch zu mehr guten Veränderungen geführt.

»Wie läuft es denn mit den beiden Studentinnen?«, blieb Martha auf der praktischen Ebene, obwohl sich die Beziehung zu Eva immer freundschaftlicher anfühlte.

»Gut!«, bestätigte Eva. Sie arbeitete mittlerweile ein paar Stunden im Homeoffice und kümmerte sich um viele Marketingaufgaben, da sie nicht mehr als zwei bis drei Abende von zu Hause weg sein wollte. Aber diese verbleibenden Tage mit Eva waren Martha die liebsten. Die beiden Studentinnen machten einen guten Job, mehr aber auch nicht.

Eva stellte die offenen Flaschen hinter der Theke in den Kühlschrank und holte einen Stapel Post aus einer Ecke hervor. »Ach, ehe ich es vergesse. Die hat der Postbote mir heute Nachmittag persönlich in die Hand gedrückt, weil ein Einschreiben dabei war.«

Bei dem Wort Einschreiben zuckte Martha zusammen. Post vom Anwalt, der darauf bestand, das Erbe schätzen zu lassen? Oder einfach eine Erinnerungsnachricht von Agathe?

Hastig riss sie den Stapel an sich und schaute die Briefe durch. Das Einschreiben war vom Vermieter. Mit klopfendem Herz öffnete sie den Brief.

»Alles in Ordnung?«

»Nur eine Mieterhöhung, aber im Rahmen.« Erleichtert ließ sie den Brief sinken, wobei auch alle anderen von ihrem Schoß auf den Boden rutschten. Eva beugte sich hinunter, um Martha zu helfen, die Umschläge einzusammeln.

»Oh, was für ein hübscher Umschlag!« Eva reichte Martha den grünen Umschlag, der handschriftlich beschrieben war.

Sie drehte ihn um, um den Absender zu entziffern. Erik. Martha riss den Umschlag so hastig auf, dass sie beinahe die Karte zerstört hätte, die darin lag. Auf der Außenseite war das Plakat von Eriks Film zu sehen, das Martha allerdings schon kannte (sie würde niemals zugeben, dass sie hin und wieder nach Erik googelte, um zu sehen, ob es mit dem Film voranging). Auf dem Bild war der Garten zu sehen sowie die wahnsinnig attraktive Hauptdarstellerin Lisa alias Mary. Warum konnte sie nicht auch so eine Verwandlung durchleben wie Collin oder Mary in dem *Geheimen Garten*? Sie widmete sich wieder der Einladung:

Der geheime Garten
von
Erik Sonntag

Herzliche Einladung zur Premiere in Anwesenheit der Hauptdarsteller und des Filmteams.

Na toll! Fehlte nur noch der Hinweis, dass sie sich für Interviews mit den Stars akkreditieren lassen sollte. So lange Martha auch suchte, sie fand keinerlei persönliche Nachricht auf dieser Einladung. Diese Karte hatten wahrscheinlich viele bekommen. Die Premiere fand in dem größten Kino der Stadt statt. Das bedeutete also, dass immer noch dutzende Plätze verlost oder unter den Journalisten verteilt wurden, damit sie ihren

Anhang mitnehmen konnten. Andererseits war das Kino bestimmt voll, wenn die ganze Verwandtschaft von Erik anreiste! Die ließen sich das bestimmt nicht entgehen, ihren Sohn, Bruder oder was auch immer auf der Bühne zu sehen.

»Oh, von dem Film habe ich schon gehört! Die Hauptdarstellerin ist toll«, jubelte Eva fast, doch als sie Marthas Miene sah, wurde ihr Lächeln zurückhaltender. »Kein gutes Thema?«

»Genau. Das ist der Film deines Vorgängers.«

Sie schwiegen einen Moment.

»Martha, ich habe nicht vor, einen eigenen Film zu machen. Für mich ist der Job viel mehr als eine Übergangslösung.«

»Ich weiß«, sie seufzte. Eigentlich war es unfair, Eva nicht aufzuklären. »Nicht der Film ist daran schuld, dass er gegangen ist. Es gab sozusagen private Verwicklungen.«

»Oh, verstehe. Wirst du trotzdem hingehen?«

»Mal sehen, ist ja noch etwas hin. Wer weiß, was bis dahin noch alles passiert.«

Warum schickte er ihr überhaupt eine Einladung? Um zu zeigen, was sie verpasst hatte? Seine Anrufbemühungen hatte er schon länger eingestellt.

»Wenn du gehst, halte ich mir den Abend gerne frei und übernehme das Kino.«

Martha nickte. Warum ließ dieser Brief den Kloß im Hals, der auf Traubengröße geschrumpft war, wieder anschwellen, als platze er gleich? Erik war ein Träumer. Einer, der mit Sicherheit längst von einer anderen träumte. Sein Liebesgeständnis bewies ja nichts anderes als Unreife. Es war unvernünftig und irrational. Er kannte sie doch überhaupt nicht. Fast wünschte sie sich, er wäre mittlerweile mit einer anderen Frau glücklich. Sie war schließlich auch recht zufrieden mit Stefan. Gut, sie waren nicht wirklich zusammen, trafen sich aber immer öfter und konnten dabei stundenlang über aktuelle Filme diskutieren, eine viel befriedigendere Leidenschaft, weil sie nämlich auch fortwähren würde, wenn die Hormone sich längst verabschiedet hatten.

»Du kannst dir nicht vorstellen, für wessen Premiere ich Karten ergattert habe.«

Bei dem eifersüchtigen Blitzen in Stefans Augen konnte Martha sich das sehr wohl vorstellen. Stefan hatte sie überredet, den freien Vormittag mit ihm am Baggersee zu verbringen. Der Sommer neigte sich dem Ende zu, aber es war so heiß, dass es dort selbst am Vormittag unerwartet voll war. Stefan hatte ein Handtuch unter einem Baum ausgebreitet, auf dem sie nun zusammen saßen. Eine Gruppe Mütter mit Kleinkindern war damit beschäftigt, ihre Kinder davon abzuhalten, tiefer als bis zu den Knien ins Wasser zu gehen. Ein kleiner Junge in nassem T-Shirt und Shorts fing an zu schreien, als seine Mutter ihn an Land zog.

»Leon, du kommst sofort raus!«

Ein älteres Mädchen, das lieber mit dem Handy spielte, als zu planschen, sah kurz auf und fing an zu lachen, als sie den zornigen Jungen sah. »Hast du dir vor Angst vor dem weißen Hai in die Hose gepisst?«

»Nein, du blöde Kuh!«

»Hört sofort auf zu streiten!«, schrie die Mutter und versuchte, die Blicke ihrer beiden Begleiterinnen zu ignorieren.

»Bin ich froh, dass ich keine Kinder habe!«, seufzte Stefan.

Von hinten kam wieder die Stimme des Mädchens.

»Selber Arschloch!«

Der Junge nahm eine Hand voll Matsch vom Boden und warf sie in die Richtung seiner Schwester, traf allerdings Stefan an der Schulter. Martha konnte nicht anders, als zu lachen.

»Ich hasse Kinder«, meinte Stefan, konnte sich ein Grinsen aber nicht verkneifen.

»Ich hätte gern einen Bruder gehabt. Und mit dem hätte ich gespielt und nicht gestritten. Du weißt gar nicht, wie langweilig ein Leben als Einzelkind ist. Vor allem im Urlaub und am Wochenende.«

Stefan wischte sich angeekelt die Matsche weg, die modderig roch. Das Pipi der Schwimmer war wahrscheinlich noch das geringste Übel aus dem grünen Loch. »Und du machst dir Illusionen über Geschwister. Meine nerven mich heute noch.«

»Wann lerne ich deine Familie mal kennen?«

»So spät wie möglich!«, rutschte ihm die Antwort raus.

Martha musste an Erik denken, dessen Familie sie kennen gelernt hatte, obwohl noch gar nichts zwischen ihnen war. Ein ordentlicher Vertrauensbeweis.

»Weil ich so schlimm bin oder weil sie es sind?«

»Du bist super! Aber Familie ist halt Familie. Meine Mutter trifft sich heute noch mit meiner Ex zum Kaffee und lästert wahrscheinlich mit ihr darüber, was ich doch für ein verzogenes, anstrengendes Kind bin.«

»Ich glaube, meine Mutter kann sich nicht mal den Namen meines Exfreundes merken, weil sie sich nie für ihn interessiert hat.«

»Siehst du, es ist besser, die Familie außen vor zu lassen. Bevor ich nicht das Aufgebot für meine Hochzeit bestelle, bleiben meine Eltern in meinen Beziehungen außen vor.«

Als Martha den Gesichtsausdruck der Mutter von Leon registrierte, als Leon auch noch die offene Kaffeekanne umkippte, deren Inhalt sich in Tupperschalen ergoss, die mit Rohkost gefüllt waren, sehnte sie sich auch nicht gerade nach Familie, weder nach einer eigenen noch nach der Herkunftsfamilie. Dennoch störte sie Stefans ablehnende Haltung.

»Stefan, wir waren bei einem ganz anderen Thema hängen geblieben. Für welche Premiere hast du Karten?«

»Für Eriks Film. Eine Freundin von mir, die für ein Kinomagazin schreibt, kann an dem Tag nicht und hat mir ihre Karte angeboten. Sie meinte, aus der Hauptdarstellerin würde mal was werden. Kann ich mir vorstellen, die ist echt heiß.«

Und das aus dem Mund eines Mannes, der trotz Schatten schon einen leichten Sonnenbrand auf den nackten Schultern hatte, dachte Martha und versuchte das Ziehen im Bauch zu ignorieren. Da würde er sich die sensiblen Schreiberfinger aber ziemlich verbrennen.

»Ich denke mal, du hast keine Lust, dort hinzugehen, oder? Ich meine, wenn du nicht mal seine Nachrichten beantwortest, möchtest du doch bestimmt nicht den ganzen Abend in seiner Nähe verbringen.«

Sie musste ihm recht geben, aber die Vorstellung, Stefan könnte allein dort hingehen, ertrug sie aus verschiedenen Gründen noch weniger. Gut, Erik war ein Idiot, aber ein so naiver, dass es noch zu einer Schlacht Schaf gegen Wolf käme.

»Wir können ja zusammen hingehen«, schlug sie vor und legte ihre Hand auf seine Schulter.

»Au, tut das weh!«

Sie zuckte zurück.

»Ich habe mir wohl einen Sonnenbrand geholt. Leg sie gerne woanders hin.«

Das tat sie auch, allerdings auf ihrem eigenen Schoß.

»Wenn du mitmöchtest, ich kann bestimmt noch was organisieren.«

»Brauchst du nicht. Ich habe selbst eine Einladung bekommen.«

»Und da sagst du mir nichts?« Er küsste sie auf ihre Haare und strich diese dann aus dem Gesicht.

»Weil ich noch nicht wusste, ob ich ihr folgen soll.«

»Komm, lass uns zusammen hingehen. Das wird bestimmt ein amüsanter Abend. Und deine neuen Mitarbeiterinnen schmeißen das Kino schon alleine. Für einen Abend. Erik ist ja dann so beschäftigt, dass er keinen Mist bauen kann.«

Da war sich Martha nicht ganz sicher, aber sie nickte nur.

Soll ich dich abholen?«, raunte Stefans Stimme in Marthas Ohr.

Martha hatte die Haare hochgesteckt und eine Gesichtsmaske für strahlende Haut aufgelegt. Die Augen, die inmitten der roséfarbenen Creme herausschauten, strahlten weniger. Das Handy klemmte zwischen Schulter und Ohr.

»Nein, ich komme selbst.«

»Es wäre kein Problem. Nur ein Umweg von zehn Minuten.«

»Trotzdem. Ich werde wahrscheinlich knapp dran sein, bin noch nicht mal angezogen.«

Das stimmte zwar, aber der wahre Grund war, dass sie es unpassend fand, mit Stefan gemeinsam über den roten Teppich zu schreiten. Den rollte das Multiplexkino, in dem die Premiere stattfand, bei jeder Premiere aus, sodass sich selbst Schauspieler aus Buxtehude vorkamen wie Emma Watson und George Clooney. Nicht auszudenken, wie Erik sich fühlen würde, wenn sie in ihrem kleinen Schwarzen eingehakt bei Stefan an der Filmcrew vorbeistolzierte. Und die Stilettos ließen ihr keine andere Wahl, als zu stolzieren. Oder doch lieber die Ballerinas? Ach, warum sollte sie sich verstecken? Neben den ganzen Schauspielern und ihren Fans an Eriks Seite dürfte sie kaum auffallen. Da musste sie sich nicht noch zusätzlich klein machen. Andererseits hätte sie sich gerne unsichtbar gemacht. Sie wollte einfach nur Eriks Film sehen, ihm wünschen, dass die Zuschauer begeistert sind, dass er seinen Traum leben konnte, dass es ihm gut ging. Sie wünschte ihm so sehr das Beste trotz allem, was zwischen ihnen passiert war, dass es ihr weh tat. Gleichzeitig schmerzte es sie, dass sie ihm durch ihre Zurückweisung weh getan hatte.

Die Angst, an diesem Abend alles noch schlimmer zu machen, schnürte ihr die Kehle zu.

»Wir können auch zusammen zu spät kommen.«

Sie atmete tief durch. Die Gesichtsmaske bekam Risse. »Stefan, ich möchte ehrlich zu dir sein. Ich möchte nicht als Pärchen dort aufkreuzen. Wie ich Erik kenne, begrüßt er jeden am Eingang. Ich will ihm nicht seinen Tag verderben.«

»Wie kommst du denn darauf, dass es ihm seinen Tag verdirbt?« Die Anführungszeichen bei dem Fürwort »seinen« waren durch das Handy zu hören.

»Meine Güte, Stefan! Erik hatte wirklich Gefühle für mich, und ich mochte ihn auch sehr gern! Und wenn er sich nicht so schrecklich verhalten hätte, dann würden wir heute noch zusammenarbeiten!«

Schweigen.

Und dann stellte Stefan eine Frage, die Martha in Verlegenheit brachte. »Kann es sein, dass du noch nicht über ihn weg bist?«

»Doch, natürlich.«

Martha hasste es zu lügen, obwohl sie noch nicht mal wusste, ob sie nur sich selbst belog oder Stefan.

Erik schaute sich nervös um. In dem großen Kino, es war sogar einmal das größte Europas gewesen, gab es fünfzehn Kinosäle auf drei Etagen. Und nicht nur einen Popcornautomaten, sondern an jedem der acht Snackstände einen Automaten, der rund um die Uhr Maiskörner zum Platzen brachte. Wenn man die Glaswände öffnen und immer weiter Mais nachfüllen würde, sähe das Kino bald aus wie die Welt in dem Märchen

Der süße Brei. Erik stellte sich vor, wie er unter Wogen von Popcorn begraben wurde.

Mit einer Stellwand, auf der das Filmplakat zu sehen war, und dicken Kordeln, die an provisorisch aufgestellten Stützen hingen, wurde ein Weg für seine Gäste freigehalten. Ein großer Verleih, der von Eriks *Geheimen Garten* begeistert war, hatte die Premiere gesponsert, schließlich brauchte die Firma passable Fotos für die Presse. Dass die Hauptdarstellerin direkt nach den Dreharbeiten mit Erik für eine Hauptrolle in dem Film eines bekannten Regisseurs gebucht wurde, war das verdiente Quäntchen Glück, das auch Erik weitere Türen als nur die des Multiplexkinos für die Premiere öffnen sollte. Wehmütig dachte er an die prunkvollen Lichtspielhäuser, die Köln vor dem Zweiten Weltkrieg beherbergt hatte. Kronleuchter, Emporen, Samt und Stuck hatten in manchem Saal an eine Oper erinnert.

Dieses Kino hier war zwar gigantisch, es fehlte aber der Glanz einer längst vergangenen Epoche genauso wie das wirklich Moderne. Die Neunzigerjahre, in denen das Kino erbaut wurde, hingen immer noch im Zwischenstadium von altmodisch und wieder cool fest. Dafür waren die Abläufe von Extraevents in diesem Filmtempel derart eingespielt, dass die übrigen Vorstellungen parallel weiterliefen. Am Eingang hatte sich schon Security positioniert, damit niemand ohne Befugnis den Weg über den roten Teppich nehmen konnte. Der normale Kinobetrieb lief in dem Dutzend weiterer Kinosäle ja weiter, und wie fast jeden Tag standen die Menschen Schlange an den fünf Kassen.

Die Leute drängten sich dicht an dicht rund um die Absperrung, blockierten sogar die Treppen, um einen Blick auf die Stars zu werfen. Bis auf Lisa waren alle Schauspieler noch völlig unbekannt. Sie war es auch, die besonders die neugierigen Mädchen beglückte, indem sie jede Menge Selfies mit sich machen ließ.

Am Einlass für die Premiere tummelte sich derweil Eriks Familie. Laetitia und Valentina, die extra aus New York angereist war, quatschten miteinander, als säßen sie bei einer Tasse Kaffee im Wohnzimmer, und ignorierten, dass sie gerade Probleme hatten, in die Premiere zu kommen. Seine Schwester Dorothea, die ungewöhnlich chic war, als müsste sie beweisen, dass ihr Sinn für Stil sich nicht nur auf Klobrillen beschränkte, meckerte mit dem breitschultrigen Sicherheitsmann.

»Hören Sie mal, wenn ich Ihnen sage, dass ich eine Einladung bekommen habe, dann glauben Sie mir das doch! Lilli, jetzt such doch mal ein bisschen schneller! Die muss doch irgendwo im Posteingang sein!«, redete sie auch noch auf ihre Tochter ein, die wild auf dem Handy tippte und irgendwie komisch erwachsen aussah in ihrem Cocktailkleidchen.

Eriks Eltern machten ein Gesicht, als würden sie die Großstadt am liebsten sofort hinter sich lassen, wenn sie nicht direkt eingelassen würden.

»Es tut uns leid, aber so sind die Vorschriften. Ohne Einladung kein Einlass, da dürfen wir aus Sicherheitsgründen keine Ausnahme machen«, antwortete der Türsteher mit stoischer Miene.

»Ach hören Sie mal! Es ist nur ein kleiner Film! Wenn Sie Brad Pitt und Angelina Jolie beschützen müssten, könnte ich das verstehen, aber so! Der Regisseur ist mein Bruder!«

»Komischerweise sind die Leute ohne Einladung dauernd mit der Crew verwandt. Und Angelina und Brad müsste ich höchstens voreinander schützen. Jetzt machen Sie bitte Platz, hinter Ihnen bildet sich schon eine Schlange.«

Dorothea schaute sich um. Unglaublich, dass ihr kleiner Bruder so eine Meute mobilisiert hatte. Und da hörte sie auch schon seine Stimme.

»Ich bin wirklich ihr Bruder. Und der Rest gehört ebenfalls zu meiner Familie.«

Der Mann von der Security wechselte einen Blick zwischen den deplatziert wirkenden Eltern, den drei aufgetakelten Schwestern und dem Kind mit der altklugen Miene sowie Erik.

Er musste grinsen. Selbst die Leute vom Film hatten also ganz normale Familien. Beziehungsweise Familien, die genauso unnormal waren wie seine.

»Na, dann nehmen Sie schnell Ihre Plätze ein, ehe Sie von den Fans Ihres Sohnes oder Bruders überrollt werden.«

»Geht doch«, sagte Dorothea nur, während sich der Rest artig bedankte.

Erik führte seine Familie in den Kinosaal, in dem die ersten beiden Reihen reserviert waren. Vor dem Saal waren in einem ebenfalls abgesperrten Bereich Stehtische aufgebaut. Ein Fotograf erntete einen strengen Blick von einem Securitymitarbeiter, als er Popcorn aus den Schälchen auf einem der Tische stibitzte. Der Saal war fast voll, Mitglieder der Crew mit Begleitung, Eriks

Kommilitonen, die Dozenten der Filmhochschule, jede Menge Teenager, die Karten über Youtube gewonnen hatten, Presseleute ... Nur nach Martha hielt Erik vergebens Ausschau. Als könnte seine Nichte Lilli seine Gedanken lesen, fragte sie nach ihr.

»Kommt Martha auch?«

»Ich hoffe doch. Ich habe sie eingeladen, und sie hat nicht abgesagt. Das heißt doch, dass sie kommen wird.« Seine Eltern wechselten einen vielsagenden Blick.

Erik, der normalerweise kaum aus der Ruhe zu bringen war, stolperte fast über die Treppe, die zu den vorderen Rängen führte. Sein Herz raste, und er wusste selbst nicht, was mehr dazu beitrug: die Premiere seines ersten richtigen Films oder die Möglichkeit, Martha wiederzusehen? Vielleicht versteckte sie sich auch irgendwo hinten und huschte erst ins Kino, wenn der Vorspann schon über die Leinwand lief? Vielleicht tauchte sie auch gar nicht auf? Er schaute auf sein Handy. Martha würde sich trotz allem entschuldigen, wenn sie nicht kommen würde. Dazu war sie einfach zu verbindlich. Oder redete er sich da was ein? Auf seine anderen Nachrichten hatte sie schließlich auch nicht reagiert. Ob er draußen mal die Schlange entlanggehen sollte? Andererseits brauchte er jetzt die Energie für seine Premiere, das war er zumindest seiner Crew schuldig. Und da betrat auch schon die Hauptdarstellerin Lisa in einem langen Kleid den Saal, wie ein Star umringt von weiteren Darstellern und Freunden. Dem Fotografen, der der Gruppe gefolgt war, warf sie einen routinierten Kamerablick zu, bevor sie Erik umarmte.

»Wie süß! Ist das deine Nichte, von der du mir so

viel erzählt hast? Und Sie müssen Eriks Eltern sein. Sie haben wirklich Glück. Er ist echt ein begnadeter Mensch!«

Sie brachte Lillis altkluge Miene zum Zerfließen und Eriks Eltern zum Strahlen. Nur Dorothea schaute so, als frage sie sich, ob das nur Teil ihrer Schauspielkunst wäre. Das war doch nur ihr kleiner Bruder, der verträumte Spinner! Wie konnten ihm Frauen wie diese zu Füßen liegen?

Erik freute sich einfach und nahm das Kompliment an. Ob es ein Gesetz wie »Glück im Spiel, Pech in der Liebe« wirklich gab?, fragte er sich, während Lisa sich mit seiner Familie unterhielt. Jahrelang war er in den Augen seiner Umwelt der Typ gewesen, dessen Kopf im Wolkenkuckucksheim feststeckte. Erik bastelte noch an einer ungewissen Karriere, während alle anderen längst arbeiteten und verheiratet waren oder zumindest in einer Beziehung lebten. Jetzt hatte sich sein Traum vom eigenen Kinofilm erfüllt. War es eine Herausforderung des Schicksals, am heutigen Tag gleichzeitig um die Liebe kämpfen zu wollen? Als würde er den Hals vom Leben nicht vollkriegen? Erik war noch zu unerfahren, um zu wissen, dass der erste Langfilm erst der Anfang eines anstrengenden Weges sein würde. Er würde besser werden, aber auch abgeklärter, doch die Unschuld beim Debüt war ein unwiederbringliches Gefühl.

»Erik, habe keine Angst, die Leute werden begeistert von unserem Film sein!«, ermunterte Lisa ihn. Sie war nicht nur talentiert, sondern konnte sich auch sehr gut in andere hineinversetzen. Sie war ein Ausnahmemensch, und dennoch hätte nicht einmal eine Frau wie Lisa Erik von dem Gedanken an Martha ablenken können. Erik wusste nicht, warum, aber er sah etwas ganz Besonderes in Martha, was sie offensichtlich selbst nicht erkannte. *Jemanden zu lieben heißt, ihn so zu sehen, wie Gott ihn gemeint hat*, kam Erik ein Zitat von Dostojewski in den Sinn. Erik sah Marthas vollkommenes Inneres, das für sie selbst und die meisten um sie herum durch schlechte Erfahrungen, niedrige Erwartungen und Angst vor Enttäuschung verborgen war.

»Danke, Lisa. Und das liegt vor allem auch an dir.«

Marthas angespannte Miene passte nicht zu ihrem wundervollen Auftritt. In dem schlichten, aber eleganten schwarzen Etuikleid aus Leinen, den hochgesteckten Haaren und akzentuierten Make-up zog sie sogar die Objektive der Fotografen auf sich, als sie mit der Einladungskarte in der Hand den roten Teppich entlangschritt und der Securitymitarbeiter sie mit einem angedeuteten Nicken passieren ließ. Sie spürte die Blicke der Menschen auf sich ruhen und brauchte gar nicht in die Gesichter zu schauen, um hier und dort Neugier, aber auch Neid zu spüren. Und dieser Profiblick der Fotografen, deren Apparate eifrig klickten, obwohl sie sie nicht kannten. Konnte ja nicht schaden, ein paar mehr Fotos im Kasten zu haben, falls sie eine der Schauspielerinnen wäre, las Martha ihre Gedanken. Erik war schließlich ein Newcomer, da konnte diese junge Frau mit der geheimnisvollen Aura auch ein Star von morgen sein.

»Martha!«

Martha schaute nicht nach rechts und links, während sie auf dem roten Teppich weiterlief. Am Ende des Weges wartete jemand auf sie. Stefan, ebenfalls im feinen Zwirn. Zusammen bildeten sie ein unschlagbares Motiv, dachten sich wohl die Fotografen. Als er den Arm um sie legte, ging ein Blitzlichtgewitter los. Dabei war das doch genau das, was sie nicht wollte. Hastig sah sie sich um und befreite sich schließlich erleichtert aus Stefans Griff – Erik konnte sie nirgends erblicken.

»Martha, komm zu uns«, wiederholte Stefan überschwänglich und führte sie zu einem der Stehtische, an dem ein Grüppchen stand, von dem Martha fast jeden von den Pressevorführungen kannte. In der Gruppe fühlte sie sich gleich wohler, selbst wenn Erik jetzt vorbeikäme. Ja, sie freute sich sogar, dass Erik so viel Presse bekommen würde.

»Sie sind doch die Betreiberin des Lichtspielhauses«, sprach sie eine Frau mit dunklen Locken an und reichte ihr die Hand, »ich hätte Sie kaum wiedererkannt. Ich bin Jennifer Augustin. Ich liebe Ihr Kino. Vielleicht haben Sie meinen Artikel darüber gelesen.«

Einen Moment ratterte es in Marthas Kopf, dann strahlte sie über das ganze Gesicht. Augustin hatte den Artikel in der Boulevardzeitung verfasst, der ihren Umsatz ordentlich angekurbelt hatte – zumal danach noch zwei Stadtmagazine das »Lichtspielhaus« als einen der ersten zwanzig Sehnsuchtsorte der Stadt feierten.

Bevor Martha antworten konnte, mischte Stefan sich ein. »Ich hatte das Lichtspielhaus schon lange auf dem Radar«, sagte er, als wäre es sein Verdienst, dass Martha das Kino betrieb. Dann legte er wieder den Arm um sie.

»Und nicht nur Ihre Zeitung scheint der Meinung zu sein, dass es sich um das schönste Kino der Umgebung handelt.«

»Hey, Jurymitglieder müssen schweigen«, kommentierte Piet, Marthas liebster Filmkritiker, da seine Kritiken immer klug, aber auch zurückhaltend waren. So wie er selbst. »Und du solltest unbefangen sein«, fügte er hinzu.

Stefan nahm seinen Arm von Martha und hob die Hände. »Keine Sorge, in meinem Job kenne ich weder Freund noch Feind.«

»Das will ich hoffen«, sagte ausgerechnet Martha.

»*Der geheime Garten* war immer mein absolutes Lieblingsbuch«, kam Jennifer auf den Anlass des Abends zurück. »Ich konnte es deshalb kaum erwarten, Erik Sonntags Film zu sehen.«

»Du solltest als Kritikerin auch unbefangen sein«, kommentierte Stefan, »oder reicht für den Boulevardjournalismus persönliche Begeisterung?«

»Ein Film muss mich auch persönlich berühren, na klar! Und wenn der Film nur ansatzweise so gut ist wie die Vorlage, wird er mich berühren.«

»Ich würde nicht zu viel erwarten. Sonntags Kurzfilme zeigen nichts von wegweisender Arbeit. Gewöhnlich. Kitschig.«

»Gib ihm doch die Chance, sich zu entwickeln!«, verteidigte Jennifer Erik schon wieder. Martha ärgerte sich darüber, dass sie es nicht tat. Stattdessen nahm sie dankbar eins der Sektgläser, die ein Mitarbeiter des Kinos auf einem Tablett herumreichte.

»Wir müssen Sie bitten, Platz zu nehmen. Der Film

beginnt gleich«, forderte eine Frau mit weißer Bluse und dem Logo des Multiplexkinos darauf die Gruppe auf.

Martha trottete mit dem Sektglas in der Hand der Truppe rund um Stefan hinterher. Sich jetzt in eine der letzten Reihen zu quetschen, den Film anzuschauen, danach unauffällig zu verschwinden und Erik später eine versöhnliche Mail schreiben, entsprach nun ihrer Wunschvorstellung vom restlichen Abend. Sie hoffte, dass der Film gut genug für eine begeisterte Mail werden würde. Warum hatte sie sich eigentlich so hübsch gemacht? Wenn sie gar nicht wahrgenommen werden wollte? Oder wollte sie nur von Erik nicht wahrgenommen werden?

Stefan hielt ihr einen Platz neben sich und seinen Kollegen frei, nur Jennifer raunte, sie würde sich lieber auf den letzten freien Platz in der Reihe vor ihnen setzen, damit sie den Film unvoreingenommen anschauen könnte. Martha musste ihr in Gedanken recht geben. Nichts war dem Filmgenuss abträglicher als ein Sitznachbar, der den Film aus Prinzip gut oder schlecht fand.

Dennoch setzte sie sich neben Stefan, weil alles andere mehr als unhöflich gewesen wäre. Sie waren schließlich noch in der Findungsphase. Marthas Meinung dazu änderte sich dauernd, je nachdem, welchen Maßstab sie ansetzte. Nahm sie die große Liebe als Richtschnur, sah ihre Beziehung zu Stefan mau aus. Verglich sie ihre Beziehung mit den meisten Beziehungen, die sie aus ihrem Bekanntenkreis kannte, dann konnte sie sich glücklich schätzen. Aber eigentlich war es doch wie mit diesem dämlichen Körpervergleich mit Supermodels, deren Bilder auch noch am PC nachbearbeitet wurden. Es ging auch völlig an der Realität vorbei, sich neben so jemandem nicht attraktiv zu fühlen.

Sie schaute Stefan an. Es war doch ganz klar, warum er Erik nicht mochte. Er war eifersüchtig auf ihn als Mann. Das war doch ein Ausdruck von Liebe. Oder etwa nicht?

Stefan nahm ihre Hand und drückte sie. »Jetzt sind wir doch zusammen hier!«

Martha nickte. Der Kinosaal, der nur einer von vielen in dem großen Kino war, bot fünf Mal so viele Plätze wie ihrer. Die Sitze waren ebenfalls bequemer und breiter, die Akustik besser.

»Steht das Kino hier eigentlich auch zur Disposition für den Preis?«, fragte ein Kollege von Stefan gerade laut genug, um die Stimmen um sie herum zu übertönen.

»Was glaubst du denn? Das hier ist in erster Linie ein Wirtschaftsbetrieb! Der neue Preis ist jedenfalls eher den Programmkinos vorbehalten, die sich trauen, nicht nur die Blockbuster zu zeigen.«

»Psst!«, kam es von der Seite. Auf der Bühne wurde es nun langsam heller, während Erik mit einem Mikro in der Hand die Treppe an der Seite hinauflief. Martha registrierte, dass sie ihn nur zweimal so chic gesehen hatte: bei der Taufe seiner Nichte und heute. Aber es war nicht das Outfit, sondern das Strahlen von innen, das ihn so schön wirken ließ. Als sie ihn so sah, wusste sie, dass sie ihm sein albernes Benehmen längst verziehen hatte. In seiner Gegenwart konnte man einfach nicht lange schlecht gelaunt bleiben. Ein Strahlen und eine Wärme breiteten sich in ihrem Inneren aus.

»Aber es steht schon fest, wer den Preis bekommt?«, flüsterte der Kollege laut genug, dass Martha es hören konnte. Auch wenn ihr klar war, dass Stefan die Entscheidung der Jury nicht ausplaudern durfte, war sie hin- und hergerissen zwischen dem Anblick von Erik und dem Drang, Stefans Gesicht zu studieren, um etwas aus seiner Mimik ableiten zu können.

Da sie das Geld seit Agathes Forderung dringender brauchte denn je, suchte sie in Stefans Gesicht nach einer Antwort, statt Erik weiter anzuschauen.

»Jedes Jurymitglied hat schon seine Stimme abgegeben«, antwortete er lächelnd, »aber sie sind noch nicht ausgewertet.« Seinem Gesichtsausdruck zufolge sahen ihre Chancen gut aus. »Und jetzt hör auf zu fragen, wir haben alle eine Verschwiegenheitsklausel unterschrieben. Komm einfach nächste Woche zur Preisverleihung, dann wirst du es erleben.«

Noch eine Woche! Sie hatte eine Einladung erhalten – wie alle Kinobetreiber, die für den Preis infrage kamen.

Als Erik das Publikum begrüßte, wurde es still im Saal.

»Auf diesen Moment habe ich Jahre hingearbeitet und freue mich sehr, dass Sie alle, ihr alle diesen Moment mit mir feiert!«

Die Anspannung in Eriks Gesicht wich der Vorfreude, endlich seinen Film präsentieren zu dürfen. Er ließ seinen Blick durch die Menge schweifen. Martha hatte das Gefühl, als suche er jemanden. Sie? Doch als sie bemerkte, wie sein Blick irgendwo in der Mitte fündig wurde, versetzte es ihr einen Stich. Wen lächelte er so an? Seine Crew? Seine Freunde oder seine Familie? Die saßen mit Sicherheit in der ersten Reihe und hatten ihn schon vorher begrüßt. Nach ihr hatte er also nicht Ausschau gehalten. Was bildete sie sich auch ein? Sie hatte ihm mehr als deutlich zu verstehen gegeben, dass sie keinen Kontakt mehr wünschte. Er hatte es irgendwann akzeptiert.

Sie drehte sich zu Stefan, doch der tuschelte weiter mit seinem Kollegen. Martha nervte es, wenn Leute im Kino nicht ruhig waren. Wer nebenher quatschen wollte, konnte sich ja mit Freunden eine DVD anschauen, aber bitte nicht im Kino. Sie räusperte sich.

»Oh, entschuldige«, antwortete Stefan mit einem ironischen Unterton, während Erik auf der Bühne vor der Leinwand stand. In seiner kurzen Ansprache verhaspelte er sich zweimal. Als er seine Schwestern in der ersten Reihe ansah, entspannte er sich wieder.

»Okay, ihr merkt, ich bin nervös. Aber das liegt nur daran, dass ich so lange auf diesen Abend hingearbeitet habe. Und mir nichts mehr wünsche, als dass euch der Film Freude macht. Aber jetzt möchte ich euch beziehungsweise Sie nicht länger auf die Folter spannen. Viel Spaß mit dem *Geheimen Garten*!«

»Ja, auf deinen Film zu warten, ist echt Folter«, sagte Stefan.

Erik hört das nicht, antwortete Martha in Gedanken und ärgerte sich darüber, dass Stefan so gehässig war. Sie entschuldigte ihn zwar mit seiner Eifersucht, dennoch hinterließ es ein schales Gefühl. Andererseits musste sie nur an Tom denken. Wie wütend sie war, als er sie betrogen hatte. Sie hätte nicht mal einen Funken Verständnis aufbringen können.

Als es im Kinosaal wieder dunkel wurde und der Film startete, blendete Martha alles andere aus. Sie verfolgte die Geschichte von Mary, die voller Schwermut und ohne jegliche Erwartungen nach dem Tod ihrer Mutter auf ein Landgut am anderen Ende der Welt verfrachtet wird. Sie trifft dort auf ihren kranken Cousin Colin, der – genau wie sie – kaum sein Zimmer verlässt. Und sie sieht, wie Mary den Garten entdeckt, neue Freunde gewinnt, sich verwandelt. Wie sie erblüht. Wie Colin wieder laufen lernt. Wie das Innere der Figuren nach und nach freigeschält wird, als wäre es nicht anders als bei jedem Blumensamen, der eine wundervolle Blüte in sich trägt. Auch wenn der Samen vertrocknet in einem Tütchen brachliegt oder von einem Vogel gefressen wird, die Möglichkeit, die Idee, die Informationen, die er enthält, sind nach der Logik dieses Films unbestritten wunderbar. Sie erkannte den Garten wieder, in dem Erik ihr einen Strauß Narzissen für das Kino gepflückt hatte. Und doch erschien er ihr auf der Leinwand völlig anders. Auch wenn sich Erik in einigen Punkten nicht an die literarische Vorlage gehalten hatte, war der unbändige Glaube daran, dass alles erblühen konnte, spürbar. So naiv und doch so selbstsicher. Martha erkannte, dass jemand den Film gemacht hatte, der trotz aller Widerstände unbeirrbar an sich glaubte.

Eine Träne rollte über ihre Wange, und Martha wischte sie nicht weg, um ja keine Sekunde des Films zu verpassen. So spürte sie auch nicht den Blick, den Stefan auf sie richtete.

Martha las jeden einzelnen Namen im Abspann, fand ihren nirgendwo. Warum oder wofür auch? Erik schwamm in einem Pool von Familie und hilfsbereiten Freunden, die ihn wahrscheinlich auch über die Episode mit ihr hinweggetröstet hatten. Sie dachte an die Popcornmaschine, die immer noch halb zerstört in der Abstellkammer stand.

Als der Abspann vorbei war, fingen einige Zuschauer an zu klatschen. Und dann immer mehr. Und immer länger. Martha fiel mit in den Applaus ein. Erst Minuten später ebbte der Begeisterungssturm ab. Erik erschien wieder auf der Bühne und rief nach und nach seine Crew nach oben, um sich bei jedem Einzelnen zu bedanken.

»Das ist immer der langweiligste Teil. Sollen wir schon gehen?«, raunte Stefan Martha zu.

»Geh du nur schon, ich bleibe bis zum Ende!«

»Auch zur Party?«

Viele um sie herum waren schon aufgestanden, die hinteren Reihen lichteten sich bereits.

»Ich weiß es noch nicht. Vielleicht nur mal kurz Hallo sagen.«

Wenn es sie nicht so viel Überwindung kosten würde, seiner Familie gegenüberzutreten, würde Martha Erik am liebsten persönlich sagen, wie sehr der Film sie bewegt hatte. Zum Glück hatte Stefan ihre Tränen nicht bemerkt – oder sie zumindest nicht kommentiert, dachte Martha.

Erik stand nun auf der Mitte der Bühne inmitten seiner Crew. Das, was Martha vorher oft als Naivität und Realitätsverweigerung empfunden hatte, strahlte nun als tatsächlich vorhandene Kraft. Er hatte daran geglaubt, etwas Großartiges schaffen zu können, und hatte es tatsächlich vollbracht. Ob er mit dem Glauben an die Liebe zu ihr auch recht gehabt hatte? Oder machte erst dieser Glauben große Dinge möglich?, grübelte Martha.

Stefan strich ihr eine Haarsträhne aus dem Gesicht und flüsterte ihr etwas ins Ohr: »Ich frage mich, ob er sich in dem harten Geschäft des Filmmarkts durchsetzt. Bei der Premiere jubeln die Leute immer, das hat wenig zu sagen.«

»Ich wünsche ihm, dass er nicht in der Masse untergeht.«

»Also ich würde jetzt gerne raus«, sagte Stefan diesmal ungeduldiger. Martha registrierte, wie er in seiner Jacketttasche nach etwas fingerte. Seine Zigaretten, die er nach jedem Spielfilm als Erstes hervorholte. Die Besucher im Saal hatten sich in zwei Hälften geteilt: Die vorderen zwei Drittel verfolgten enthusiastisch die Danksagung auf der Bühne, die hinteren Reihen hatten sich hingegen schon fast geleert. Die Leute, die vorher schon wussten, dass der persönliche Teil für sie nicht mehr interessant war, hatten sich gleich in die Nähe der Ausgänge gesetzt.

Martha schüttelte den Kopf. »Ich bleibe, du brauchst nicht auf mich zu warten.« Ein Teil von Martha überkam ein schlechtes Gewissen, weil sie Stefan so unhöflich behandelte, ein anderer Teil von ihr fühlte jedoch auch, dass er ihre Bitte und damit sie nicht ernst nahm. Sein Grinsen unterstrich diese Vermutung.

»Gut, vielleicht sehen wir uns gleich draußen. Wenn du hierbleibst, kann ich mit meinen Kollegen schon mal richtig über den Film ablästern!«

Bevor Martha antworten konnte, drehte er sich um und ging Richtung Ausgang. Wäre Stefan nur einen Augenblick länger geblieben, hätte sie wohl den wichtigsten Moment verpasst.

»Es gibt noch einen Menschen, dem ich von Herzen danken möchte. Jemanden, der wahrscheinlich im Publikum sitzt, aber den ich auf keinen Fall auf die Bühne bitten werde. Weil ich weiß, dass dieser Mensch lieber im Hintergrund bleibt.«

Alle drehten sich um, schauten nach links und rechts. Auch Martha drehte sich um und starrte auf die mittlerweile leere Reihe hinter ihr. Ob er sie meinte?

»Ich möchte diesem Menschen danken, einfach, weil er da war. Oder besser sie. Sie hat mir nicht geholfen, den Film fertigzubekommen, ganz im Gegenteil, manchmal hat sie mir das Leben ganz schön schwergemacht!« Unsicheres Gelächter füllte den Saal. Martha hielt es für immer wahrscheinlicher, dass tatsächlich sie gemeint war. Sie drehte sich noch einmal um, diesmal um zu sehen, ob Stefan wirklich draußen war und ob seine Lust auf die Zigarette die Neugier auf Eriks Rede übertrumpfte. Tat sie anscheinend nicht, Stefan war mit Jennifer an der Saaltür stehen geblieben.

»Und ich habe mich in ihrer Gegenwart manchmal ebenfalls benommen wie ein Idiot.«

Das ebenfalls brachte Martha zum Lächeln. Er war also immer noch an einem Schlagabtausch mit ihr interessiert. Kurioserweise schaute so manche Frau verzückt drein, als wäre sie gemeint. Oder wünschte sich, gemeint zu sein.

»In dem Moment, als ich dich zum ersten Mal sah, wusste ich, dass du eine bedeutende Rolle in meinem Leben einnehmen würdest. Einfach, weil du so bist, wie du bist. Ich kann nicht leugnen, dass ich mir sogar eine Hauptrolle wünschen würde, aber das ist deine Entscheidung!«

Marthas Herz zog sich zusammen. Sie musste die Tränen zurückhalten. Genauso wie ihren Drang, zur Bühne zu laufen. »Ich möchte nur, dass du weißt, dass ich dich liebe.«

Es war still in dem Saal. Alles wartete auf eine Antwort. Auf ihre Antwort. Ihre Blicke trafen sich. Eine Sekunde nur, und in dieser Sekunde huschte ein Lächeln über sein Gesicht. Und Martha wusste die Antwort.

»Na, komm schon nach vorne!«, rief ein Mann aus dem Publikum und hatte ein paar Lacher auf seiner Seite.

»Nein, ich warte am Sonntag auf dich. Um 15 Uhr. Du weißt schon, wo«, sagte Erik. Er wollte sie schützen. Er wollte ihr nicht zumuten, wozu er selbst bereit gewesen war: sich für die Liebe lächerlich zu machen.

Applaus überschwemmte den Saal, und Martha erhob sich. Jetzt würde es nicht auffallen, wenn sie sich zu den anderen in die Schlange stellte, um ihm zu seinem Film zu gratulieren.

Sie ging die Stuhlreihe entlang und blieb am Ende unschlüssig stehen. Zwei Meter von ihr entfernt stand Stefan, fünfzig Stufen entfernt stand Erik.

Stefan winkte sie zu sich heran. »Ganz schön krass, der Typ!«

Immer mehr Leute standen auf, um entweder den Saal zu verlassen oder auf die Bühne zu gehen. »Stefan …«, was sollte sie ihm eigentlich sagen?

»Einen Moment lang dachte ich echt, er meint dich.« Stefan sah sie belustigt an.

»Warum auch nicht?«

»Ach komm, so eine große Sache war das doch alles nicht. Und du bist nicht die Art Frau, für die Männer so etwas machen«, rutschte es ihm heraus.

»Ach nein?«

Es zuckte kurz um seine Mundwinkel. »So war das nicht gemeint. Du bist toll, aber mit so einem Kinderkram hast du nichts zu tun. Du stehst doch über den Dingen.«

Marthas Freude, die sie gerade noch empfunden hatte, sackte in sich zusammen. Sie verlor den Mut, Erik aufzusuchen, zumal sie auch nicht wusste, was sie ihm sagen sollte. Aber immerhin fasste sie nun den Mut, Stefan die Wahrheit zu sagen, die sie gerade schmerzlich erkannt hatte.

»Selbst wenn es nie einen anderen Mann geben sollte, ich weiß jetzt, dass zwischen uns zu wenig ist.«

»Der Film scheint dich romantisch verblendet zu haben. Hat wohl Eindruck auf dich gemacht«, antwortete er betont gelassen.

»Weißt du, was Eindruck auf mich gemacht hat?«

»Nein, sag du es mir.«

»Eriks Bedingungslosigkeit. Und ja, gerade habe ich wirklich daran gezweifelt, dass er mich gemeint haben könnte. Aber jetzt weiß ich es. Er hat mich gemeint. Mich!«

Stefan starrte sie nur an, als wäre sie verrückt. Martha ließ beide Männer stehen. Stefan rannte ihr nicht hinterher, Erik bekam in dem Getümmel nicht mit, dass sie verschwand. Es war an der Zeit, kompromisslos zu handeln. Sie würde nur Stefans Zeit verschwenden, wenn sie ihm weiterhin Hoffnungen machte, weil sie selbst nichts Besseres erhoffte. Es ging nicht darum, dass das Leben an der Seite eines Mannes immer das Paradies bedeuten musste, aber er sollte sie zumindest so lieben, als wäre sie seine Welt. War es nicht mit Tom schon so gewesen, dass sie sich immer mit zu wenig Gefühl, zu wenig echter Begeisterung zufriedengegeben hatte? Und sich dabei stets eingeredet hatte, sie wäre eine abgeklärte, emanzipierte Frau? War es nicht das Gegenteil von emanzipiert, sich im Vorhinein darauf zu beschränken, mit wenig zufrieden zu sein? Einfach nur, um die Enttäuschung zu vermeiden?

Sonntag. In vier Tagen war Sonntag. Martha atmete vor dem riesigen Kino tief durch. Sie fühlte sich allein, aber nicht einsam, als sie all die Pärchen und Grüppchen auf dem Platz vor dem Multiplexkino beobachtete. Sie war die Regisseurin ihres Lebens und konnte vielleicht sogar für ein Happy End sorgen. Eriks spitzbübisches Lächeln drängte sich vor ihr inneres Auge. Ihr eigenes Lächeln platzte fast aus ihr heraus. Wenn er so viel Spaß daran hatte, auch im echten Leben Regisseur zu spielen, dann würde sie mitspielen und ihm den Gefallen tun, es ebenfalls spannend zu machen.

Dein Film ist wundervoll – bis bald, tippte sie in ihr Handy, bevor sie sich durch die Dunkelheit auf den Weg nach Hause machte. Direkt nach Hause. Sie würde heute nicht mehr im Lichtspielhaus vorbeischauen. Eva konnte abschließen. Wenn irgendetwas war, würde sie sich schon melden.

Am nächsten Morgen stand Martha mit einer Tasse Kaffee in der Hand im Lichtspielhaus und schaute durch das Fenster auf die Menschen, die zur Arbeit hetzten, beim Bäcker Schlange standen oder sich noch in die Straßenbahn quetschten, obwohl in ein paar Minuten die nächste auf dem Fahrplan stand. Hier drinnen dagegen war es so still, als wäre die Zeit stehen geblieben.

Der Gedanke, das Richtige zu tun, milderte den Schmerz über den Verlust mancher Andenken. Die Porträts mit den Autogrammen von Marlene Dietrich und Romy Schneider, ja sogar einige Originalfilme, darunter eine 35-mm-Sisi-Kopie, die Romy bestimmt selbst als Erste aussortiert hätte, weil die Rolle nicht mehr zu ihrem späteren Ich gepasst hatte, hinterließen eine Lücke im Lichtspielhaus, aber auch in Marthas Herzen. Nun befanden sich die Erinnerungsstücke alle nebeneinander auf einem Tisch, den Martha zuvor mit einer sauberen Decke abgedeckt hatte. Wie viele Leute waren extra gekommen, um sich an diesen Zeugnissen einer anderen Ära zu erfreuen. Sich einmal mondän fühlen, sich einmal vom Hauch des Besonderen streifen lassen, bevor sie zurück in ihren Alltag mussten. Doch jetzt wirkte das Foyer des Kinos alles andere als mondän, sondern eher unwirklich wie immer, wenn es keine Gäste beherbergte. So wie in einem Dornröschenschlaf, aus dem es erst aufwachte, wenn die Besucher es wachküssten.

Auf der Theke war eine Zeitung aufgeschlagen, die einen Artikel über Eriks gestrige Premiere gebracht hatte. Die Verfasserin war ihr nicht bekannt, sie ging auch nicht weiter auf den Film ein, aber Eriks Liebeserklärung war ihr ein paar Zeilen wert.

Martha schaute zum dritten Mal in dieser Minute auf ihr Handy. Erik hatte nicht geantwortet. Vielleicht schlief er gerade seinen Rausch nach einer ganz großen Premierenparty aus. Früher hätte sie in einer ähnlichen Situation Angst gehabt. Angst, dass die Liebeserklärung nur ein Trick war, um sich in die Herzen des Publikums einzugravieren. Oder dass Erik sich von seiner wahnsinnig schönen und vor allem vor Energie strotzenden Hauptdarstellerin doch noch hatte trösten lassen. Aber all diese Ängste waren nicht da. Ganz im Gegenteil, Martha fühlte sich so ruhig wie lange nicht mehr, während sie so ganz allein in ihrem Kino saß, den dritten Kaffee an diesem Samstagmorgen trank und auf Jean Bernard wartete. So hieß der Mann, der einen großen Teil der Erinnerungsstücke aus dem Lichtspielhaus über Ebay ersteigert hatte. Als Martha noch nicht einmal alle Andenken versteigern musste, um die 10 000 Euro zusammenzukratzen, hinterfragte sie ihre Vorstellung von »realistisch« – wie so oft in letzter Zeit. Allein das Filmplakat zu Charlies Karriere hatte mehr als 2000 Euro gebracht! Jean Bernard hatte sich als großer Filmliebhaber angekündigt und freute sich, seine private Sammlung um ein paar ganz besondere Stücke zu ergänzen. Er war schon zehn Minuten zu spät.

Martha strich über die wunderschönen Gesichter der beiden Schauspielerinnen, deren Körper schon lange unter der Erde weilten. Ob sie noch sehen konnten, wie sie immer wieder und wieder zum Leben erwachten? Auf Leinwänden oder auf Bildschirmen in Wohnzimmern?

Sie schreckte aus ihren Gedanken hoch, als sie den Mann sah, der an die Tür klopfte. Ein Trenchcoat und ein Hut, darüber noch ein aufgespannter Regenschirm. Und ein Gesicht wie Clark Gable. Martha mochte keine Schnauzbärte, aber es freute sie, dass die Andenken in die Hände von jemandem kamen, der sein Äußeres anscheinend als Hommage an goldene Filmzeiten verstand. Ihre Blicke trafen sich, als Martha die gläserne Tür aufschloss. Es war wie in einer Filmszene.

»Guten Tag, Madame, entschuldigen Sie bitte, dass ich so spät dran bin. Mein Flieger hatte Verspätung.« Hinter ihm stand ein Mann wie ein Sargträger, dachte Martha, als sie die undurchsichtige Miene des Begleiters betrachtete, der nur kurz nickte und seinen Koffer auf dem zweiten Tisch abstellte.

»Kein Problem.«

Jean Bernard sah sie erschrocken an, als sich Marthas Augen mit Tränen füllten. »Sie müssen nicht weinen. Die Dinge werden es gut bei mir haben. Und wenn Sie möchten, können Sie mich jederzeit besuchen und sie ansehen.«

Martha schüttelte den Kopf. »Nein, es ist schon in

Ordnung. Ich weiß, dass sie es gut bei Ihnen haben werden!«

Der stumme Begleiter öffnete den Koffer und sah seinen Chef fragend an. Dieser wartete Marthas Antwort ab.

»Nehmen Sie nur! Ich habe keine Zertifikate, weiß aber, dass es sich um Originale handelt.«

»Ich habe keine Zweifel, ich kenne die Geschichte des Lichtspielhauses. Meine Großmutter wohnte in Köln. Sie hat selbst als Schauspielerin gearbeitet.«

Der Begleiter schlug die Bilder in Papier ein und legte sie in den Koffer, der mit weißer Seide ausgelegt war. Auf der anderen Seite des Koffers gurtete er die Filmrollen fest. Martha wischte sich die Tränen aus den Augenwinkeln. Es war wirklich so, als würde die Seele des Kinos zu Grabe getragen. Als wäre noch ein pathetischer Regisseur für diese Szene am Werk, regnete es draußen in Strömen. Nur der Gedanke daran, wie sie am Sonntag durch den Matsch auf Erik zulaufen würde, ließ ein Lächeln über Marthas Gesicht huschen.

Martha verabschiedete sich von den beiden Männern und sah, wie Jean Bernard den Koffer nun eigenhändig trug, als handele es sich um einen zerbrechlichen Schatz. Sie hielt noch immer den Scheck in den Händen und legte ihn kurz beiseite, um sich Jacke, Tasche und einen Regenschirm zu holen, bevor sie sich auf den Weg zur Bank machte. Der Angestellte am Schalter, der Martha kannte und ihr freundlich zunickte, wunderte sich etwas, als sie nach der Einlösung des

Schecks noch einen Überweisungsträger in stattlicher Höhe an eine gewisse Agathe Konrad ausfüllte – mit dem Verwendungszweck *Das Geschenk des Monsieur Pimont*. Ob das ein Filmtitel war?

Erik schnitt einen ganzen Arm voll weißer Rosen aus seinem »geheimen Garten« ab. Ab jetzt war das einfach nur ein Garten, wenn auch ein besonders schöner. Ein paar Blütenblätter fielen zu Boden, noch bevor der Strauß in einer Vase stecken würde. Erik sog noch einmal die prächtigen Farben ein, Schwertlilien, Rosen, Lavendel, Löwenmäulchen, die meisten davon würden auch nächstes Jahr wieder erblühen. Erik fragte sich, wo er dann sein würde.

Noch hatte er sich nicht entschieden, welche seiner Ideen er anpacken wollte. Die Premierenfeier steckte ihm immer noch in den Knochen. Klar, der Sekt, die Nacht, die sie durchgemacht hatten, die Erleichterung, die von ihm abfiel, als der Abspann lief und die Leute applaudierten. Aber das Wichtigste fehlte.

Mit den Blumen im Arm lief er durch die Tür in der Mauer. Sie quietschte wieder, als er sie hinter sich zudrückte.

Rufus, der auf der Treppe vor dem Haus von Eriks Eltern saß, hob kurz den Kopf, als Erik an ihm vorbeikam. Es war so warm, dass nicht mal der Hund Lust hatte, sich zu bewegen.

Die Haustür war offen. Vor der Tür zur Küche blieb Erik stehen und klopfte an.

»Ja?«, hörte er seine Mutter.

Seine Eltern, Laetitia und die Kinder saßen am Tisch.

In der Mitte stand eine Karaffe mit Wasser, in dem frische Pfefferminzblätter, Zitronenscheiben und Eiswürfel schwammen.

»Ach, du bist es! Ich dachte schon, es wäre der Postbote«, sagte sein Vater.

»Seit wann klopfst du an? Alles in Ordnung?« Der Blick seiner Mutter wanderte von den Blumen zu seinem Gesicht.

Erik gab sich einen Ruck. »Ich möchte euch was sagen.«

Alle starrten ihn an. Doch statt etwas zu sagen, ging Erik um den Tisch, legte die Blumen auf die Spüle und holte eine Vase aus dem Schrank.

»Erik, was ist los?«, fragte seine Mutter.

Erik füllte die Vase mit Wasser, stellte die Blumen rein und platzierte die Vase neben dem Wasserkrug.

»Die sind für euch. Ich möchte euch danke sagen. Für alles.« Er setzte sich auf den Platz, an dem er schon als Kind an diesem großen Tisch gesessen hatte.

»Das hast du doch auf der Feier schon vor dem ganzen Publikum getan!«, wandte Laetitia ein, um das kurze Schweigen zu überbrücken. Jedem am Tisch war klar, dass das nicht die eigentliche Botschaft war.

»Bist du jetzt berühmt?«, fragte Matilda nach. Sie war immer noch sauer, dass sie nicht mit zu der Feier gedurft hatte.

»Ja, ich habe schon danke gesagt, und nein, ich bin nicht berühmt. Aber was ich eigentlich sagen wollte, ist …« Er klammerte sich an einem leeren Glas fest, das auf dem Tisch stand.

»Das ist meins!«, sagte Fred. Erik schob es zu ihm.

»Was ich euch eigentlich sagen wollte, ist, dass ich euch angelogen habe.«

Erik hatte es geahnt. Sie würden so enttäuscht sein, dass sie kein Wort herausbrachten. Er zwang sich, seinen Blick zu heben und in die Augen seiner Mutter und seines Vaters zu schauen. Sie schwiegen tatsächlich.

»Es tut mir leid, aber ich wollte euch immer gefallen. Und ich wollte, dass ihr euch keine Sorgen um mich macht.«

Laetitia ließ Matilda auf ihren Schoß klettern.

»Und über was genau hast du uns belogen?«, fragte seine Mutter Anna schließlich in dem Ton, den Erik schon als Kind oft gehört hatte. Aber jetzt war er verflixt noch mal ein Mann, sagte er sich, bevor er fortfuhr.

»Martha war nie meine Freundin. Das war alles nur Show, um euch zu beruhigen.«

Im ersten Moment dachte Erik, seine Mutter wäre erleichtert. Er hätte ja auch gestehen können, dass er seit Jahren heimlich Drogenhandel betrieb. Doch ihre Augen verengten sich, als sie nachbohrte.

»Und die Liebeserklärung auf der Premiere gehörte auch zu dem Schauspiel?«

Alle Augenpaare richteten sich auf ihn. Eriks Kehle war trocken. Wie gern hätte er sich jetzt eins der benutzten Gläser geschnappt und mit dem eiskalten Wasser aufgefüllt. »Nein, natürlich nicht! Ich liebe sie wirklich!«

Jetzt entspannten sich Annas Gesichtszüge. Sie griff nach der Hand ihres Mannes, der den Händedruck erwiderte.

»Und liebt sie dich auch?«, sprach Matilda aus, was sich keiner zu fragen traute.

»Ich hoffe es«, antwortete Erik, stand auf und holte sich ein Glas aus dem Schrank.

Es sieht so anders hier aus!«

Eva kam mittlerweile so selbstverständlich ins Lichtspielhaus, als arbeite sie schon seit Jahren hier.

»Klar, die Bilder sind weg, und der Automat steht hier«, antwortete Martha, während sie ein Maßband an die zerbrochene Scheibe des Popcornautomaten hielt, den sie in die Mitte des Raumes auf einen Tisch gestellt hatte.

»Nein, nicht nur das. Der Raum fühlt sich anders an. Heller. Leichter.«

Martha holte tief Luft. Es stimmte. Als wäre eine Last vom Lichtspielhaus genommen worden. Ob sich auch etwas an Agathe verändert hatte?

Sie griff zu ihrem Handy und zog sich in die Abstellkammer zurück, in der sie sich wieder umdrehen konnte, seit sie den Popcornautomaten herausgeschleppt hatte. Beinahe hätte sie wieder aufgelegt, als sie diese bühnenerprobte Stimme hörte. Doch dann gab sie sich einen Ruck.

»Wissen Sie eigentlich, wo Ihr Vater begraben liegt?«

Agathe wusste es nicht, stellte aber sogleich eine Gegenfrage. »Zeigen Sie mir das Grab? Jetzt gleich?«

Keine Stunde später standen die beiden so unterschiedlichen Frauen vor Bertol Pimonts Grab. Während Pimont, ohne es zu ahnen, Agathe seine Gesichtszüge und einen Hang zur Dramatik vererbt hatte, hatte er Martha ganz bewusst das überlassen, was ihm zeitlebens das Kostbarste war. Das Lichtspielhaus.

Dieser Glanz spiegelte sich in dem einfachen Grabstein und dem Beet, das mit Efeu überwuchert war, nicht wider, auch wenn das Grab sich auf dem schönsten Friedhof der Stadt befand. So schön mit all den steinernen Engeln und greisen Bäumen, dass es etwas Tröstliches hatte. Und Martha konnte nicht anders, als sich aus den Namen, den Geburts- und Sterbedaten auf den Grabsteinen einen Reim auf das Leben der Verstorbenen zu machen. Wie wurde noch Virginia Woolf in dem wunderbaren Film *The Ours* zitiert, als sie gefragt wurde, warum manche Figuren in ihren Büchern sterben müssen? Damit die anderen das Leben zu schätzen wissen. Martha hatte schon unzählige Menschen in Filmen sterben sehen, was natürlich nicht den gleichen Eindruck auf sie gemacht hatte wie ein einziger Friedhofsbesuch. Hier war der Tod kein Kunstprodukt, sondern Realität.

Agathe legte die weiße Rose, deren Stiel sie die ganze Zeit zwischen ihren Fingern hin- und hergerollt hatte, auf das Grab.

»Danke für das Geld. Ich dachte, ich müsste mich wochenlang mit Ihnen darüber streiten. Ehrlich gesagt hatte ich sogar Lust dazu, mein Vater stand für den Ärger schließlich nicht mehr zur Verfügung. Aber Sie haben mir den Wind aus den Segeln genommen.«

Martha hatte außer ihren Gedanken nichts, was sie auf das Grab legen konnte, musste aber lachen. Sie war einmal diejenige, die Harmonie in eine Sache bringt?

Sie konnte ja nicht mal mit unpassenden Geschenken friedlich umgehen.

»Vielleicht war das auch für mich ein Puzzlestein, um den Weg zum Glück frei zu räumen«, sagte Martha mehr zu sich selbst und erntete einen Blick von Agathe, als wäre sie nun die Verrückte.

Erik, du bist verrückt. Sie wird nicht kommen.« Dorothea sprach in einem großschwesterlichen Ton mit ihrem Bruder, als wolle sie ihm klarmachen, dass er nicht so vermessen sein durfte, nach dem Erfolg mit dem Film auch noch ein Happy End in der Liebe zu erwarten.

»Was ist mit Bert? Du wusstest doch auch, dass es deine große Liebe ist, oder?«

Es war Sonntag, und ausgerechnet heute waren auch zwei seiner Schwestern zu Besuch. Der Garten war nicht einsehbar, aber natürlich hofften alle, an der Soap *Erik & Martha* teilhaben zu können. Warum war Erik auch so doof, Zeit und Ort des Wiedersehens von der Bühne zu plärren? Da musste er sich über ungebetene Zuschauer doch nicht wundern!

»Ja klar. Bert ist mein Mann. Und wird es hoffentlich auch bleiben«, antwortete Dorothea.

»Ich hoffe, Martha redet in zehn Jahren mit mehr Begeisterung von mir«, lächelte Erik seine Schwester an.

»Du bist ein hoffnungsloser Fall.«

Sie räumten zu zweit die Küche auf, nachdem alle zusammen sie verwüstet hatten. Der Rest der Familie war nicht zu sehen. Bert war zu Hause geblieben, was in letzter Zeit öfter vorkam. Laetitia versuchte Antonia zum Mittagsschlaf zu bringen und war dabei wahrscheinlich selbst eingeschlafen, die Zwillinge hingen mit ihrer Cousine Lilli vor der Spielekonsole von Nintendo, obwohl draußen die Sonne schien, und ihre Eltern hatten sich einen Ausflug gegönnt. Ach ja, Valentina hatte sich gerade über WhatsApp mit einem Foto aus dem Central Park dafür entschuldigt, dass sie nicht zum Mittagessen kommen könnte. Das Foto ihrer Schwester aus New York ließ Dorotheas Stimmung noch ungnädiger werden. Vielleicht hätte sie ihre Karriereziele auch mal über die ganze Welt verteilen sollen. Aber nein, sie wollte damals ja unbedingt in der Nähe studieren, weil Bert im Nachbarort wohnte, schalt sie sich selbst in Gedanken, worauf sich eine tiefe Falte zwischen ihren Augenbrauen bildete.

»Und du bist hoffnungslos unromantisch, Schwester!«, bohrte Erik den Stachel noch tiefer ins Fleisch.

Die Küchenuhr über dem Fenster zeigte 14.30 Uhr an. Erik erwartete Martha um 15.00 Uhr.

»Um was sollen wir wetten?«

»Ich gewinne sowieso.«

Erik nahm ein Tablett aus dem Regal und stellte zwei Tassen und eine Zuckerdose darauf. Außerdem kleine Brombeerkuchen und Zitronentörtchen. Er hatte von allem die zehnfache Menge gegenüber der gewöhnlichen Ration gebacken, aber die Bedingung daran geknüpft, dass die anderen den Kuchen in weiter Entfernung vom »geheimen Garten« verspeisen sollten.

Dorothea betrachtete das Arrangement, das durch die Silberlöffel und die kunstvoll verzierten Törtchen aussah wie ein Foto aus einem *Schöner-Wohnen*-Magazin.

»Erik, kann es sein, dass du seit Jahren auf die Unerreichbare wartest, weil du insgeheim doch nicht auf Frauen stehst?«

»Und kann es sein, dass du eine ganz eingeschränkte Sicht auf die Welt hast, insbesondere auf den Begriff der Männlichkeit?« Mit einer diebischen Freude knipste Erik ein paar Margariten von einem Strauß ab, der auf der Fensterbank stand, und drapierte sie um die Tassen. »Frauen stehen auf Männer, die es ihnen schön machen!«

»Na, du musst es ja wissen«, gab Dorothea zurück. Und ja, es stimmte, sie hatte ihren Mann selten so begehrt wie an jenem Abend vor einigen Jahren, als sie sehr spät von einem sehr wichtigen Arbeitstermin nach Hause gekommen war und er nicht nur die Küche aufgeräumt, sondern auch geputzt und ein feines Menü gezaubert hatte. Als sie bei dem Gedanken an die Stunden nach dem Essen dachte, musste sie lächeln. Vielleicht waren sie ja selbst schuld, dass ihre Beziehung in den letzten Jahren zu einer drögen Angelegenheit verkommen war?

Erik plagten in der Zeit andere Gedanken. Es war mittlerweile 14.45 Uhr. Was war, wenn sie nicht kommen würde? Wie sollte sie überhaupt hierhin kommen? Er hatte gar nicht daran gedacht, dass sie kein Auto hatte. Mit dem Bus war es aus der Stadt nicht nur eine halbe Weltreise, sondern auch noch ein kleiner Fußmarsch. Vielleicht hatte sie es sich in dem Moment anders überlegt, in dem sie ihren Wohnort und seinen in den Routenplaner eingegeben hatte? Oder sie hatte sich nur auf den Weg gemacht, um ihm zu sagen, dass sie gerne die allerbesten Freunde der Welt werden könnten – mehr aber auch nicht?

Max, Eva, die kleine Lena und selbst Evas Mann, den Martha heute zum ersten Mal traf, standen vor dem reparierten Popcornautomaten. Fasziniert starrten sie auf den überquellenden Behälter im Inneren, der aus winzigen Maiskörnchen, die hart wie Kiesel waren, wunderbar weiches, duftendes Popcorn zauberte. Tja, einige Ereignisse im letzten Jahr waren auch um die Ecke geschlichen, als hätten sie nichts zu bedeuten. Und dann wurden sie plötzlich groß und wichtig. Sie schaute Max an. Den Jungen, der sie genötigt hatte, die Maus zu retten, ohne sich anschließend wirklich für das Tierchen zu interessieren. Sie schaute auf Eva, die sie nur deshalb kennen gelernt hatte. Eine Eventmanagerin in Elternzeit, die ihren Job bei Martha liebte. Und hätte Susanna nicht diese handgeschriebene Stellenausschreibung im Imbiss aufgehängt, hätte sie Erik niemals kennen gelernt. Das Zusammentreffen mit Erik hatte sie nicht mal damit verhindern können, dass sie den Zettel nach einer halben Stunde abgerissen und in den Müll geworfen hatte. Das Glück brauchte eben manchmal nur ein kleines Hintertürchen, um hindurchzuschlüpfen.

»Wer möchte die erste Tüte?« Martha füllte das warme Popcorn in eine der liebevoll gestalteten Papiertüten. Eva hatte zehn verschiedene Designs mit Filmzitaten entworfen und auf Papiertüten drucken lassen.

»Ich!«, rief Max und ignorierte den tadelnden Blick seiner Mutter.

»Na ja, manchmal muss man wohl lernen, auch mal an sich zuerst zu denken«, meinte Eva und sah zu, wie ihre Kinder sich auf das Popcorn stürzten.

»Aber wir sind die zweiten!«, lachte Martha und befüllte die nächste Tüte. Die dritte Tüte sollte für jemand außerhalb ihrer kleinen Gruppe reserviert sein.

Eva kramte in ihrer Hosentasche und zog einen Schlüssel heraus. »Steht vor dem Haus. Fahr vorsichtig. Und nur, damit du dich nicht wunderst, ich habe weder Kindersitze, noch Krümel, noch Brotdosen entfernt, kurz gesagt: Der ganze Müll ist noch drin.«

»Das macht gar nichts. Ich schaue nicht nach hinten.«

Evas mütterlicher, sorgenvoller Blick störte Martha nicht einmal. Schließlich wurde sie selten bemuttert.

»Solltest du aber. Vor allem in den Rückspiegel.«

»Mach ich. Und du pass gut auf das Kino auf! Getränke und alles für deine Familie geht natürlich auf mich. Die Verstärkung kommt gleich, die Vorstellung ist fast ausverkauft, ihr habt also ordentlich zu tun.«

Als Martha die Tür des Lichtspielhauses hinter sich schloss, fühlte es sich wie ein Abschied an. Wenn in einem Film den Personen »Fahr vorsichtig!« hinterhergerufen wurde, konnte man fast sicher sein, dass sie in einen Unfall gerieten. Doch jetzt handelte es sich wahrscheinlich nicht um einen Abschied vom Kino und schon gar nicht vom Leben, sondern einfach nur von einem Teil ihres alten Ichs.

Martha brauchte mehrere Versuche, bis sie den

Kombi, der halb auf dem Bürgersteig vor der Stadtwohnung parkte, aus der Parklücke manövrierte. Es war lange her, dass Martha selbst mit einem Auto gefahren war. Brauchte sie in der Stadt eben nicht.

Aber so blieb ihr nichts anderes übrig, als die Komfortzone zu verlassen. Sie musste schmunzeln, als sie an die Komödie *Learning to Drive – Fahrstunden fürs Leben* dachte. In diesem Film führte das Ende einer Beziehung dazu, dass die Heldin sich endlich ans Steuer wagt. Jetzt setzte Martha sich für den Beginn einer Liebe seit Jahren das erste Mal wieder ans Lenkrad. Als sie aus der Stadt heraus war, führte das Navi sie auf die kurvige Landstraße, die sie bereits an Eriks Seite kennen gelernt hatte. Gesäumt von Bäumen, die Schatten spendeten, umgeben von Wiesen und Feldern, die man so nah an der Stadt gar nicht vermuten würde. Martha begann zu verstehen, warum Menschen raus aufs Land zogen. Bei gutem Wetter und mit S-Bahn-Anschluss wäre es vielleicht eine Option. Ob es für die große Liebe eine wäre? Die große Liebe würde einen nicht vor solche Entscheidungen stellen, sagte sich Martha und drehte das Radio lauter.

Es war bereits 15.15 Uhr. Ob Erik Martha mal anrufen sollte? Er hatte einen kleinen, runden Tisch auf einem Rondell inmitten der üppigen Rosenbüsche aufgestellt. Die beiden schmiedeeisernen Stühle hatten so viel Sonne gespeichert, dass sie jedes Eis sofort zum Schmelzen gebracht hätten. Das war aber nicht der Grund, aus dem Erik dort nicht ruhig sitzen konnte. Hoffentlich war Martha nichts passiert! Er konnte sie jetzt auch schlecht anrufen. Nachher ginge sie ans Handy und würde dadurch den Gegenverkehr aus den Augen verlieren! Was wäre, wenn sie es sich anders überlegt hätte? Das wäre immer noch besser, als wenn sie verunglückt wäre, sagte er sich.

Auf der feinen Porzellantasse krabbelte etwas. Er sah genauer hin. Ein Marienkäfer. Er hielt einen Finger an den Rand der Tasse und ließ den Käfer auf seine Fingerkuppe krabbeln. Sechs Punkte trug er auf den Flügeln, die glänzten wie roter Lack. Als Kind hatte er sich immer für jeden Punkt etwas gewünscht. Die allermeisten Wünsche waren in Erfüllung gegangen. Ob es heute auch so sein würde? Jetzt hatte er nur einen Wunsch. Martha sollte kommen. Im selben Moment hörte er ein Auto über das Kopfsteinpflaster rattern. Der Marienkäfer hob ab, flog in Richtung des schmiedeeisernen Tors und verlor sich schnell im Blau des Himmels. Erik hörte Rufus bellen und eine Autotür zuschlagen.

Was seine Schwestern redeten, während sie vom Küchenfenster aus beobachteten, wie Martha ausstieg, hörte er nicht. Immerhin waren Dorothea und Laetitia so nett, Martha und Erik erst mal in Ruhe zu lassen.

»Es wird ein Happy End geben«, sagte Laetitia, als sie Marthas Gesicht sah.

»Fragt sich nur, für wie lange«, bemerkte Dorothea.

»Und wenn es nur für eine Woche ist, es geht uns nichts an«, konterte Laetitia, die froh war, dass Antonia endlich eingeschlafen war. Sie streichelte Rufus, damit er nicht noch mal bellte und das Baby aus dem Schlaf riss.

»Ich frage mich manchmal, ob ich adoptiert bin. Warum bin ich die einzige Vernünftige hier?«, seufzte Dorothea.

»Vielleicht weil es die einzige freie Nische war?«

»Kann ja nicht sein, ich war die Erste!«

»Na, dann hast du eben alle Vernunft an dich gerissen und uns nichts mehr übrig gelassen.«

Auf einmal wurde Dorotheas Gesicht so weich wie damals, als die Hebamme ihr Lilli in den Arm gelegt hatte.

»Können wir nicht etwas tauschen? Ich habe einfach keine Lust mehr, immer nur die Spaßbremse zu sein. Auch in meinem eigenen Leben. Ich habe das Gefühl, mich den ganzen Tag abzurackern, und es bringt doch alles nichts!«

Laetitia sah ihre große Schwester von der Seite an. »Na ja, du bist die verheiratete Frau, Designerin in Festanstellung mit einem wohlerzogenen Kind, das nur tolle Zeugnisse nach Hause bringt. Ich dagegen bin alleinerziehende Mutter von einem Haufen Chaoten und Freiberuflerin, die sich nur über Wasser halten kann, weil sie bei Mama und Papa wohnt.«

»Das hast du jetzt gesagt!«

Statt jetzt eine Spitze nach der anderen abzupfeffern, mussten die beiden Schwestern lachen. Was vielleicht besser war, da die Nörgelei manchmal schon ihre zweite Natur war.

»Vielleicht ist Valentina die Einzige, die es richtig macht«, brachte Laetitia schließlich hervor.

»Sie bekommt Geld dafür, in New York oder Mailand einfach nur schön zu sein!«

»Und wir sind hier am Arsch der Welt schön, und keinen interessiert es!«

Und trotzdem waren die beiden so zufrieden wie selten zuvor, einfach weil sie mal wieder spürten, dass es gar nicht so schlecht war, eine Schwester zu haben.

Für Erik, der auf das Tor seines ganz persönlichen geheimen Gartens zulief, durch das Martha in diesem Moment trat, hätte der Rest der Welt auch unsichtbar sein können. Sie liefen aufeinander zu, als gäbe es nur noch sie beide auf der Welt; aber selbst im Garten war dem nicht so, denn der Marienkäfer war umgekehrt und hatte sich auf Marthas Haar niedergelassen. Erik sah ihn gerade noch, bevor er die Augen zum Kuss schloss. Später würde keiner der beiden mehr sagen können, wer wen zuerst geküsst hatte. Im Grunde war das auch egal, weil sie in diesem Moment beide keine Fragen stellen mussten.

Als sie einen Moment die Augen öffneten, griff Martha in ihre Tasche, die sie zu ihren Füßen abgestellt hatte. Als sie die prall gefüllte Popcorntüte herausholte, purzelten einzelne Popcörnchen auf den Weg.

»Ich habe dir was mitgebracht. Die Popcornmaschine funktioniert wieder.«

»Habe ich es doch geschafft, dich in die Untiefen des Popcornkinos zu ziehen?« Er zog sie an sich.

»Genau, aber es fühlt sich ganz gut dort an.«

Erik probierte etwas von dem Popcorn. »Nicht schlecht.«

»Nicht schlecht?« Wie hatte sie ihn vermisst! Auch wenn sie ihre Lippen voneinander gelöst hatten, so hielten sie sich immer noch an den Händen. Martha brauchte sich keine Sekunde lang zu fragen, ob es sich mit Erik richtig anfühlte.

»Okay. Besser als nicht schlecht. Es schmeckt nach Glück. So wie es nach Glück schmeckt, dich zu küssen.«

»Und du kannst dir gar nicht vorstellen, was ich für einen Hunger auf Glück habe«, antwortete Martha und küsste Erik, bevor er etwas erwidern konnte.

Martha saß Erik in der traumhaften Kulisse gegenüber, die er für sie arrangiert hatte. Gut, der blickgeschützte Platz unter den Rosen, der Kaffee, bei dem er sich die Bemerkung nicht verkneifen konnte, dass sie den besten Barista aus dem Kino geworfen habe, die Törtchen, das alles hatte Erik heute für sie angerichtet. Aber er hatte es auf einen Grund gebaut, der hier schon seit Jahrzehnten stand.

Es war, als ob das Moos, das das Pflaster mit einem weichen Teppich überzog, die mannshohen Rosenstöcke, die Efeuranken, die einen alten Baum überwucherten, und die schiefe Steinmauer, die den Garten umarmte, im Chor »Na endlich!« flüsterten.

Und es war nicht nur dieser Grund, der schon so vielen Stürmen standgehalten hatte und Martha ein ganz neues Gefühl von Sicherheit als auch Freiheit in der Liebe gab. Es war das Gefühl, dass Eriks bedingungsloser Glaube an das Große und Gute und eben auch in sie Martha unabhängig von Launen und Ängsten machte. Bei Erik fühlte sie sich angenommen. So angenommen, dass sie sich selbst nicht mehr infrage stellte. Warum war ihr das früher nie gelungen? Immer hatte sie Angst gehabt, in einer Beziehung etwas Falsches zu machen. Sie würden unzählige Fehler machen, aber das war egal. Weil eine ganz andere Art der Liebe dahintersteckte.

»An was denkst du gerade?«, fragte Erik und streichelte ihre Hand.

»Ach, an so vieles. Aber auch daran, dass ich ganz schön blöd war, dich rauszuschmeißen.«

»Stimmt. Aber es hat mich nicht abgeschreckt.«

»Zum Glück«, und dann folgte der nächste schönste Kuss in Marthas Leben.

»Danke, dass du auf mich gewartet hast«, flüsterte Martha in Eriks Ohr.

»Ich hätte auch noch länger gewartet. Vielleicht noch ein halbes Jahr.«

»Mehr nicht?«, lachte Martha.

»Nee, sonst würde der Rest des Lebens mit dir irgendwann zu kurz.«

»Der Rest des Lebens?«

»Und die Ewigkeit!«

War ja klar, dass Erik es nicht drunter machen würde, grinste Martha in sich hinein. Aber warum sollte sie den Höhenflug nicht mitmachen? Auf dem Boden der sogenannten Tatsachen war es schließlich auch nicht so spektakulär.

»Was machst du eigentlich mit dem Garten, jetzt, wo der Film fertig ist?«

»Ich weiß es nicht. Vielleicht pflegen, damit ich meine Freundin hier ab und zu auf einen Kaffee in schöner Kulisse einladen kann?«

»Das hört sich gut an!«

»Wenn meine Freundin ab und zu freimachen kann. Von ihrem wunderbaren Kino.«

Sie fixierte einen Lavendelbusch, sog den betörenden Duft ein, dem auch schon ein paar Bienen verfallen waren, die nun über den Blüten kreisten. Martha atmete tief durch. Es gab keinen Grund, sich aufzuregen, sagte sie sich, nachdem sie einen Moment überlegt hatte, ob jetzt schon die Beziehungsdiskussionen losgingen.

»Erik, ich weiß, dass ich schwer loslassen kann. Aber ich habe im letzten Jahr selbst gemerkt, dass eher ich zusammenklappe als das Kino, wenn ich die ganze Zeit im Einsatz bin. Ich weiß echt nicht, was aus mir geworden wäre, wenn du mein Leben nicht so durcheinandergebracht hättest.«

»Daran will ich gar nicht denken! Das hieße ja, dass ich dich nie getroffen hätte. In dem Moment, in dem ich dich das erste Mal gesehen habe, hatte ich gleich so eine Ahnung.«

»Hey, du wolltest einen Job!«

»Nein, ich wollte mehr, wusste es nur noch nicht ganz genau.«

»Aber jetzt weißt du es ganz genau?«

»Zweifelst du an mir?«

»Wenn, dann behalte ich es jetzt für mich.« So einfach war das mit dem Fallenlassen dann doch nicht, dachte Martha.

»Wenn, dann versuche ich dir auch deine unausgesprochenen Zweifel zu nehmen.«

»Brauchst du nicht. Mit denen komme ich schon klar.«

Und dann wagte Martha etwas, was sie sonst sehr, sehr selten tat. Und wenn nur in ganz begrenztem Maße. Sie holte tief Luft und fixierte Erik, um die Reaktion in seinen blauen Augen direkt ablesen zu können. Martha musste noch einmal tief durchatmen, bevor sie sich traute.

»Erik, du weißt, dass ich nicht gerade zu spontanen Entscheidungen neige.«

»Hat auch Vorteile.«

»Und du weißt, wie schwer es mir fällt, das Lichtspielhaus loszulassen.«

Einen Moment weiteten sich Eriks Augen vor Schreck. »Du möchtest es aber nicht loswerden, oder? Ich bin noch nie in einem schöneren Kino gewesen!«

»Nein, ich liebe mein Kino. Aber es fühlt sich so an, als müsste ich seit Jahren mal wieder etwas tun, was für andere selbstverständlich ist.«

»Und zwar?«

»Ich würde gerne zwei Wochen wegfahren. So richtig Urlaub machen. Weder in Los Angeles noch in Cannes noch in Berlin. Das waren die einzigen Orte, in denen ich in den letzten zehn Jahren mal war. Und zwar immer nur zu den Filmfestivals.«

Für andere Menschen war so ein Urlaub selbstverständlich, aber Martha hatte sich erst jahrelang eingeredet, dass sie keinen Urlaub brauche, weil sie ihre Leidenschaft zum Beruf gemacht hatte. Und dann glaubte sie, ihr geliebtes Kino würde nicht ohne sie auskommen können, wenn sie es nicht permanent selbst betreute. Wie hätte sie mit dieser Haltung ein Kind großziehen können? Vom Hörensagen sollte es Müttern mit ihren Kindern oft genauso gehen. Das Kind hätte also schon im Kino groß werden müssen. Vielleicht wäre es schon allein aus diesem Grund mal gut, das Lichtspielhaus für zwei Wochen in andere Hände zu geben. Vielleicht würde sie ja eines Tages tatsächlich ein Kind bekommen. Als sie bei diesem Gedanken Erik ansah, wurde die Idee greifbarer. Aber eins nach dem anderen.

»Soll ich in dieser Zeit wieder im Kino einspringen?«

Martha lächelte.

»Nein, ich möchte dich fragen: Verreist du mit mir?«

»Da fragst du noch! Und ob! Bis ans Ende der Welt!«

Hast du da auch gerade einen Jubelschrei gehört?«

Die beiden Schwestern saßen auf der Terrasse unweit des ummauerten Gartens und tranken Kaffee, während die Kinder spielten.

»Kann schon sein! Sieht also nach Happy End aus«, lächelte Laetitia.

»Haben sich Erik und Martha jetzt wieder vertragen?«, fragte Lilli.

»Kannst ihn ja mal fragen gehen!«, antwortete Dorothea, die entgegen ihrer Behauptung etwas nur mal so zum Spaß tat. Wie zum Beispiel ihren kleinen Bruder ärgern.

In diesem Augenblick kamen Tilda und Fred die Treppe heruntergerannt.

»Wer ist da vorhin mit dem Auto gekommen?«, fragte Fred außer Atem.

»Martha.«

»Ah, dann sind sie wieder zusammen!«, strahlte Tilda.

Laetitia sah ihre Tochter an und wunderte sich, dass sie anscheinend auch ganz wild auf Liebesgeschichten mit Happy End war. Es wurde Zeit, dass sie beim nächsten Mann auch mal ein gutes Ende nähme. Andererseits schaffte sie es, ihren Kindern vorzuleben, dass auch ein Ende der Beziehung nicht das Ende der Welt sein musste.

Als Antonia anfing zu schreien, seufzte Laetitia und verließ die Küche, um ihr Baby aus dem Bett zu holen.

»Habt ihr Lust auf Kuchen im Garten?«, fragte Dorothea und stellte die kleinen Törtchen auf ein Tablett.

»Ja!«, riefen die Kinder und rannten auf die Terrasse, ohne zu fragen, ob sie vielleicht ein paar Teller mit rausnehmen sollten. Nur Tilda drehte sich noch einmal um, bevor sie aus dem Haus lief: »Ich sage auch Erik und Martha Bescheid! Sie sind bestimmt in dem Garten.«

»Mach das!«

Zehn Minuten später saßen auch Erik und Martha mit an dem großen Tisch auf der Terrasse. Selbst Dorothea konnte sich nicht gegen das Glück wehren, das die beiden ausstrahlten. Vielleicht sollte sie wieder offener sein für die kleinen Wunder des Lebens. So schlecht hatte sie es schließlich nicht getroffen.

»Und wann heiratet ihr?«, fragte Fred mit vollem Mund, bevor er sich die Sahne von den Mundwinkeln leckte.

»Ich möchte Blumenkind sein!«, ergänzte Tilda.

»Mal langsam«, mischte sich Dorothea ein, »die beiden sind doch gerade erst zusammen, da geht es doch noch gar nicht um so ernste Themen!«

»Ja klar«, meldete sich Erik, der demonstrativ Marthas Hand hielt, »erst habt ihr Angst, ich bekomme keine ab, dann habt ihr Angst, ich heirate morgen.«

»Von Angst war nie die Rede. Wir haben uns nur gewundert über so manches«, ergänzte Laetitia und wandte sich dann direkt an Martha: »Wir haben nie gedacht, dass Erik keine abkriegt, wir wissen ja, dass er ein toller Typ ist. Allerdings …«

»Halt«, unterbrach Erik sie, »ihr seid unmöglich! Wenn ihr so weitermacht, will Martha mich wieder loswerden!«

»Nie im Leben!«, sagte Martha und verkniff sich zu sagen, dass nicht mal seine Schwestern es schaffen würden. Aber wenn sie ehrlich zu sich war, fühlte sie sich nicht nur in Eriks Nähe, sondern auch in der Nähe seiner Familie total wohl. Okay, sie waren etwas anstrengend, aber sie liebten sich, auch wenn sie das nie zugeben würden. Martha beneidete Erik um seine Schwestern. Sie hätte auch gerne Geschwister gehabt. Und als sie das Baby auf Laetitias Arm anschaute, das seiner Mutter mit den kleinen Fäusten an den Haaren zog, geschah ein kleines Wunder in ihr. Sie musste plötzlich an Toms neues Baby denken und wünschte ihm und seinen Eltern in Gedanken alles Gute. Der Groll war verschwunden. Was hatte sie auch davon, weiter wütend auf die Neue von Tom zu sein? Wäre er nicht abgehauen, hätte sie niemals zu Erik gefunden! Dass ihr eigenes Kind nicht zur Welt gekommen war, dafür konnte vielleicht nicht mal Tom wirklich etwas.

Es war ein paar Wochen bei ihr gewesen. Immerhin. Und in Gedanken war es immer noch da. Und das würde auch so bleiben.

»Ich freue mich echt, euch alle kennen gelernt zu haben. Es ist schön bei euch.«

Eine leichte Röte überflog Dorotheas Wangen. Laetitia lachte nur.

»Willkommen bei den Sonntags. Wir sind echt froh, dass Erik endlich …«

»Hör sofort auf, Laetitia!«

»Ihr seid echt verrückt«, lachte Martha.

»Wer kommt mit schaukeln?«, fragte Tilda, die die merkwürdigen Gespräche nun doch langweilten.

»Ich«, antwortete Martha und lief mit Tilda zu dem Gerüst, an dem sie sich das letzte Mal so mit Erik gestritten hatte. Als sie mit dem Mädchen um die Wette schaukelte, fühlte sie sich so unbeschwert wie seit Jahren nicht mehr.

Martha konnte es kaum erwarten, sich mit Erik in seine Ente zu setzen und nach Südfrankreich zu brettern. Die Route hatten sie bei Café au Lait und Croissant ausgetüftelt, anschließend ein Dachzelt sowie für Martha Schlafsack und Rucksack gekauft. Wenn die Reise genauso entspannt verlaufen würde wie die Vorbereitungen, würden sie diese erste Bewährungsprobe als Paar locker bestehen. Aber warum dachte sie wieder an eine Prüfung? An etwas schaffen zu müssen? Das tat sie doch in ihrem Berufsleben genug! Und dafür erntete sie schließlich auch die Lorbeeren. Sonst säße sie jetzt nicht im *Residenz* in dem luxuriösesten Kinosaal der Stadt gespannt unter den fünf Anwärtern auf den Preis für das schönste Kino.

Erik und Eva saßen neben ihr in dem Saal, der nicht nur voller Kollegen, sondern auch weiteren Kulturschaffenden und Presseleuten war. Piet und Jennifer, die auch Mitglied in der Jury waren, saßen ebenfalls in der ersten Reihe. Martha hatte überlegt, ob sie Erik überhaupt mitnehmen sollte. Schließlich hatte sie doch noch ein wenig schlechtes Gewissen gegenüber Stefan. Doch der hatte genügend Größe besessen, bei der Begrüßung in dem Festsaal sogar Erik die Hand zu schütteln und ihm zu dem Erfolg seines Films zu gratulieren.

»Der scheint ja wirklich ein kommerzieller Erfolg zu werden. Du scheinst zu wissen, worauf die Frauen stehen!«

Und Erik hatte bei diesem Lob die Größe gehabt, sich einfach artig zu bedanken, statt sich in einem Wortgefecht zu duellieren.

Marthas Herz klopfte, als der Juryvorstand auf der Bühne den dritten Platz bekannt gab. Es war nicht das Lichtspielhaus. Sie hatte sich schon eine Rede zurechtgelegt, auch wenn sie nicht glaubte, den ersten Platz zu gewinnen. Sie würde in dieser Rede auch Stefan danken, schließlich hatte er immer dafür gesorgt, dass ihr Kino gute Presse bekam. Sie würde im Falle des Sieges auch auf eine öffentliche Liebeserklärung an Erik verzichten. Das wäre unangebracht. Sie linste zu Stefan, der nicht unzufrieden aussah. Eine sehr junge Frau neben ihm hing an seinen Lippen, als er ihr etwas zuflüsterte. Vielleicht würden sie es schaffen, irgendwann einfach wieder gute Bekannte zu sein.

»Und hiermit gebe ich den zweiten Platz bekannt: das Lichtspielhaus!«

Martha betrat unter dem Applaus die Bühne und strahlte. Der zweite Platz war eigentlich der beste. Die Förderung und das Renommee waren immer noch beachtlich, aber sie stand nicht so sehr im Fokus.

»Wir freuen uns sehr über dieses Kino, das immer mehr zu einem wahren Wohlfühlort geworden ist, das mit Vorliebe auch mal die weibliche Sicht auf die Welt zeigt, das subjektiv und doch immer voller Weitblick ist, das eine Tradition weiterleben lässt und doch innovativ ist«, begründete die Jurypräsidentin in ihrer Rede die Entscheidung.

Martha konnte die Tränen nicht unterdrücken. Ihr Werk bekam das erste Mal eine offizielle Wertschätzung. Sie reihte sich auf der Bühne ein und klatschte noch lauter, als der erste Preis verliehen wurde. Völlig verdient, dachte sie und freute sich einfach mit für ihre Kollegen.

Ich gratuliere dir«, sagte Erik und küsste Martha.

Eva umarmte sie stürmisch, als sie in dem Saal standen, in dem schon Häppchen und Sektgläser bereitstanden.

»Ich bin so glücklich, Teil deines Teams zu sein!«

»Eva, wenn einer das Lichtspielhaus noch besser werden lässt, dann du! So gut lief es noch nie!«

»Ach komm, du bist die treibende Kraft!«

Mittlerweile wieder, dachte Martha, hatte aber auch keine Lust, sich die gute Laune durch die Erinnerung an ihre Krise verderben zu lassen. Warum sollte es in ihrem Leben anders sein als in jedem besseren Film? Ohne Drama keine Entwicklung!

»Ich muss mal kurz um die Ecke.« Der Sekt tat sein Übriges. Martha ließ die anderen stehen und verschwand auf der Toilette. Bevor sie die Kabinentür wieder öffnete, hörte sie im Waschraum eine Stimme, die ihr bekannt vorkam. Jennifer.

»Also ich hätte mir gewünscht, dass das Lichtspielhaus gewinnt.«

»Na ja, die Kinos sind alle toll. Wir haben lange diskutiert. Stefan war schließlich das Zünglein an der Waage. Dabei hätte ich gedacht, dass ausgerechnet er für das Lichtspielhaus stimmt. Schließlich hat er es doch immer so gelobt.«

»Ja, aber letztendlich war es ihm zu kommerziell und gefällig geworden. Er meinte, es hätte in den letzten Monaten deutlich an Profil verloren.«

Als Martha diese Worte hörte, klappte sie den Klodeckel herunter und setzte sich, bis klar war, dass die beiden Frauen den Waschraum verlassen hatten.

Stefan hatte also nicht für sie gestimmt, und zwar zu einem Zeitpunkt, an dem sie – mehr oder weniger – noch ein Paar gewesen waren. Stefan war eben unbestechlich. Er ließ sich nicht von Gefühlen leiten, wenn es um seinen Job ging. Da hätte er sich gleich öffentlich die Ehre absprechen lassen können. Das war auch richtig so. Martha hatte zu keinem Zeitpunkt gewollt, dass er aus falschen Motiven für sie stimmte. Und doch war sie davon ausgegangen, dass seine Stimme ihr gehörte.

Und sie hatte sich selbst viel zu oft von seiner Meinung oder der Meinung anderer Experten abhängig gemacht. Damit würde es jetzt vorbei sein. Als sie den Festsaal wieder betrat, fühlte sie sich, als wäre sie fast drei Zentimeter größer.

»Alles klar?«, fragte Erik, dem ihre Nachdenklichkeit inmitten der Feiernden nicht entgangen war.

»Klar wie selten. Kommst du mit eine rauchen?«

»Du rauchst doch gar nicht.«

»Eben. Aber es wäre ein guter Grund, mal an die frische Luft zu gehen.«

Das Kino, vor dem sie nun standen, war so etwas wie die große Schwester des Lichtspielhauses. Die Schwester mit dem dreifachen Gehalt und den Vintagekleidern, die nicht wirklich alt, sondern aufwendig angefertigt worden waren. Dieses Kino roch nach Pracht und besseren Zeiten. Selbst der Springbrunnen inmitten der breiten Allee vor dem Kino symbolisierte Luxus. Gegen dieses Kino nahm sich das Lichtspielhaus klein und schlicht aus.

Martha griff nach Eriks Hand und überquerte mit ihm die Straße. Sie standen auf der Insel vor dem beleuchteten Brunnen. Die Laternen ließen auch die Blumen in den üppigen Beeten rund um den kleinen Platz inmitten des nächtlichen Straßenverkehrs erstrahlen. Wie eine Insel der Seligen inmitten einer Welt voller Chaos. Sie standen sich gegenüber und sahen sich in die Augen. Martha gab sich einen Ruck.

»Erik, ich möchte dir danken. Seit wir zusammen sind, habe ich das Gefühl, den Erfolg, die gute Presse und all das nicht mehr zu brauchen.«

Erik unterbrach sie in entrüstetem Ton. »Martha!

Jetzt sag mir nicht, du willst nur noch die Frau an meiner Seite sein! Du hast dir so viel aufgebaut, eine Pause ist ja okay, aber ehe du das Lichtspielhaus aufgibst, stelle ich mich dort kostenlos als Servicekraft zur Verfügung!«

»Keine Sorge.« Martha musste lachen wie so oft in letzter Zeit. »Lass mich doch ausreden! Ich habe nicht gesagt, dass ich das alles nicht mehr will! Ich bin nur nicht mehr abhängig davon. Ich fühle mich einfach freier! Und habe das Gefühl, dass es dadurch erst richtig gut wird!«

Sie küsste ihn ganz sanft auf die Lippen, und bevor er den Kuss stärker erwidern konnte, zog sie sich einen Moment zurück.

»Danke, dass du in mein Leben getreten bist. Und danke, dass du dort um einen Platz gekämpft hast.«

Und dann küsste sie ihn mit einer Leidenschaft, die sie selbst von sich noch gar nicht kannte. Das Leben war eben nicht nur zu kurz für schlechte Filme, sondern auch für schlechte Küsse, dachte sie, solange sie noch denken konnte.

– Ende –

Danke …

… dir, Michael, für so vieles …

… meiner Familie, besonders meinen Eltern, Schwiegereltern und hier noch mal meinem Mann und unseren Kindern für tatkräftige Unterstützung – ohne euch wäre vieles schwerer, mit euch ist alles schöner.

… ganz besonders für die Begleitung während des Schreibens gilt diesmal Alex M. und Vera Pandolfi. Und allen, die mir bei Recherchefragen geholfen haben – vor allem Uwe Mies (für den richtigen Job zum richtigen Zeitpunkt zum Thema Kino), Stefanie Gerstenberger sowie Joachim Kühn von der Filmpalette und Marion Kranen und Irene Schoor für ihr wunderbares Buch »Kino in Köln«, das ich jedem Kinointeressierten sehr ans Herz legen kann. Das »Lichtspielhaus« wird man darin allerdings vergeblich suchen, es ist, wie fast alles in diesem Buch, frei erfunden.

… für die kollegiale Unterstützung durch die Autorenvereinigung DeLia und den Kölner Autorenstammtisch.

Der Austausch mit euch tut sehr gut!

… auch all jenen, die meine Bücher unter die Leute bringen: dem Team der Rather Bücherstube, Kristin Rosenhahn und Katharina Schleicher von Blanvalet und Hana Jantz (jantz-werbung.de) für die Homepage (www.marieadams.de) und natürlich ganz besonders an alle LeserInnen – eure Rückmeldungen freuen mich sehr!

… meinen Agenten Michaela und Klaus Gröner herzlichen Dank für die sehr gute und vertrauensvolle Zusammenarbeit!

… dem gesamten Blanvalet-Team, das für die Entstehung und Vermarktung des Romans verantwortlich war, ganz besonders Anna-Lisa Hollerbach sowie meinem Redakteur René Stein für die wunderbare Zusammenarbeit!

Ich wünsche euch und Ihnen sowie allen Lesern alles Gute!